北國文華 復刊20年記念

北國文華 秀作選

発刊にあたって

北國新聞社が発行する総合文化雑誌「北國文華」は、ことし復刊20年を迎えました。

1945（昭和20）年12月に創刊された前身の雑誌「文華」は、敗戦のショックから誰もが目標を見失っていた当時、「再建日本の教養」を掲げ、未来を考える知的エネルギーを人々に提供しました。

「北國文華」が復刊したのは1998（平成10）年夏で、第1号の特集は「第二の戦後を検証する」でした。バブル経済が崩壊し、日本社会が再び目標を見失う中、いま一度、地域の視点から風土や時代を見つめ直し、未来に向けた力にしたいとの思いが込められていました。以来、年4回、2018（平成30）年夏で76号の刊行を重ねることができました。復刊20年の節目に当たり、その中から選りすぐりの「秀作」約30編を一冊にまとめました。

各分野の第一人者からの深い洞察と示唆に富んだ提言が、ふるさとの未来を考えるヒントになれば幸いです。

2018年6月

北國新聞社出版局

復刊20年記念 北國文華 秀作選

目次

歴史を解く

心を編む

次代を拓く

文化を紡ぐ

仲代達矢

俳優、無名塾主宰

なかだい・たつや◎1932（昭和7）年東京生まれ。63年に主演映画「切腹」（小林正樹監督）がカンヌ国際映画祭審査員特別賞。75年妻の宮崎恭子と無名塾を設立、役所広司や若村麻由美らを輩出した。黒沢明監督映画に多数出演、主演「影武者」が80年にカンヌ国際映画祭で最高賞。2007（平成19）年文化功労者。08年七尾市名誉市民。15年文化勲章。能登演劇堂名誉館長。

能登演劇堂は私と妻の夢の結晶

（2013年「第57号」掲載）

今から20数年前、私の愚痴《ぐち》のようなひと言が北國新聞に載り、それがきっかけで能登演劇堂が誕生することになったのです。ですから、ずっと、私は最初に言い出したものとして強い責任を感じ、頭の中には常に能登の存在が大きくあるのです。

私が主宰する無名塾（俳優を養成する私塾）の合宿を中島町（現・七尾市）でするようになって確か、6年目、1991（平成3）年のころだったと思います。その記事というのは北國新聞の企画で、山本林作町長、無名塾能登後援会長の藤田和夫さん、そして私と妻・宮崎恭子《やすこ》の4人で座談会を開き、その中で、私は「日本にはホールや市民会館はありますが、演劇をする側からいうと理想的なものはほとんどない」と常々抱いていた心情を吐露《とろ》したのです。

「過疎の町でやっていけるわけがない」

それはどういうことかと申しますと、日本の場合、ほとんどが多目的ホールなのです。コンサートにも、講演会にも使えるため客席は扇状に広がっています。さらに当時は「大きいことがいいこと」という価値観でしたから、客席を多くする傾向があり、1500人、2000人規模が大半で、もっと大きなホールもできていました。また、どのくらい豪華なシャンデリアがいくつ付いているかなどという装飾的な部分を競い合う、そういう視点で建てられたものばかりだったのです。

しかし、演劇をする立場から言うと、まるで違うのです。まず客席が扇状に広がっていては舞台での演技が見えない死角ができてしまいます。ですから、ホールは長方形であるべきで、舞台と客席は半分ずつぐらいの広さ、客席は500人から多くても800人程度というのが理想的です。

欧米にはニューヨークやロンドンに限らず地方にでも当たり前のようにあるそんなホールを、わたしたちは日本で見たことがなかったのです。

私の話を聞いていた町長さんは、それはいいと賛成していましたが、その時はリップサービスだろうというぐらいにしか思っていませんでした。

しかし、それから少し経って、日本各地でまちおこしの機運が高まったこともあるのでしょう、中島町から「演劇専門の劇場をつくりたいので相談にのってほしい」という依頼を受けたのです。

さすがに驚いて反対しました。劇場運営の難しさは、わたしのほうがよく知っています。さらに演劇専門となれば、東京でさえ厳しいのに、失礼な言い方かもしれませんが過疎の町でやっていけるわけがないと正直に申し上げました。

何度かそういうやりとりを繰り返しましたが、町側の決心は固く、結局、私たち夫婦はその熱意に打たれて監修をお引き受けしたのです。

観音開きになる舞台後壁

建てると決まったからには、観客にも役者にも望ましい劇場にしよう、ナンバーワンでなくオンリーワンを目指そうと話しあいました。派手なシャンデリアなどは一切付けない代わりに、どの席からも見やすい舞台にすることにこだわりました。最終的に客席数は６５１。一番の贅沢《ぜいたく》は舞台後壁が観音開きになり、自然の森が背景になることです。屋外まで舞台にする劇場は世界でもまれでしょう。

うしろの壁が開くというアイデアは、そのころ、ＮＨＫのドキュメンタリー番組「世界・わが心の旅」で妻と一緒にイギリスの西海岸ランズエンドの岬を訪れて見た劇場からヒントを得た私の発案です。その劇場「ミナックシアター」は岬の崖《がけ》を背にした海辺に造られた野外劇場で、崖に設けられた客席に座って舞台を見ると、背景に海が広がる眺めになるのです。その土地に住む演劇愛好者の女性が50年の歳月をかけてつくり上げたという感動の劇場でした。

私は中島町で背景が海になる劇場を造れないだろうかと考え、あちこち探しましたが、残念ながら適切な場所は見つかりませんでした。そこで、現在の場所で、舞台後壁が開くと背景に野外の森が広がるようにしたのです。観音開きの舞台も初めてのことで、どうしようかと思案し、船に車を収納する時のハッチの仕組みを応用しました。

こんな劇場はどこにもありません。私は日本一の演劇専門ホールだと自負しています。実際に見た演劇関係者皆さんがとても理想的だと驚きます。２００９(平成21)年に行ったロングラン公演「マクベス」は、北は北海道、南は沖縄からも能登演劇堂へ見に来ていただき、観客は総勢３万３千人に上りました。あの時も、能登演劇堂は素晴らしいという多くの声が私のもとに届きました。

東京公演やめ「ぜひ能登へ」

そこで今回、こうしたのです。いつも能登を皮切りに始める公演は、次に東京で上演し、それから全国各地を巡回するのですが、こんどの9月28日から10月27日まで能登演劇堂で行う「ロミオとジュリエット」は、東京公演をやらないことにしました。なぜ東京でしないんだと怒るファンもいらっしゃいますが、そういう方には「ぜひ能登へ見に来て下さい」と申し上げています。

私がこの世を去っても能登演劇堂は残るわけです。一人でも多くの方に能登演劇堂の素晴らしさを知ってもらい、何としても大事に育てていってもらいたい。これまで私も熱い思いを注いできましたから、それを途切れさせてはいけない、次につながるようにしなければと思い、無名塾の塾生たちには常々私のそういう気持ちを話しています。

能登演劇堂完成の翌年、妻が他界

私の人生で最も激動だったと思えるのは能登演劇堂が完成した1995（平成7）年前後のころでしょう。8歳の時に父親を亡くし、貧しさと飢えの中でずい分みじめな幼少期を過ごしましたが、生きるための苦労より愛する人を失う悲しみのほうがはるかに辛《つら》いことを知ったからです。

俳優座養成所からの相棒で、同志であり、心の支えであった妻・宮崎恭子《やすこ》が他界したのが96(平成8)年。能登演劇堂のこけら落としを終えてまもなく体調不良を訴え病院で診てもらったところ、すい臓がんであることが発覚したのです。手術を受けて成功もしたのですが、転移していて術後わずか半年で逝《い》ってしまいました。65歳でした。

能登演劇堂が完成する前年には、私たち夫婦の念願だった無名塾のけいこ場「仲代劇堂」が自宅横にできたばかりでした。脚本家で演出家の妻とは演劇の理想像を求めてずっと二人三脚でやってきました。その歩みの中で、無名塾を立ち上げ、20年目にしてようやく東京の拠点をつくり、そして縁あって能登にも素晴らしい拠点ができ、さあこれからというところだったのです。

遺書に「無名塾を続けてほしい」

能登演劇堂こけら落としの演目は当初、彼女の案で「マクベス」が有力でした。観音開きの舞台を生かして、馬に乗ったマクベスが森から駆け下りてくるという場面を見せたいと話していました。しかし、馬の予算だけで制作費が消えてしまうため断念し、そこで「ソルネス」にしたのです。

「ソルネス」は無名塾1回目の発表作で、思い出深い演目でした。老いた建築家ソルネスが若い優秀な弟子の才能に怯《おび》えながらも、出遭った娘に刺激を受けて挑戦の心を取り戻すという物語です。

こけら落としの舞台を終え、割れんばかりの拍手を受けた彼女は「2人の思い出のこの地で、これからいい芝居をつくっていきたい」と最高の笑顔を見せていたのに。それからわずか1年でこの世を去ったのです。

妻を失った私はしばらく生きている感覚がありませんでした。空白の時間があると崩れ落ちてしまいそうで、追い立てるようにスケジュールを入れ、仕事に没頭しました。それでもどうしようもない喪失感《そうしつかん》にふと襲われるのです。

なんとか自分を取り戻すことができたのは、彼女の遺書に俳優人生を全うするためにも無名塾を続けてほしいという一文があったからです。親しい知人から、役者を貫くために無名塾は誰かにまかせたほうがいいと助言を受けました。私1人になったのですから役者の仕事を制限しなければ塾の方は成り立ちません。その言葉に従い、ほかの人にまかせていたら、きっと能登との縁も薄れていたことでしょう。

しかし、それはどうしてもできなかった。無名塾、そして仲代劇堂、能登演劇堂は私と妻・宮崎恭子《やすこ》が演劇の理想に向かってともに歩んできた夢の結晶です。残された者として命ある限り、育てていかなければ、再び生きよう、と自らを奮い立たせました。

堅実なサラリーマンになりたかった

宮崎恭子と出会ったのは俳優座養成所です。1952(昭和27)年、私が19歳で試験に受かって入った時、彼女は2年上の先輩。当時、まだモンペ姿の女性もいた中で、彼女は流行のふんわりとしたスカートをはき、ハイヒールでさっそうと歩く、マドンナ的な存在でした。

私はと言えば、それまで定時制高校の夜間部に通い、昼はアルバイトをして生活費を稼《かせ》ぐという身の上でした。ごく普通の家庭を持つのが夢で、子ども3人をちゃんと育てて大学までやるために定年まで勤められる堅実なサラリーマンになりたかったのですが、就職試験を受けようにも学歴がありません。それで学歴に関係ない職業は何かと考えた末、寿命は短いがファイトマネーは大きい、ボクサーがいいのではと思い立ち、ジムにも通いました。しかし、実際に練習すると、相手からなぐられるのに辟易《へきえき》して、自分に向いていないと見切って辞めました。

小説家もいいなと思ったことがあります。本を読むのが好きでしたから。当時、大井競馬場で場内整理員として働いていてノミ行為をする者やモグリの予想屋を取り締まることもやっていました。競馬場ではいろんな人間模様を見ることができます。それをもとに原稿用紙200枚ほどの作品を書いて懸賞小説に応募しましたが、なんの連絡もなし。早々にこの道もあきらめました。

お金をカンパしてもらい受験

そんなころ、モリエールの喜劇「女房学校」という芝居を見たのです。俳優座の千田《せんだ》是也《これや》さんの演出、主演でした。新劇は新しい演劇として若い人に注目を集めていたころで、初めての新劇にすっかり魅了された私は、なけなしのお金をはたきモリエールの全集をすべて買って読破しました。そして、その芝居が行われた劇場ロビーに、俳優座養成所のパンフレットがあったのです。「日本で初のアカデミックな俳優専門学校」という文句がつづられていました。

そうか、俳優の勉強なら今からでもできる。これからの時代は外国のように俳優学校をでたものが認められるのではないか。新劇俳優は地道だが、堅実にやっていけば食べていけそうだ…。

そう思う一方、養成所の試験に受かることができるのか、万一、受かったとしても内気な自分が本当に俳優になれるのか、俳優になって一生食っていけるのか…と気持ちは揺れ動きました。

そんな私の背中を押してくれたのが大井競馬場の仕事仲間たちでした。「お前の顔つきは役者に向いている」と言ってくれたのです。そして、受験料2000円をみんながカンパしてくれて、試験当日、どこからか車まで調達して六本木の俳優座へ送ってくれたのです。

倍率20倍、「百パーセント落ちた」

意気揚々と会場に入りましたが、すぐにがく然としました。筆記試験は「近代演劇の理論を築いたスタニスラフスキーについて考察せよ」という問題。さっぱり分からず白紙で出しました。

実技試験は、恋人とデートで映画に行くことになったが、映画の切符がないことに気づき、慌てて探した末にようやく見つかりホッとする場面をパントマイムで演じるというものです。足は震え、頭の中は真っ白、何をどうやったのかまるで覚えていません。続く朗読も映画で見たことのある俳優が試験官を務めているのが気になって集中できずじまい。さんざんな結果でした。

応募は600人を超えており、競争率は20倍。百パーセント落ちたと思った私は発表を見に行きませんでした。お金をカンパしてくれて、車で送ってくれた大井競馬場の仲間に申し訳ない、顔向けできない、とそのことばかり考えていました。

すると突然、「一次に受かったのになぜ二次試験に来ない」と連絡がきたのです。びっくりして会場へ駆けつけたところ、二次、三次と通り、合格したのです。

あとから聞いて分かったのですが、「あの年は、下手でもいいから、背丈のデカいヤツと、声のデカいヤツをとったんだ」そうです。そしてこうも言われました。「ひとりだけ陰気で目をギョロギョロさせている個性的な子がいた」と。

背が高く、声が大きく、陰気だったおかげで運よく滑り込むことができたわけです。

同じ4期生として受かったのは36人。その中に宇津井《うつい》健《けん》、佐藤慶《けい》、佐藤允《まこと》、中谷一《なかたにいち》郎《ろう》、田浦正己《たうらまさみ》たちがいました。ちなみに5期生には平幹二朗《ひらみきじろう》、6期生には近藤洋介、7期生に田中邦衛《くにえ》たちがいます。

月謝900円が払えず名前張り出し

養成所時代は、昼に演劇を学び、夜はウエイターやキャバレーのボーイなどのアルバイトという生活です。中でもパチンコ店はいい働き場でした。収入もよかった上に軍艦マーチやチンジャラの大騒音の中、声を張り上げてセリフの練習ができたからです。もともと声は大きいほうでしたが、養成所では「もっと大きく」と言われ続けたため、声を出す練習場所にもってこいでした。

それでも生活は苦しく、月謝900円が払えないこともしばしばでした。滞納者は名前を書かれて紙が張り出されます。養成所3年生のときは、俳優座劇場のこけら落とし公演があり、養成所の仲間の多くが群衆などの役で舞台に立ちましたが、「月謝滞納」のため私と佐藤慶は出してもらえませんでした。

このころ、7歳上の姉に随分助けてもらっていました。料亭の仲居さんをしていて、お金のない私は月末になるたび、その店の裏口を訪ねると、姉が何も言わず1000円を包んで渡してくれたのです。異母きょうだいでしたが、苦労を分かち合ってきたせいか、いつも優しくしてくれました。

5秒のシーン、やり直しの連続

こんなこともありました。養成所の生徒は時々、映画のエキストラに出演します。ほとんどがみんな面通し《めんとお》し、つまりオーディションにパスするのですが、わたしだけいつも受かりません。3年間で9回も落とされました。

ある日、「デカいのだけ行け」と面通しに初めて通ったのです。黒沢明監督の「七人※

※「七人の侍」=1954年公開の映画、黒沢監督の数々の作品の中でも日本映画の傑作と言われ、世界中の監督に強い影響を与えた。ベネチア国際映画祭銀獅子賞

の侍」でした。黒沢監督の作品はすべて見ていましたので、尊敬する監督の作品に出られることがうれしくて、有頂天《うちょうてん》になって撮影現場へ行きました。私のシーンは映画の冒頭、セリフはなく、侍がただ歩いて通り過ぎる役で、撮影は朝一番から始まりました。

突然、「だめだめ、カット」「歩き方が全然なってない」と監督の怒鳴り声が飛んできました。それからはやり直しの連続。主役の三船敏郎さんら大物をはじめ、総勢100人もの役者を待たせ、その前でやり直しを続けました。たった5秒のシーン。「だめだ」と言われるだけで、どこが悪いのかさっぱり分かりません。恥ずかしさと悔しさでいっぱいで、「俺を替えればいいじゃないか」と憤慨《ふんがい》しました。

昼になっても、「そいつに飯を食わせるな」と言われ、みんなが昼食をとる中、私はひたすら助監督の指導を受け、そして、だめ出しが続きました。OKをもらえた時は午後3時を回っていました。封切された映画を見に行くと、私の場面は5秒すらなく、一瞬姿が映っただけ。字幕には名前も出ていません。屈辱感《くつじょくかん》で胸が張り裂けそうになり、「二度と黒沢作品に出るものか」と誓ったものです。

しかし、のちのち、なぜ何度もやり直しをさせられたかが分かるようになりました。刀を差して歩く時は腰で歩くものなのです。私は侍の歩き方などまったく知りませんでした。考えてみれば、ありがたいことなのです。無名の私のわずか5秒のシーンに、大監督がほとんど一日、つきあってくれたのですから。

それからずっとあと、黒沢監督から映画出演のお話をいただいた時、「七人の侍」のことがよみがえり、一度お断りしたのです。ですが、監督は「どうして断る。あのときの仲代を覚えていたから声をかけたんだ」と言っていただき、お受けしました。それが「用心棒」※です。

彼女の家で毎晩、夕食をごちそうに

養成所の修業3年を終えた私は同期生から1、2人しか入れない俳優座の劇団員に選ばれ、1955(昭和30)年、俳優座に入りました。そして幸運にも、その年、俳優座公演「幽霊《ゆうれい》」の主役に抜擢《ばってき》されました。これが私の新劇デビューになったのです。

宮崎恭子《やすこ》と結婚を意識して付き合い始めたのはこのころからです。当時、私は毎晩のように彼女の家に行き、夕食を一緒に食べていました。

東大法学部卒で判事から戦後、弁護士に転身した父親は無口で取っつきにくい一面はありましたが、名もなき私を黙って受けてくれていました。母親は料理上手で家族を優しく包み込む雰囲気を持っていて、妹は少々おてんばですが、とても明るい。私は彼女

※「用心棒」=1961年に公開され、時代劇の新境地をひらいた黒沢作品。西部劇「荒野の用心棒」にリメイクされた。主演の三船敏郎氏はベネチア国際映画祭主演男優賞。仲代氏は三船氏のライバル役を演じた

の家族と食卓を囲み、家庭の味というものを知り、本当の家庭のぬくもりに触れたような気がしたものです。

食事が終わると、「さて」と父親は2階へ行きます。すると、みんなはそれまでと少し違って、のびのびとしたおしゃべりを楽しむ。そうこうして午後10時か11時ぐらいになると、私が「どうもごちそうさまでした」と腰を上げて帰ります。そんな毎日が1年半ほど続きました。

彼女は厳格な父親に結婚を反対されないためにはどうしたらいいかと考え、家柄も学歴もない貧乏な劇団員だが人はそう悪くないヤツだと、両親に私という人間を理解してもらおうと毎晩、夕食に誘っていたのです。

そうして私たちは1957(昭和32)年に結婚しました。私23歳、彼女24歳でした。

コンプレックスを個性として

彼女は女房役を優先しながら女優業を続けていましたが、ある時すべて女優の仕事をやめました。結婚当初、先が見えないのに所帯を持つのは早すぎるのではという声もありましたが、私は恭子《やすこ》と出会い、そして結婚して充実した日々を送っていました。

25歳で小林正樹監督の「人間の条件」※に取り組み足掛け4年演じ、その間、先ほど話

※「人間の条件」＝1959〜61年に公開された全6部の超大作。主演した仲代氏の演技は高く評価された。ベネチア国際映画祭サンジョルジュ賞、映画批評家賞

しました黒沢監督の「用心棒」、そして「椿三十郎《つばき》」に出演し、その後、小林監督の「切腹」と続き、映画俳優として私の代表する作品に次々と巡り合えたのですから。20代後半は恵まれすぎるほど順調な歩みでした。

思えば不思議なものです。小さいころからなるべく人前に出ないようにする性格で、卒業写真ではいつも一番うしろの隅《すみ》に立っていたので顔が半分しか写っていません。終戦まもないころ、生活費を稼《かせ》ぐために弟とポンポン菓子を作って売り歩いた時も無愛想な私は注文がほとんど取れず、誰からも可愛がられる弟はたくさん注文を取ってきたものです。

自分でもコンプレックスを感じている、どうしようもない陰気さ。そんな負の部分を個性として受け取られ、俳優座の狭き門をくぐることができたのです。ドラマというものが基本的には人間の業《ごう》や弱さから成り立っているということもあり、貧しい中で育った私の生い立ちも役者として生きる上では無駄にならなかったということでしょうか。

父が臨終前に「この子は悪くなる」

私の父親は実家の農業を継がず、妻も田んぼも捨てて単身、東京へ出てハイヤー事業を始めた人でした。再婚して娘ができましたが、その妻に先立たれました。そして娘を連れてよく通った銭湯の前にある薬局の看板娘と恋仲になり、半ば駆け落ち同然で一緒になったのです。その女性が私の母です。私が物心ついたころ、父は当時不治の病だった結核《けっかく》を患い、入退院を繰り返していました。父親の思い出でまずよみがえるのは床にふせった姿です。

父と母はよく夫婦げんかをしていました。幼いころなので、原因はよく分かりませんが、どうも父親の女性関係だったようです。夜明け前、「この家を出ていくよ」と母に急に起こされ、手を引かれて家を出たものです。眠い目をこすりながらまだ暗い道を歩き、駅に着いたらベンチに座って電車が来るのを黙ってじっと待つ。何とも不安で悲しさがこみあげてきたのを覚えています。小学校へ入る前のころでした。

しかし、母は実家に帰って数日すると、何もなかったかのようにまた家へ戻るのです。こんなことをけんかするたび繰り返し、私は母の手を握り、夜明け前の道をトボトボ歩いたものでした。

父は私が8歳の時、42歳で亡くなりました。息を引き取る前、私の手を握って母に向かってはっきりとこう言いました。

「この子は悪くなる、不良にならないよう気を付けたほうがいい」

なぜ父がそんなことを言ったのかは分かりません。小さいころの私は大人しくて人見知りする内気なほうでした。ただ、父の言葉を聞いて「絶対にそうなってたまるか」と反発したことで、終戦後の混乱期にスリやかっぱらいをする仲間に引き込まれず、「悪」から一線を画すことができたのかもしれません。

「俺はなんで生まれてきたんだろう」

母は豪快な人でした。明日食べるものがないというのに近所のおばさんたちと集まって、はしゃいでいるので、いったい何をしているのだろうとのぞきこむと、花札のバクチをやっている、そういう人でした。戦中、隣組の人から再三、防空壕《ぼうくうごう》を掘って下さいと注意されても「爆弾が落ちたら同じことだ」と言って最後まで掘りませんでした。空襲のたび、私と弟は家財道具を載せた大八車を引いてガタガタ道を逃げ回っていました。

一時、私は姉や弟と離れて一人、東京郊外の寺に学童疎開《そかい》しました。疎開先で周りの子どもたちはそれなりに溶け込んでいたように見えましたが、私はどうしてもその中に入れませんでした。なにか違和感があり、孤独感にさいなまれました。俺は何で生まれてきたんだろう。自分だけ、ほかの友だちと同じところにいられないのはどうしてなんだろう。朝早く、寺の裏にある墓場で一人ポツンと座り、いつもそんなことを考えて流れ落ちる涙をぬぐっていました。

その疎開先から戻ったところに東京大空襲です。生き延びられたのはただ運がよかったというしかありません。8月15日で終戦となりましたが、死体がごろごろしている中を、食べるためにさまよい歩いていました。

そして、きのうまで「鬼畜米英」と叫んでいた大人がその日を境に一転して親米になる姿を目の当たりにし、大人なんて信用できない、人間なんて信用できないと、拳《こぶし》を握りしめていました。

その後、定時制高校へ通い、卒業して俳優座養成所に入ったのです。そして役者の道に進み、私の運命は一変しました。

妻と私塾の「無名塾」をつくる

20代で素晴らしい作品、監督と出会い、嵐のような忙しい30代を過ぎ、40代になってようやく自分を見つめる余裕ができたのかもしれません。これまで育ててくれたこの世界に何か恩返しをしようと思うようになり、妻と話し合いました。

彼女はこう言いました。海外には俳優を育てる国立の機関はあるが、日本にはない。それなら私塾という形で魅力的な俳優を育てていこうと。

そのころ、彼女は脚本家、演出家として活動していて、自宅の庭で若手の指導をしていたのですが、そばでただ見ていた私は次第に口がでて、それから手が出て、しまいに演技論を交わし…、そうして気が付くと、役者のタマゴたちが自宅に集まってくるようになっていました。無名塾はいわば自然発生的にできたようなものなのです。

最初のうち、「役者が役者を教えてどうする。飼い犬に手をかまれるぞ」という批判もありました。しかし、実際に若者たちと接していると、芝居に対するそのひたむきな情熱に私は新鮮な刺激を受けたのです。20代でほとんどやりつくしたような感のあった私は30代、俳優業に少し嫌気がさし、半ばうつ状態にありました。そんな私を目覚めさせてくれたのは、若者たちとの人間くさいぶつかりあいだったのです。

私自身、養成所の月謝を払うのに大変苦労しましたから、ここの月謝は無料にしました。また、そのころ訪ねたニューヨークのアクターズ・スタジオ※を参考に無名塾も新人だけでなく、プロになってからも戻って修業できる場にしました。

そして私たち夫婦にとって無名塾は生活の一部となっていったのです。

初めての能登旅行で魅せられ

それから8年ほどたった1983(昭和58)年。たまたま10日ほどまとまった休みがとれた時、無名塾演出家の林(清人)から能登の中島町に友人がいるので行ってみませんか

※アクターズ・スタジオ＝アル・パチーノ、ジャック・ニコルソン、メリル・ストリープら多数のハリウッドスターが学んだ俳優養成所

と誘われ、妻と妻の母と4人で車に乗って能登半島を巡ったのです。

日本各地を回っていた私でしたが、能登は初めてでした。素朴な風景や出遭う人々の人情味、そして文化の薫りも感じられ、何もかも気にいりました。特に黒瓦《くろがわら》の屋根が整然と続く家並みの美しさに魅せられ、こんな素晴らしいところが日本にあったのかと感動すら覚えたのです。それまでの旅は仕事の延長線上か、いつも何か仕事のことを頭に抱えながらでしたから、初めてといっていいほど、まったく仕事を忘れて旅したことが能登の印象を強烈に深めたのかもしれません。

「こんなところでけいこができたら最高だ」。いつのまにか、そうつぶやいていました。当時、無名塾は私の自宅裏の小さな倉庫でけいこをしていて、公演前は借りられる大きな会場を転々と移るといった状況で、腰をすえて思いっきりけいこに専念できる場所を渇望《かつぼう》していたのです。そうしたら、少し経ってから、中島町の方から「町に宿泊して、町の若者と塾の若者を交流させてはどうでしょう」というお話をいただいたのです。

分宿し、武道館でけいこ

1回目の合宿はその2年後でした。私たちは30人ほどで行きますから、地元の方々の家に泊めていただく分宿で、けいこ場は武道館を借りました。実際やってみると、これがとてもいいんです。何といっても騒音がない。空気がうまい。食べ物がおいしい。それにお酒も。夜は、星はこんなに近くにあるものなのかと思うくらい、瞬《また》きが美しいんです。こうして合宿が翌年、その次の年、そのまた次の年と続いていきました。

初めのころ、無名塾って学習塾?東京からなぜわざわざ呼ばなければいけないのか?という声も聞かれました。街を歩くと、よそ者が来たという違和感も少なからず感じたこともありました。

しかし、たとえば、私も塾生も朝6時に起きてジョギングをします。そうして町内を走ると、もう働いている地元の方々があちらこちらにいらして、勤労の精神を教えられるわけです。自然や土地、祖先を敬い、地域にしっかりと根付いて生きている姿は都会ではなかなか学べません。無名塾は3年の期間ですが、1年目は演技の修業よりも礼儀作法を徹底的に教え込みます。役者というものはそもそも人間修業ですから、能登の方々のたくましく生きる姿は若者たちにとてもいい参考になると思いました。

元気よく「お世話になっています」とあいさつしていくと2、3年で自然と言葉を交わすようになり、商店街を通れば、皆さんが塾生の名前を覚えて話しかけてくれるようにもなりました。そのとき、町の中に溶け込めた感じがしました。そうして始まった交流がもう30年近くになります。

仲代 達矢

全国公演の皮きりは能登から

能登への私たちの恩返しの気持ちとして、年に1回ずつ無名塾の芝居をつくり全国公演する、そのスタートを必ず能登演劇堂からと決めています。

9月28日から始まる今回のロングラン公演「ロミオとジュリエット」の舞台はとにかく美しさにこだわりたいと思っています。美しい舞台をつくり上げて芝居というものの魅力を存分に伝えたい。

この物語はシェークスピアの作品の中でも特に若い人に喜ばれるもので、いわば青春のバイブルのような存在です。無名塾のファンはどちらかといえば中高年の方が多いわけですが、こんどの公演はとりわけ若い人たちに見ていただきたい。そういう強い思いで演目を決めました。

今なぜ、「ロミオとジュリエット」なのか。

この物語はご存じでしょうが、イタリアのモンタギュー家とキャピュレット家が敵対している中で、双方の一人息子と一人娘が恋に落ち、悩み苦しみ、最後は死に至るという悲劇です。

争いというものがいかに愚《おろ》かであるか、人間のあさましさに気づき、人類にとって、この地球にとって何が本当に大切なのかを考えてほしい。あまり政治的な話はしたくありませんが、現在の世の中はどうでしょう。日本はこの70年近く、戦争のない平和な時代でしたが、これからはどうでしょうか。何か危《あや》うさを感じるのは私だけではないように思うのですが。シェークスピアの作品は人間の核心をついています。次の世代を背負う若者たちにぜひ見ていただきたい。

能登演劇堂は演劇の将来を背負う

そのためにも私たちは劇場へ足を運んでもらえるように素晴らしい舞台をつくらねばなりません。科学技術が目覚ましい進歩を遂げていく現代にあって、芝居や映画がテレビへと移り、そしてパソコン、しまいにスマートフォンでいつでもどこでも手軽に見ることができるようになる日も近いでしょう。すると、ますます劇場に行ってお金を払って見るという人が少なくなり、ゆくゆくはライブの演劇というものは滅んでしまうのかもしれません。

そういう意味で、ライブの演劇というものは科学技術の進歩と対極にあるといえるでしょう。

しかし、私は一方でこうも思っているのです。科学技術が進歩すればするほど、かえってライブの演劇はマイノリティ（少数）となり、その特殊性が際立ってくるのではないかと。しかも能登演劇堂の場合、東京でなく能登にあるという特殊性がさらに加わります。時代が進むほど、能登演劇堂でのライブの演劇はその希少価値が高まり、支持者は増えるのではないだろうかと。

大変、能登びいきの楽観的な見方かもしれませんが、能登演劇堂のこれからが演劇そのものの将来を背負っているように思えるのです。

その意味においても、今回の公演「ロミオとジュリエット」は、役者人生60年の私にとって次の時代につなぐ大切な公演だと思っているのです。東京公演をやめ、能登公演にかけた私たちの思いを注ぐ「美しい舞台」をぜひ多くの方々に見に来ていただきたい。

（談）

渡辺 淳一

作家

わたなべ・じゅんいち ◉ 1933（昭和8）年、北海道生まれ。札幌医科大学医学部を卒業後、同校整形外科の講師となり、医療の傍ら小説を執筆。69年に札幌医科大学を辞職して作家生活に入り、翌年、『光と影』で直木賞受賞。80年、『遠き落日』『長崎ロシア遊女館』で吉川英治文学賞受賞。直木賞選考委員。著書に『リラ冷えの街』『女優』『花埋み』『くれなゐ』『ひとひらの雪』『化身』『別れぬ理由』『メトレス　愛人』『うたかた』『失楽園』など多数。近刊に『エ・アロール　それがどうしたの』がある。2014年逝去。

特別インタビュー

恋愛小説こそ小説の王道

―スキャンダラスに生きるために―

（2004年「第18号」掲載）

島清恋愛文学賞の意味

美川町から島田清次郎にちなんだ文学賞制定の相談を受けたとき、「島田清次郎文学賞」ではインパクトがないと思いました。一般の人は島田清次郎といっても知らないでしょう。現役の編集者でもほとんど知りません。「島田清次郎文学賞」という名前では、だれも分からない、非常にマイナーな文学賞になると思ったんです。僕は小樽市の伊藤整文学賞の創設にもかかわりましたが、伊藤整といっても、あまり分かりませんからね。まして島清は、なおのこと。だから、賞の名前に「恋愛」と入れれば関心を持ってもらえるんじゃないかと思ったわけです。全国を見回しても「恋愛文学賞」というのはほかにないし、そのほうが華やかでいい。選考するにしても絞りやすいですからね。

〈渡辺淳一氏は、今年第10回を迎えた「島清恋愛文学賞」の創設にかかわり、高樹のぶ子氏、小池真理子氏とともに選考委員を務めている。同文学賞は、数ある文学賞の中で唯一、「恋愛小説」に限定したユニークな賞として知られているが、創設に際して「恋愛」の二文字を加えるよう助言したのが渡辺氏だった〉

もう一つ、恋愛小説に、もっと光を当てたいという思いもありました。ここ数十年、文壇における恋愛小説の評価はやや低いのが現実です。しかし、僕が作家としてデビューした頃は、恋愛小説こそが王道でした。丹羽文雄さんや井上靖さん、谷崎潤一郎さんがいたし、川端康成さん以下、名のある人は全部、恋愛小説を書いていました。ところが、だんだん恋愛小説を書かなくなったというか、とくに男の作家が恋愛小説を書けなくなってきた。それとともに、歴史小説や時代小説のほうが何かしら重厚で、経済成長期にかなっていて、恋愛小説より上だというような風潮が出てきた。僕は、そんな馬鹿なことはないと常々思ってきました。

男が恋愛小説を書けなくなり、おじさんたちが恋愛小説を読めなくなったというのは、男が目先の利益に追われて、精神的に衰弱したためで、作家は虚構を書けなくなり、読者はそれを読めなくなったということです。むろん虚構を書くのはもちろん、読むのも、スタミナが必要です。そのスタミナが落ちたから、実録の歴史小説や時代小説に向かっていった。昔は恋愛小説を書かない作家は作家じゃないという思いがあって、だから、みんな競って書いていた。いま、男の作家が恋愛小説を書かないのは、書けないからです。要するに真面目な常識人になった、ということです。島清恋愛文学賞の歴代受賞者を見ても、男の作家は阿久悠さんと藤田宜永さんの2人だけです。

虚構を書くことの難しさ

虚構で恋愛小説を書くというのは非常に難しい。実感的なものがないと書けないし、大人の読者を納得させるリアリティーをもたないといけない。書いている当人が恋愛的な感情に入らないと、恋愛小説は書けないものです。また、いまの日本には多くの恋愛がありますが、小説表現に値するような重い恋愛というのはほとんどありません。人々に訴える熱いものを書く社会的背景がない。と同時に、作家もそれだけの恋愛のボルテージを持てなくなった。その中で、なお恋愛小説を書くというのは非常に難しいことです。

一般的に歴史小説のほうが重厚といわれますが、僕は前々から、歴史小説を書くようになったら作家は終わりだと思ってきました。丹羽さんや井上さんも晩年になって歴史小説を書かれたけど、僕は不満でした。恋愛小説はすべて虚構だから書くのがきついけど、その点、織田信長や豊臣秀吉を書くのは、実在した人物のリアリティーある足跡をモディファイするだけだからかなり楽です。僕も歴史小説や伝記小説を書きましたが、この種のものも書こうと思えば書けるというだけのことで、ずっと書いていたら駄目になると思っていました。

そういう意味で、恋愛小説は是非とも立ち上がってほしいジャンルだった。島清恋愛文学賞に「恋愛」の2文字を入れたのは、そういう願いもあったからです。

選考委員と受賞者歴が大事

〈島清恋愛文学賞の歴代受賞者を見ると、まさに錚々《そうそう》たる顔ぶれである。第1回受賞者の高樹のぶ子氏をはじめ、芥川賞、直木賞の受賞作家がずらりと並んでいる〉

文学賞というものは、選考委員と受賞者歴とで成り立っている。選考委員が悪いと、その程度の人に選ばれて、ということになるし、受賞者歴を見て、その程度の人が選ばれている賞ならいらない、ということになりかねない。幸い、島清恋愛文学賞の第1回受賞者は芥川賞作家の高樹のぶ子さんで、その後の受賞者では、山本道子さんが芥川賞、坂東眞砂子さん、小池真理子さん、藤田宜永さん、藤堂志津子さんが直木賞を取っていますが、そうした方々も喜んでもらってくれる文学賞になったと思います。第10回を記念して行われた公開選考会には大勢の編集者が美川町に来ましたが、あれだけの編集者が集まる地方都市の文学賞はほかにはありません。

受賞作を選ぶ基本は、もちろん恋愛小説であることが第一ですが、ある程度の作品を書いてきた人、あるいは書ける人を念頭に置いています。芥川賞作家、直木賞作家に限らず、書き盛りの中堅作家にあげたいし、取ってもらいたい。予備選考で選ばれてくる作家の中には、新人もいれば、かなりのキャリアを持った人もいます。もちろん候補作の出来は重要ですが、作家としてのキャリアや勢いも加味して選びたいと思っています。

恋愛小説は古びない

〈渡辺氏は、初期の医学を題材にした作品から、歴史小説、伝記的小説を経て、男と女の本質に迫る恋愛小説へと、作品世界を広げてきた〉

元々女性が好きだったし、女性ともいろいろありましたから(笑)、男と女の間にある、理屈では説明のつかないリアリティーを書きたいと思っています。僕は恋愛小説というより、男女小説といっているんです。恋愛小説というと何か若者の軽い小説と見られがちなので、男女小説というのは、もう少し男女の深層心理やエロスを書きこんだ、大人が読むに耐える深い小説であって欲しい。

男女小説で何を書くのかというと、論理で説明がつかないもの、しかし人間臭いものです。例えば、あの男はいい家の御曹司でハンサムで、しかも頭がよくて将来有望だから私は好きなんだ、みたいなことは書きません。そうではなくて、あの男は少し怠け者で、いろいろ問題はあるけれど、でも私は好き、というのなら書いてもいい。

つまり、論理で説明できること、理を書くのは小説じゃない。小説は常に理でないもの、人間の非論理な部分を書くものです。実際、Aという女がBという男とすごく愛し合っていて、セックスでもすごい快感を得られる。ところが同じ行為をしても別の男とでは嫌悪になる。こんな見事な非論理はありません。そんな理では説明がつかない妖《あや》しい情念とか、いわくいいがたいものがうごめいている男女の関係とか、そういうものを拾っていくのが小説を書くということだと思っています。

もう一つ、男女小説は決して古びない。男女体験というのは一代限りの知恵で、教育や学校では教えられません。自然科学のようなものは先人の業績に積み上げていくことができるから、限りなく進歩していきます。しかし、愛とかエロスは自分で体験しないと分からない。体験と感性の、一代限りの進歩しない世界です。だから古びない。千年前の『源氏物語』でも、平安朝の貴族の生活は分からなくても、愛する思いや別れの悲しみ、嫉妬《しっと》といったものは分かりますからね。理ではないリアリティーと古びないこと。この2点で恋愛小説は小説の王道だと思っています。

不道徳といわれるのは本懐

〈渡辺氏が1997（平成9）年に刊行した『失楽園』は一大ベストセラーになり、本のタイトルはその年の流行語大賞に選ばれた。映画化、テレビドラマ化もされて一つの社会現象となり、日本人の恋愛観や恋愛の形を変えたともいわれる〉

『失楽園』では大人の現代童話を書こうと思いました。大人の純愛、それも狂おしいほどの純愛を。それと、現代の心中ものを前から書きたいと思っていたんです。絶対的な身分格差や経済格差があった江戸時代には、心中ものもリアリティーを持って書くことができましたが、こんなに豊かな現代に、心中にリアリティーを持たせて書けないものか。それがもう一つの狙いでした。

理屈でいえば、そんなに愛しているのに、どうして死ぬんだ、生きていけばいいだろう、ということになります。しかしそうした理では説明できない非論理にリアリティーを持たせ、いかにして読者を納得させるか。『失楽園』では、昇りつめて愛の頂点に立った人の、そこから先のアンニュイというか、あとは下るだけだという喪失感を書こうと思いました。『失楽園』はアメリカで『ロスト・パラダイス』のタイトルで翻訳されましたが、ハーバード大学で講演したとき、どうしてあの2人は死ぬのだときくんですね。僕は、愛の極みの先にある限りない怠惰、ある種の安住のマンネリズムに対する怯《おび》えだと説明しました。それと東洋思想には、死を単なる死ととらえず、死で強く再生する攻撃的な死もあるのだと答えたけど、アメリカ人にも、ある程度、理解してもらえたと思います。

僕に限らず、いろいろな作家が心中を愛の究極として書きたいと思っています。それは心中が非論理だからです。作家にとって心中は書いてみたい永遠のテーマで、だから、いまもいろいろな人が心中ものを書こうとしていますが、『失楽園』を超える心中ものはそうそう書けないだろうと勝手に思っています(笑)。

『失楽園』が大きな反響を呼んだのは、当時の時代背景もあったと思います。バブルが弾けて経済的に落ち込んで、それまでの経済成長一辺倒でやってきたことに疑問を持ち始めた。あらためて自分の生きざまを振り返ったとき、自分らしい生き方をしているのか、愛とか燃えるようなことを体験してきたのかと、ふと不安にとらわれる。そういうときに『失楽園』が出たわけで。

ある人は、あの小説のようなことはないといったけれど、小説というのは現実にそうするかしないかではなくて、読む人の心の秘めた一点に、もしかしたら自分の心の中にもそういう思いがあるかもしれないという、そこに当たればいいんです。経済成長だけを追いかけてきて、漠然と結婚して家庭を持って、ふと振り返ったとき、自分は本当に生きてきたのだろうか。本当に好きな女と、しびれるようなひとときを送ってきたのかと省りみる。みんなが、そういう思いを持ち始めたとき、そこに矢が当たったんですね。

「失楽園現象」とか「ダブル不倫」とか、そんなことがあっていいのかという声もありました。でも、男女小説にとって、不道徳とか、いけないといわれることは、非常にうれしいことです。そもそも男女小説は不道徳、反社会を書いているわけですから、そういわれることは作家の本懐とするところです。こんな小説を書いてとんでもない奴だという投書もたくさんきたけれど、僕はすごくうれしかった(笑)。でも、あっという間に普通の女の子も電車の中で『失楽園』を読むようになりましたからね。

華やかな老いを書きたかった

〈近刊の『エ・アロール　それがどうしたの』では、高級老人ホームを舞台に、自由に恋愛やセックスを楽しむ高齢者を描く。老いに対する既成の概念を打ち壊し、

新しい時代の老いの姿を示して話題を呼んでいる〉

高齢者というと介護の大変さとか、老人施設にいる哀れな老人とか、老いの惨めさ、老いへの不安ばかりが取り上げられています。だから、全く違うものを書いてやろうと思ったんです。それも反社会を。老いてもスキャンダラスに、華やかに生きている人はいるはずで、それを書いてやろうと思って。

総じて、老いというもの、老後というものは、寂しく、侘《わび》しく、悲しいものだと思い込んでいます。とくに若者はみんなそう思っている。老いたら大変だ、そうなる前に死にたいと。それはとりもなおさず老いを馬鹿にしていることで。そういうふうに若者が老いを蔑視《べっし》するのはまだいいとしても、困ったことに、高齢者自身が「もう駄目だ」と思いこんでいる。定年退職した人たちが、これからの人生は暗くて寂しくて侘しいものだと思い込んでいる。それが僕には情けない。

そういう発想は根本から変えなくてはいけない。リタイアして自由になることは、とても楽しいことなんだと思って生きる。企業論理からも解放されるし、くだらない上司に頭を下げなくてもいい。左遷されることもない。そう考えて、喜んで老いに入っていくべきです。その意味で、日本の男たちは自分の人生を構造改革しろといいたい。60歳を過ぎたら終わりという考え方を根本から改革してほしいと思います。そのための一つの引き金になればという思いで『エ・アロール』を書きました。

『エ・アロール』の登場人物は、みんなスキャンダラスな老いを送っています。スキャンダルを日本語にすると「醜聞」となって、何か醜いものととらえがちですが、僕はそうは思いません。世阿弥《ぜあみ》の『風姿花伝《ふうしかでん》』の中に、世阿弥と父親の観阿弥《かんあみ》との問答集があって、世阿弥が華のある役者になるにはどうすればいいかと尋ねると、観阿弥は「珍しきが花」と答えるんですね。お前は珍しいことをしなさい、常に珍しい花でいなさいと。珍しいことをすることが、花と見られる原点なのだと。

「珍しきが花」の生き方を

普通の父親なら「立派なことをしなさい」とか「人に恥ずかしくないことをしなさい」というのでしょうが、観阿弥は、そんなものは既成の概念、過去の概念の中での「立派なこと」であり「恥ずかしくないこと」だといっているんです。そんなことより、常に「珍しきが花」でいろと。つまり、それは圧倒的なオリジナルを持てということなんです。

僕は、この「珍しきが花」という言葉を座右の銘にしていますが、スキャンダルとは観阿弥がいう「珍しきが花」のことだと思います。そういう意味でも、スキャンダラスな老いを生きてほしいと思うのです。

人間、死ぬまで恋愛できれば一番いいけれど、できない人が大勢います。年をとってもギラギラしているのはいやらしいと。とくに男には隠棲《いんせい》思想というか、隠居思想がありますからね。僕は、そういう人を刺激するつもりはありません。そういう人はそのまじっとしていなさいということです(笑)。だけど、人間は世間体で生きるものではありません。自分の一生だから、世間体などにとらわれることはない。『エ・アロール』の帯には、年甲斐《としがい》のない人になりたい、と記しましたが、それがこの本のテーマです。

売れなくなると作家は腐る

〈『失楽園』『エ・アロール』に限らず、渡辺氏が送り出す作品は常に一種の社会現象を引き起こしてきた。初期の『リラ冷えの街』刊行後にはタイトルの「リラ冷え」が俳句の季語として定着し、『ひとひらの雪』『うたかた』からは「ひとひら族」「うたかた族」という造語が生まれている〉

これまで書いてきた作品は、僕が生んだ子どものようなものだから、みんな愛着がありますね。どれが一番いいとはいえません。

ただ、僕にとってエポック・メーキングになった作品はあります。一つは直木賞を取った『光と影』。他に初期に売れた『花埋み』や『無影燈』『阿寒に果つ』など。作家はベストセラーを出して初めて圧倒的に大きくなるものです。人々にたくさん本を買ってもらい、多くのファンレターが来て、人々に望まれ、編集者が群がり、急かせられることは、なんと心地のいいことかと。そこで、いままでにはなかった気付かなかった力が出てくるんです。逆にいうと、ベストセラー作家にならなければ作家は伸びません。

伊藤整さんが『女性に関する十二章』を書いたとき、「文壇では誰も評価しなかったけれど、僕にとっては生涯で一番大きな作品だ」といっていました。「僕はあの作品で原稿の注文に追われる喜びを感じたんだ」と。それがプロの作家だと思います。

評論家の中には、ベストセラーや話題になった作品を嫌う人もいますが、僕はそんな評論家など相手にしません。ベストセラーを続けていかないと才能が次々と出てこない。売れなくなると、作家も才能も限りなく腐っていく。作家に限らず、一気に流れに乗るのと乗らないのとではずいぶん違います。流れに乗ると、こんなにうれしく、楽しいことはなく、そのとき一番、力が出てくるんです。売れなくてもいいという作家に限って、だれよりも売れることを望んでいるものです。狂おしいほどに望んでいる。そんな、いい格好しいの作家は、いろいろ知っているけれど(笑)。

初期の作品では『阿寒に果つ』や『無影燈』で長編を書ける自信がつきました。実際、それから一気に長編の注文が来ましたね。あと『ひとひらの雪』『化身』は男女小説を書けるという自信になりました。それまでは多少の不安があって、まだ半分は医学小説に足をかけていましたが、そのあたりから医学小説から離れて純粋に男女小説だけでいけると思いました。

ほかに、歴史小説になりますが『静寂《しじま》の声』や『君も雛罌粟《コクリコ》われも雛罌粟』は、自分自身、乗って書くことができました。直木賞を取った『光と影』も歴史小説ですが、実をいうと、そのほうが賞を取りやすいと思って書いたんです。歴史もののほうが審査員もくれやすいだろうと（笑）。

体験がなければ書けない

〈1970（昭和45）年に『光と影』で直木賞を受賞して以来、渡辺氏は常に文壇の第一線を走り続けている。現在も新聞に連載小説、月刊誌にエッセイを執筆しているほか、全国各地を講演に回るなど、そのバイタリティーはいささかも衰えることがない〉

男女小説は体験がないと絶対に書けません。小説と全く同じ体験とはいいませんが、ベースになる体験は絶対に必要です。例えば『失楽園』でいえば、好きで好きで狂おしくて、死にたくなるような思いの女とつきあっていなければ書けません。それがなければ、読者が実感として受け止めてくれないから。リアリティーを持って読者を説得できないんです。

女流作家の作品を読んで苦しそうだなと思うことがありますが、それは体験がついてきていないからです。小説が観念的になっていて、そのあたりが作家の辛いところで、とにかくいろいろな体験をしておくにこしたことはありません。

書きたいテーマはまだまだあります。谷崎潤一郎とは全く違う形で老いのエロスを書いてみたいし、もっといやらしいものも。ただ、僕は男女小説を書いていますが、その中では社会的なテーマも含めています。例えば30年以上前に書いた『リラ冷えの街』では人工授精を扱っているし、『くれなゐ』では子宮がんで子宮を摘出した女性の性感の恢復《かいふく》を、『メトレス　愛人』では仕事をしていて結婚を望んでいない女を書きました。今度の『エ・アロール』もそうですが、男女小説でも、そうしたそのときそのときの時代のテーマもしっかりと書きこみたいと思っています。

曽野 綾子

作家

その・あやこ ◉ 1931（昭和6）年東京生まれ。聖心女子大卒。終戦前後の10カ月間を疎開した金沢で過ごした。北國新聞、富山新聞の土曜付で随想「透明な歳月の光」を連載中。

特別寄稿

草原の夜

――真の国際理解とは

（2017年「第72号」掲載）

作家の幸せはどこの土地に行っても取材という名目でその土地の生活に深く入りこむことを許されることである。

「好きになること」は「知ること」だという当然な結果を、私たちは普段はあまり意識していないけれど、一度このような他国との接し方を知ってしまうと、観光旅行などというものは旅でもなく、相手国を知ったことにもならないという気がする。

日本人は、自宅に泊める人をお客として厚遇するあまり、普段の自分の生活にないようなごちそうや部屋の設《しつら》えまでしようとする傾向があるのだが、それはかえって日本の真実を伝えないことになる。

「私の普段の暮らしがもっともよくこの国の生活を伝える」と思っていいのである。

それが外国人のお客にとっても、大変ためになるし、私たちも我が家に泊めたお客は何年後に会おうと、おそらく覚えていて、お互いのその後の生活の物語ができるのだ。

毎日ジャガイモ料理

何十年も前に、取材のためにポーランドの田舎を訪ねていた。私が当時書こうとしていたノンフィクションに登場する人たちが、そうした地方のあちこちに住んでいたからである。ポーランド人の神父で、日本語もよく解される方が案内してくださった。ポーランドではドイツ語が一番よく通じる外国語だったが、英語を話す人はほとんどいない。訪ねる先は、ホテルのあるような町ではなかった。移動には田舎のバスも使ったから、寒々とした道でいつ来るともわからないバスを長時間待ったこともある。

その日の泊まりは、この神父が土地の教会の主任司祭に話して、泊めてもいいという信者さんの家を見つけてくれたのだろう、と思う。寒がりの私は、そういう民宿は夜が厳しくて困った。窓の立て付けが悪いから、寒気が入って来る家もある。ベッドの上には、湿気たような質の悪い毛布が1枚だけで、私はセーターを着たまま、靴下もはいたまま、首に襟《えり》巻きを巻いて寝床に入った日もあった。もちろん、村にはレストランもない。奥さんらしい人がスープ皿にジャガイモの煮たものと、冷たいパンを出してくれるだけだ。

毎日毎日ジャガイモである。ほとんど肉など入っていない。それでもポーランドを去る頃に、私は以前よりももっとジャガイモ好きになっていた。

正直に言うと、決して豊かとは言えないこの農業国の人たちの、飾らない誠実な旅人への接し方を象徴しているのが、このジャガイモ料理だという気がしていた。ホテルに泊まったら到底わからないこの国の素顔だったであろう。

草原の中のゲルに泊まる

モンゴルのウランバートルからさらに車で数時間入った草原の中のテント（ゲル）に泊まった時はもっと印象的だった。

私を泊めてくれたのは、牧畜をやっている裕福な地方名士らしかったが、それでも彼らの家であるゲルの大きさは同じである。ただ、この人は多くの羊と、血統のいい馬をたくさん持っているのである。

丸いゲルに入った時、私は自分の荷物をどこにおいたらいいのかわからなかった。正面にジンギスカンの肖像があり、中国風の櫃《ひつ》などもおいてある。そこがご主人の席らしいということはすぐにわかったが、私は右手に行こうとして、同行のモンゴル語の達者な日本人に止められた。そこは奥さんの席だ、というのである。

結局、客の居場所は、入り口を入って左手であった。草原の上に敷物が敷いてあるだけだ。中央にストーブが燃えていて、寒いモンゴルの夜を過ごす晩には、奥さんが時々薪《たきぎ》をくべてくれた。

主人も客も、この仕切りのない空間にいるのだ。トイレは自然に外でするのだとわかってはいたが、私はまもなく同行者に尋ねた。

「入り口を出て、どちらの方角では用を足してはいけない、というような礼儀はありますか？」

それは何もない、ということだった。その翌日のことだったが、少し雨が降った。人々は濡れた草(長いものではないが)の間にしゃがむのである。これが一種の目隠しになる。私たちの日本での生活環境が、どれだけ恵まれているかは、やはり同じ家の中に住んでみなければわからない面がある。

夜になると、私たちは自分で持参した寝袋の中に、上着を1、2枚脱いだだけでもぐり込んだ。ご主人も、ジンギスカンの絵の前の席で寝る支度をされたので、私は薄眼を開けて見ていた。するとヤッケのようなものと、セーターとシャツを脱ぎ、ランニング1枚になって寝袋にもぐり込んだ。日本人のように、全部脱いで、寝間着に着替えるという習慣はないらしい。私はある程度着込んで寝なければ、寒くて眠れない。ランニング1枚で寝袋で寝られる土地の人に、私は感動した。

「あなたに馬をあげます」

翌日、私はご主人の所有する馬も見せてもらった。実にいろいろな外見の馬がいる。正式の呼び名は知らないのだが、茶色、灰色、黒とグレイ、ぶち、に混じって薄いピンクに見える毛の馬までいるので、私はびっくりした。

お別れの時、私たちは言葉は通じないながら、心からのお礼を言った。私は奥さんに小さな贈り物をした。するとご主人が私に言った。

「あなたに2頭、ご主人と息子さんに1頭ずつ、馬をあげます」

モンゴルでは、生活に一番大切な馬を贈り合うらしいのである。私は当惑して、土地の習慣に通じた同行者の顔を見た。

「こういう場合は『今度伺《うかが》う時まで、大切に飼っておいてください』と言うんです」

私は急に4頭の馬持ちになったことに、深く感謝した。先日、日本から来た「偉い人」だって、馬は一頭しかもらわなかったというのだから、私は破格の贈り物を受けたのである。

個人的な生活に立ち入らせてもらえたということは実に名誉なことなのだ。石川の方たちが「ジャパンテント」の運動を続けておられる、というのは本当に意味のある国際理解推進運動なのである。

村松 友視

作家、エッセイスト

むらまつ・ともみ ◉ 1940（昭和15）年東京生まれ。慶応大卒業後、出版社勤務を経て文筆活動に入る。82年、「時代屋の女房」で第87回直木賞、97年には「鎌倉のおばさん」で第25回泉鏡花文学賞を受賞。金沢を舞台にした作品には「夕陽炎々」などがある。

かさね模様の金沢風雅《ふうが》

（2010年「第45号」掲載）

昨年の「金沢おどり」の舞台を見終わって、その余韻《よいん》にひたりつつ、「さあさ　さあさあ　飲んまっし」などと、自分がつくった歌詞の一節を機嫌よく口ずさみ、駅に向かって歩いて行くと、いきなりジャズの演奏に出くわした。この日はどうやら、ジャズ・フェスティバルも催されているようだった。ジャズ演奏はどうやら、その催しの出演バンドによる路上ライブで、メンバーの若さにしては意外な、デキシーランド・ジャズの音色が懐かしかった。

金沢はすごい、私はそのとき、そう思った。「金沢おどり」の和の余韻と、ジャズのテイストが、何の無理もなく、街の中ですんなりと溶け合ってしまっていたからだった。

私はこれまでにも、金沢という街の〝適当なひろさ〟と〝適当なせまさ〟の神秘性を折にふれて感じさせられてきたが、このような馴染《なじ》み合いは、東京でも京都でも大阪でも名古屋でも、街の規模が大きすぎて不可能なのではなかろうか。京都の街が祇園祭《ぎおんまつり》のコンチキチンに染められている中に、ジャズが紛《まぎ》れることは無理というものなのだ。

金沢の街を歩いていると、大通りのすぐ裏にかつての街並みがあったり、路地を抜けると、いきなり川端に出たり、そこにあるさまざまなものが不意にあらわれて、すぐに溶け合ってしまう。さっき見た風景の余韻が、いま見ている風景にかぶさる、かさね模様の連鎖を感じさせてくれる街なのだ。街自体が舞台であるというような趣が金沢のそこかしこに仕掛けられていて、そこにどんな光景が生じても、何の不思議さも感じない。「金沢おどり」とジャズだって、金沢の街という舞台の上で、見事なコラボレーションを演じてくれる共演者なのであって、旅人はまことに贅沢《ぜいたく》な気分にさせられるのだ。

そんな金沢を、能登、越前が取りかこんでいる。遠望する医王山の存在も白山への信仰も、金沢の人々の心の中にさまざまなかたちで息づいているはずだ。俯瞰《ふかん》図としてのそういう環境が、金沢という街の背景としての大きな役割を果たしている。

開かれたローカル感覚

金沢という街はたしかに、加賀百万石の城下町としての歴史にはぐくまれ、洗練された文化の上に成り立っている。だが、その洗練された文化の中に閉じ込もるというよりも、広い視野によって文化をとらえようとする構えが、金沢の土地柄からは透けて見えるような気がする。

それはやはり、巨大な価値を持つ周辺の地形、文化、信仰、海のもの、山のものなどと連繋《れんけい》して街があるという感覚を、金沢に生きる人々が持ち続けているということをベースにして成り立っているに違いない。ある意味、その底には金沢の持つ独特のローカル性の自覚があるのではなかろうか。

それだけでなく、京、尾張、江戸の文化との連繋をも、金沢の文化は自身の文化に組み込んで磨き、広がりを生んできた。そのありようが、私などのようなそこを訪れる旅《たび》人《びと》の目には京、尾張、江戸の〝いいとこ取り〟の妙が冴《さ》えわたる見応えのあるけしきと映るのである。

他文化を尊重した上で、そこからの刺激を巧みに取り込んで、自身の文化を洗練させてゆく。そのあたりのしたたかさは、やはり金沢文化の特徴の一つではなかろうか。それもまた閉鎖的な地方文化の伝承とは流儀を異にした、金沢独特の開かれたローカル感覚から生まれているという気がするのだ。

晴《はれ》、曇《くもり》、雨、雷《かみなり》、雹《ひょう》、霰《あられ》、霙《みぞれ》、そして雪が1日にある金沢あたりの気候を、私の友人は「どや、すごいやろ」と自慢する。彼もまた、日常的に異物の刺激を受け、それを心身に取り込む達人たる金沢人のひとりなのだろう。すごいと言えば、縦に継承される文化、横に広がる文化、新しい文化、古い文化が日常的に交錯する金沢文化の重層的な面白さは比類ない。そこに最近では、洋の文化と和の文化の放電が加わっている気配さえあるのだ。

あざやかな紅葉が真っ白に

何年か前の泉鏡花文学賞の授賞式のあとの、受賞者をかこむ宴席でのことだった。授賞式は毎年11月半ば過ぎを選んで行われるのだが、蟹《かに》の解禁の少しあと……というところがミソである。

宴席からふと庭に目をうつすと、パラパラパラと白い粒が勢いよく落ちてきたところだった。楓《かえで》のあざやかな紅葉が、見る見るうちに真っ白に染められてゆき、あっという間に降り止《や》んだ。

「紅葉の盛りにあられが降るのは、何年ぶりかやね」

「ほうや、ほうや、何年ぶりかのことや」

うしろで交わされるいとも落ち着いた会話を聞きながら、私はしばし、その手品のごときけしきの変貌《へんぼう》ぶりに圧倒されていた。そして、降り止んだあとの、紅葉、緑の苔《こけ》、石燈籠《とうろう》の上に散らばり残るあられの白……この一瞬に生まれたかさね模様こそ、その日の泉鏡花文学賞受賞者への金沢らしいプレゼントだと思ったものだった。

金沢の人は、日常と非日常のどんでん返しや、虚と実の交錯に馴れ親しんで暮らしているのだろう。「何年ぶりかのことやね」の渋いひびきには、それが表れていたはずだ。その日常と非日常、虚構と現実が、さらに濃い色で浮かび上がるのが、三茶屋街の芸能文化ではなかろうか……漠然とそんなことを思っていた矢先、「金沢おどり」の詞を書かないか、と突飛《とっぴ》とも言える言葉をいただいた。私が古典芸能に何の知識も造詣《ぞうけい》もなく、三味線や小唄のかけらも知らぬ身であることはご存知のはずだ……これはおそらく冗談だろうと思っていたが、しばらくすると何月何日までに書くようにと締切日を決められてしまった。

締切を決められるとつい筆をとる……これは作家の業《さが》なのだろうか。その期日を申し渡されたとたん、私は本気で作詞をするつもりになっていたのだから、まさに冗談から駒、いや、素人はおそろしいと言うべきか。曲を大和楽《やまとがく》家元の大和久満《やまとひさみつ》さんが、振付を日本舞踊西川流家元の西川右近《うこん》さんが手がけてくださると伝えられたときは、さすがにビビった。そのような大御所たる方々の、私の詞を初見《しょけん》されたときの落胆が目に浮かぶからだった。それでも、お二人に仕立てていただければ素人の作詞でも何とかなるだろうと前に進む……いやまさに恐怖とも言えるプラス思考だ。とにもかくにも私は自分のスケジュールに空白をつくり、作詞に取りかかったありさまやいとおかし。

「風雅」と「フーガ」

主役は風、とまず決めた。金沢三茶屋街にそこはかと漂う色と香りを、風が楽しみながら吹き渡ってゆく。ひがし、にし、主計町《かずえ》……それぞれの雰囲気を味わう風の気分を頭に浮かべ、題を「金沢風雅《ふうが》」としてみた。〝風雅〟は文字通りの意味もあるが、バッハを頂点とする楽曲形式の一つであるフーガの気分を、そこにからめたつもりもあった。遁走曲《とんそうきょく》とも呼ばれるフーガの語源は〝逃げる〟であり、かけ合いのようにからみ合いながら遁走するイメージだ。だが、作詞という仕掛けられたいたずら心からついに逃げ切れぬ私の、切ない思いを裏に貼《は》りつけたような心持ちも実はそこにからんでいた。

次に、金沢流広がりのあるローカルの感触を、何とか歌詞の中に組み込めぬものかと思い、「ながいこって」などの複雑で奥行きのあるしたたかな金沢言葉を思い浮かべては消したあげく、「飲んまっし」が最後に残ったのだった。「ドンドン　ドンツクツ　ドンドンツクツ　ドンツクツ　さあさ　さあさあ　飲んまっし」には、けっこう私の金沢へのこだわりの芯《しん》が隠されているというわけである。

明るく、清々《すがすが》しく、華やかで、景気のよい歌……金沢三茶屋街の興趣に風雅をからめることができればなんぞと、作詞家気分を自分で盛り上げて、書き上げたとたん首をかしげた。これは夢ではなかろうか、こんなことを頼まれるはずはない……大袈裟《おおげさ》でなくそんな気分につつまれた。だがそこでまたもや、夢と現実の合わせ鏡は金沢の大得意《おおとくい》だ、と居直ってしまったのも、私らしい顛末《てんまつ》だった。

金沢らしい広がり

一昨年の本番の日、「金沢おどり」のながれを客席で拝見し、金沢の芸能の底力をあらためて堪能させられた。駒井邦夫さんの構成、演出の妙によって、三茶屋街それぞれの風雅が、大和楽《やまとがく》にのって見事に織り成され、不思議な色彩の丹物を打ちながめるように、私は全景のながれを追っていた。

そのフィナーレで三茶屋街の芸妓《げいこ》さんが舞台に勢揃《せいぞろ》いして、「さあさ　さあさあ　飲んまっし」といっせいに声を発し、最後のポーズを決めたとき、私は作詞を手がけた内輪の者である身を忘れて、大拍手を舞台に向けていた。舞台上の「さあさ　さあさあ　飲んまっし」というセリフが、外に向けて発信しがいのある、金沢らしい広がりを持つローカルの結晶体として仕上げられていたことへの、素人らしい正直な感動ゆえのことだった。

昨年も続けて「金沢おどり」に足を向けた。前年の「素囃子《すばやし》」が示した金沢ならではの求心力と遠心力が合体した楽しい奥深さにつづき、峯子の笛と乃莉の鼓による「一調一管《いっちょういっかん》」の力感が魂に迫ってきた。「龍虎」という題だったが、〝風神雷神〟や〝乾坤《けんこん》〟のイメージもかぶせたくなる見事な競演だった。そんな金沢の古典芸能の底力が、舞踊の演目とならぶところが「金沢おどり」の真骨頂と言えるだろう。もちろん、今年の「金沢おどり」も拝見するつもりだ。

京と江戸の中間を埋めるもの

ところでつい先日、帝国ホテル120周年行事の一つとして催された京都祇園と東京新橋の芸妓の初めての共演による「東西おどりの夕《ゆうべ》」の舞台を観る機会があったが、京の雅と江戸の粋の対照が、意外ともいえるあざやかさで伝わってきた。そして、その二つの世界の中間を埋めるものがあるとするならば、それは金沢の芸妓が一丸となった心意気が収斂する「素囃子」だろうと、まるで金沢に軸足を置いたような構えで、テーブル席の私はひそかに呟《つぶ》やいたものだった。それもまた、「金沢風雅」を作詞した高揚感の、後遺症であったに違いなかった。ただこの後遺症…あとしばらくはつづきそうな気配である。

篠田正浩

映画監督

しのだ・まさひろ ◉ 1931（昭和6）年岐阜市生まれ。早大第一文学部卒後、53年に松竹撮影所入社。独立後、『心中天網島』『はなれ瞽女（ごぜ）おりん』『瀬戸内少年野球団』など多数の映画作品を手掛け、2003（平成15）年の『スパイ・ゾルゲ』を最後に映画監督引退を表明した。2001年から早大特命教授。2010年、『河原者ノススメ─死穢（しえ）と修羅（しゅら）の記憶』（幻戯書房）で第38回泉鏡花文学賞を受賞。妻は女優の岩下志麻さん。

泉鏡花に魅せられて
文学史上最たる「日本語の魔術師」

（2011年「第46号」掲載）

私は1931（昭和6）年の満州事変の年に生まれ、小学校時代に支那事変が起こり、中学校に入ったら真珠湾攻撃で太平洋戦争が始まりました。そして中学3年の時に敗戦を迎えたのです。

戦争に負けるとどうなるか。それまで学んでいた教科書がすべて否定され、廃棄されることから始まるのです。それを14歳の時にまざまざと体験しました。

国語の先生は「これから日本文学を教えます。教科書はありませんから、私が授業のためにガリ版で刷って作ったものを使います」と言い、何を教えたかというと、尾崎紅葉の『金色夜叉《こんじきやしゃ》』であり、泉鏡花の『歌行燈《うたあんどん》』『高野聖《こうやひじり》』でした。それまで泉鏡花のいの字も言わなかった先生が熱烈に鏡花を語り出したのです。「これは君たちが読んで、もう一度日本語を学ぶきっかけにして下さい」「文学の中の文学は泉鏡花の高野聖です」。

こんな日本語があったのか

私が鏡花の文章に初めて触れた時、こんな日本語があったのか、これは日本伝統の文体なのか、それとも新しい文体なのか、とものすごく戸惑ったことを覚えています。文章が途中で切れていたり、漢字に普通とは全然違うふりがながふってあったり。それが不思議にも独特のリズム感を持っていて、これは西洋にはない文学だと思ったものです。

それから私は鏡花文学の深遠な森の中に分け入りました。作家中島敦《あつし》が「日本には花の名所があるように、日本の文学にも情緒の名所がある。泉鏡花の芸術が即ちそれだ」という素晴らしいエッセーを残しています。もし、戦争に負けていなかったら、そしてその時、中学3年でなかったら、おそらく私は泉鏡花という作家と向き合う機会がなかったかもしれません。

作家谷崎潤一郎が顧問に就き、１９２０（大正9）年に大正活映という映画会社ができました。その会社が、岡田時彦を主役にして作った映画に鏡花の『葛飾砂子《かつしかすなご》』があります。岡田時彦は岡田茉莉子《まりこ》のお父さんです。その時、脚色を担当した谷崎は映画製作の体験をつづった雑誌の中で、「鏡花ほど映画に適した作家はいない」と絶賛しています。

玉三郎主演で『夜叉ケ池《やしゃがいけ》』製作

鏡花の作品は映画の作り手にとって魅力にあふれています。イマジネーションを次から次へとかきたててくれるからです。私は1979（昭和54）年に坂東玉三郎の主演で『夜叉ケ池《やしゃがいけ》』を撮りました。

この物語は1日に3度、鐘を鳴らして竜神を池に封じ込めていた鐘守《かねもり》が死んだため、代わりに若い男女2人が鐘を撞《つ》く掟《おきて》を守っていたのですが、干ばつに苦しむ村の人々はその女性を雨乞《ご》いの生贄《いけにえ》にと迫り、とうとう追い詰められた女性は命を落としてしまいます。そして掟が破られ、池の水は洪水と化して村や村人たちを飲み込んでしまうのです。

夜叉ケ池は福井と岐阜の県境の山奥にあり、100人のスタッフの移動や機材の運搬などを考えると、とてもそこでの撮影は無理なため、代わりの撮影地を求めて北海道、東北、信州各地を随分探して回りました。

それにコンピュータ―グラフィックが発達した今と違い30年前は、牛や馬が大水に流されるシーンも実物でやらなければなりません。たまたま、水力発電所のダムを持っている会社の経営者が父の知人で協力してくれまして、そのダムを使って何とか撮ることができました。いろいろ思い出深い作品です。

一番こだわったのは、ラストの洪水のシーンです。この物語は、今でいう自然の掟を破る勢力に対する復しゅうといいますか、人間のエゴに対する天罰のメッセージが込められていると思います。そのため、自然の驚異がダイナミックに伝わるよう考え、ブラジルのイグアスの滝や、命知らずのサーファーが待つというハワイの大波などを撮影して大洪水の映像を作り上げたのです。

水源に対する特別な思い

洪水のシーンにはもう一つ深い意味がありました。というのは、鏡花の水に対する強い思いを感じていたからです。鏡花は常に水源に対する、もっと言えば、命の根源に対する神秘《しんぴ》や畏怖《いふ》を含めた特別な感情を持っていたように思います。それは浅野川の近くで生まれ、幼いころから川の流れを見て育った生い立ちに大きな影響を受けているのでしょう。

『化鳥《けちょう》』という鏡花の作品があります。橋のたもとで番をして、そこを渡る人から金銭を取って暮らす母子の物語です。この中で、主人公の少年が川に落ちて溺《おぼ》れそうになり、自分の命が水に奪われそうになるシーンの描写は鳥肌が立つほど秀逸です。水に対する鏡花の鋭敏な感性を知ることができます。

自然、宇宙の象徴

明治から大正へと向かう時代、近代の人文主義がさまざまな科学を発展させていきます。その一方で、それまで培われてきた自然と人間の観念的な関係が切りさかれていきます。鏡花は科学文明にひそむ奢《おご》りに警鐘を鳴らす意味で、文学によって洪水を放とうとしたように思います。鏡花にとって、命をつかさどる水は自然の象徴、さらには宇宙の象徴だったのではないでしょうか。

そもそも私にとって映画の始まりは1933（昭和8）年の特殊撮影の傑作『キングコング』でした。南洋の島から見世物にされるためニューヨークに連れてこられたキングコングが大暴れするわけですが、あの映画も文明の非情さを告発する物語です。その意味で、重なるテーマ性と特殊撮影で『夜叉ケ池』の製作に私のボルテージもおのずと上がりました。

死別した母への強烈な思慕

もう一つ、鏡花作品の中で欠かせないのは、崇拝に近い母への愛です。9歳で死別した母への強烈な思慕と悲しみが鏡花文学の底流にあります。鏡花は、人間が持つ普遍的な純粋さはこの世ではままならないと考えていたのでしょう。

たとえば、作品で男女の問題を扱っていますが、それは、実は性のトラブルではなく、醜悪《しゅうあく》な人間社会が男女の純粋な世界を妨げているのです。自分の恋愛もそうでしょう。芸者すゞとの生活が尊敬する師の尾崎紅葉から反対されました。結果的には、紅葉が早く死んだために2人は一緒になれたのですが。

鏡花文学に内包された純粋さを表現するために、映画『夜叉ケ池』の玉三郎は最適でした。男が女役をする時、男の中にある男性的なものをすべて否定して演じるため純粋な世界をつくることが可能となります。一方、女が女役を演じても、純粋さの中にどうしても女性のエゴイズムが残るのです。それではあの映画のファンタジーが成り立たなくなってしまいます。

純粋というのは現実でなく観念です。かつて、三島由紀夫に私の映画の感想を聞いたとき、彼はこう言いました。

「篠田さん、芸術ってのは純粋なものが提示されたら、ずっとそのまま純粋な時間や空間が維持されなくちゃいけない。それが芸術の仕事です」

三島にしても鏡花にしても純粋は観念であり夢であり、幻であったと思います。鏡花が作りだす異界の深層に純粋なるものが流れていることを見逃してはなりません。三島の小説は政治社会と強く結びついているように思われがちですが、『憂国』や『春の雪』『暁《あかつき》の寺』にしても彼が持っていた純粋な世界を見ることができるでしょう。

そして、科学技術の目覚ましい進展を遂げる20世紀の社会で、宗教的な祈りを信じられなくなった人間は一体何に対して祈るのか。三島はとうとう示さずに死んでしまいましたが、鏡花にとっては、その対象が母であったわけです。

完全に放り出された

鏡花と少し離れるかもしれませんが、私が映画の世界に入ることになったきっかけについて触れておきましょう。まず大学に入って演劇を勉強しようと思いました。なぜ演劇だったか。やはり戦争に敗れたということが一番大きいのです。

日本が戦争に負けて、天皇陛下は神でないと宣言しました。その時から私はそれまで教わってきた歴史や文学から完全に放り出されたのです。それまで天皇陛下のために命を投げ出し、祖国のために尽くすということを教えられ、そう信じて疑いませんでした。

国語の授業では、日本文学の和歌から始まり、大伴家持の「海行かば水漬《みづ》く屍《かばね》山行かば草生《む》す屍《かばね》大君《おおきみ》の辺《へ》にこそ死なめかへりみはせじ」をはじめ、万葉集は天皇のために命をささげる歌ばかりなのかと思うほど、そうした歌を教えられました。吉田松陰の「身はたとえ武蔵の野辺に朽《く》ちぬとも留《とど》めおかまし大和魂」といった歌が今でも自然にでてくるほどです。

身捨つるほどの祖国はありや

しかし、戦争に負けると、歴史の先生は「もう君たちに日本の歴史を教えられない」と言って、西洋史を教え始めました。そして国語の先生は天皇を讃える和歌を口にしなくなりました。私たちは天皇陛下を神だと信じて体を鍛え、文学に励み、科学もやりました。神でなかったら、この命は誰にささげるんだ、と私はどうしようもない虚《むな》しさに打ち震えたのです。

そういう気分を表した寺山修司の詩があります。

マッチ擦《す》るつかのま海に霧ふかし身捨《す》つるほどの祖国はありや

この詩をつくった時、彼はまだ20才前後だったと思います。近代社会の産業発展に伴い、働き手がみんな都会へ出ていき、田舎がどんどん疲弊《ひへい》していった時、「故郷喪失」という言葉が生まれました。そんな時代を映画化したのが小津安二郎の『東京物語』でした。その「故郷喪失」から、戦争に負けた日本人は「祖国喪失」となってしまったのです。

よろしく接吻《せっぷん》する映画を作れ

戦後、マッカーサーは日本映画を批判して命令を出しました。「男女の恋愛を描いている日本映画があるが、手も握らなければ、抱擁《ほうよう》もしない。これは封建的な男女の姿を引きずっている。よろしく接吻《せっぷん》する映画を作れ」と。そしてできた、初めて接吻する映画が佐々木康《やすし》監督の『はたちの青春』でした。

米国は自国の文化を日本に大量に流し込むとともに、日本の映画や芝居から武士道、仇《あだ》討ちなどをテーマにしたり、それに関連する物語の上演を禁止しました。日本を徹底的に解体するにはまず思想から替えねばならないと考えたからです。そして映画、芝居から『忠臣蔵』や『曽我兄弟』が消えていきました。片岡千恵蔵は探偵に、市川歌右衛門はマドロスになってスクリーンに再登場したのです。

心中する男女に最高の賛美

そんな1949（昭和24）年、私は母親に連れられ、名古屋の焼け野原の跡に建った御園座《みそのざ》という劇場で歌舞伎を見ました。中村雁治郎《がんじろう》の『紙屋治兵衛《かみやじへい》』でした。これは近松門左衛門の『心中《しんじゅう》天網島《てんのあみしま》』をもとにした芝居で、恋に落ちた男女2人が仇《かたき》を殺し、もうこの世に未練はないと心中する話でした。

この芝居のクライマックスで道行きの2人が舞台の花道に来た時、私の目からほろほろと涙がこぼれ落ちました。

そうか、これは昭和20年までの俺の姿だ。俺は天皇陛下のために、この国と心中しようとしていたんだ。

そう思いました。それから近松門左衛門の全集を読み込みました。『曽根崎心中《そねざきしんじゅう》』の最後は「恋の手本になりにけり」と書いてありました。近松は心中する男女に最高の賛美を贈ったのです。

近松が活躍した元禄時代といえば、町民の経済活動が活発になり、市民社会が成熟し始めるころです。そんな時代に心中を美化した理由は何か。日本を研究することは日本の伝統演劇を研究することでないかと思い、大学で演劇史を学ぶことにしたのです。

「いかに生きるか」と「いかに死ぬか」

そのうち、私はこう思いました。戦後、米国が日本にもたらしたものはリンカーンであり、ワシントンであり、民主主義だった。それを通して米国は、いかに生きるか、つまり「HOW TO LIVE」ということを教えてくれた。しかし、私たち日本人はずっと「HOW TO DIE」、いかに死ぬか、ということを考えてきた民族だったのではないか。それが日本文学の原点なんじゃないかと。

そして約60年間、この題材にこだわり続け、映画も撮ってきました。

神と人間が交信するメディア

映画に生涯をささげてきた身としては、自書『河原者ノススメ』の泉鏡花文学賞受賞を衝撃的な思いで受け止めています。

日本の芸能は、日本の文学史の中でサブカルチャーのような扱いを受けてきました。ところが、西洋の文学史はちゃんと古代ギリシャ演劇から始まるのです。演劇とは何かと元を突き詰めると、神と人間が交信するためのメディアだったのです。神の言葉を演劇によって人間に伝え、あるいは人間の言葉を演劇に託して神に受け止めてもらう手段。そういう媒体の役目をしていたのです。

『河原者ノススメ』は従来の芸能史が触れなかった被差別民の役割を私の映画製作の体験を交えながら解き進めました。福沢諭吉が新しい文明を学べと説いて『学問のすゝめ』を書いたように、私は演劇史を日本の文学史の正当な中に位置付けてほしいという願いを込めて、本のタイトルに「ススメ」と付けたのです。泉鏡花文学賞の受賞により、日本の演劇が文学史の中で正当な扱いを受けるきっかけをつくることができたのではないかと思っています。

グローバル化の下、絶滅の危機に

もう一つ指摘しておきたいことがあります。それは日本独自の文化に日本人自身がもっと誇りを持つべきだということです。世界は今、グローバリゼーションという画一化の方向に向かっています。言語もその流れの中にあることをどれだけの人が気付いているでしょう。最近は学者たちが生物の絶滅危惧種《ぜつめつきぐ》をいろいろと挙げて地球環境の破壊に警鐘を鳴らしていますが、私は多くの言語も生物同様、絶滅の危機に瀕《ひん》しているように思えてなりません。

世界には各民族固有の文化があります。それらがグローバル化に伴い、英語という言語の枠内のみでとらえられ、価値判断されていくような環境はよくありません。決して英語を否定しているわけでなく、日本人はもっと日本語に責任を持つべきだといいたいのです。ここをきちんと意識して初めて文学や歴史を大事にすることにつながっていくと思うのです。

篠田 正浩

そして、世界に誇りうる日本語の存在証明が鏡花にあると私は思っています。鏡花の作り出した日本語の文体は翻訳《ほんやく》不可能な日本語独自の美しさ、不思議さがあり、日本文学の最高傑作と言っても過言でないでしょう。日本語が生まれ、そして歌や物語が作られ、源氏物語という小説ができ、時代を経て近代小説へとつながっていくわけですが、その長い歴史にわたって積み重ねられてきた日本語体験とでも言いますか、そういう意味での日本語の魅力を、鏡花は魔術師のように操り、作品を生み出しているように思います。

鏡花小史と名乗った色紙に「ロダンやトルストイにお世話にならなかったことを喜びに思っておる」と書いてあったのを覚えています。社会が自然主義から白樺《しらかば》派に傾倒《けいとう》していった時代に、むしろ前近代的な世界に封じ込められた人間社会のうごめく闇《やみ》を見続けた鏡花に私は大いなる賛辞を贈りたい。（談）

森田芳光

映画監督

もりた・よしみつ ◉ 1950（昭和25）年東京生まれ。日大芸術学部在学中から8ミリ映画を撮り続け、81年「の・ようなもの」で劇場用映画デビュー。83年の「家族ゲーム」で数々の賞を受賞。主な作品に「失楽園」（97年）、「阿修羅のごとく」（2003年）、「椿三十郎」（07年）など。2011年逝去。

映画「武士の家計簿」を監督して

元気がわく人間ドラマ 金沢の魅力ふんだんに詰め

（2010年「第42号」掲載）

ベストセラー『武士の家計簿』をもとに、加賀藩の「算盤《そろばん》ざむらい」を主人公にした映画をつくりたい、ひいては、ぼくにその監督をやってほしい、という話をいただいた時、これは今までにない新しい時代劇がつくれると思い、二つ返事でお引き受けしました。

時代劇は普通、チャンバラが見せ場です。ぼくも一昨年、織田裕二君を主演にして時代劇「椿三十郎」を撮りました。あの作品も、豊川悦司《とよかわえつし》君が演じるライバル室戸半兵衛《むろとはんべえ》との息をのむ闘いをクライマックスに据えて物語を構成しました。

だけど、今回の映画は、そうした剣豪同士の迫力あふれる格闘を描く従来の時代劇とはまったく違い、藩の台所を切り盛りする会計係の地味な奮闘にスポットを当てる。ぼく自身、その斬新な視点が面白いと思いましたし、一般の方も「算盤ざむらい」の存在や、その仕事がどんなものなのか、ほとんど知らないでしょうから好奇心をかきたてると思いますよ。

困難な時に人間性が表れる

主人公は藩主に仕えるサラリーマンであり、一方で下級武士の家の当主。その2つの役目に対して実直に取り組み、算盤の腕一本で幕末の乱世を生き抜いていくわけです。そこに、ぼくはユーモアの味付けをしていきたい。さまざまな困難に立ち向かう主人公、そして一緒に頑張るその家族の姿を大衆と同じ目線で面白く、時には悲しく描いていけば、今の時代に通じる時代劇になると思います。最近、年配者の方は映画にもの足りなさを感じている人が多いと思うんですよ。そういう方たちも共感し、楽しめて、かつ元気のでる人間ドラマにしたい。

今、時代の変化がとても激しい。ちょっと前まで常識だったことが崩れてしまったり、まったく新しい価値観が生まれてきたり、当たり前が通用しなくなってきた時代です。でも、これは決して今に限ったことじゃない。

例えば、江戸時代だって殿様が交代したり、藩がとりつぶしになったり、体制が変わった。それによって家臣は左遷や、禄《ろく》を失うなど、大きな影響を受けた。どんな時代にもいい時があれば、悪い時もある。困難に直面した時に、どう考え、どう行動するか。そこに、その人の人間性が最もよく表れると思うんです。

この映画の猪山家では、7代目信之《のぶゆき》の江戸詰めでかさんだ生活費によって借金が膨れあがり、年収の2倍にあたる2500万円ほどの負債を抱えた。8代目直之《なおゆき》は、その借金を返す一大決心をし、家財道具ほとんどを売り払うわけです。直之は貴重な愛読書、父の信之は由緒ある茶道具、直之の妻お駒は婚礼衣装と思われる大切な着物を手放し、もう売るものがないというほど徹底的に売って借金を返すんですね。

想像してみてください。その中には大事な人からもらったり、自分の大切な思い出が詰まった品々も含まれていたでしょう。お金には換えられない、換えたくない愛着がこもった品々もたくさんあったはずです。そういうものも全部ひっくるめて、これからの家のため、家族のために売ってしまう。相当につらいことです。しかし、それをやってのけた覚悟がすごい。

一番大切な家族が残った

直之が務めた藩の御算用者という会計の職務は、多額の公金を扱う立場にあり、とても誘惑の多いポジションでした。加賀藩に限ったことでなく、他藩でも公金に手を出したり、業者と癒着《ゆちゃく》したりする事例が枚挙にいとまがない。このあたりは今も昔もあまり変わらないわけですよ(笑い)。しかし、猪山家は代々一切そういうことはしなかった。家族会議を開き、借金返済のため一致団結して耐え忍んだんですね。

こういう試練の時こそ、夫婦や家族というものは本当に助け合わなければならない。なのに、今の時代はどうでしょう。困難に対して、あまりにもろくありませんか。それはやはり夫婦のきずな、家族の結びつきが薄れてしまっているからでしょう。そんな点も問題提起したい。

真摯な堺さん、大衆的な仲間さん

ぎりぎりの逼迫《ひっぱく》した状態になった時、人はどう前向きに生きるか。家族はどう励まし合うか。ここを描くのが、ぼくの映画だと思っています。と同時に、猪山家ではすべて売り尽くして何もなくなったけど、一番大切なもの、家族が残ったじゃないかという点を映画で強調していきたい。

そのためにキャスティングにはこだわりました。みんなで意見を出し合い、だれもが共感できる役者を選びました。

主役の猪山直之を演じる堺雅人君は、キャリアはまだ浅く、発展途上の段階ですが、これから主役をどんどんやっていくであろう楽しみな役者です。NHKの大河ドラマでは昨年の「篤姫」で徳川家定《いえさだ》の役、2004年の「新撰組!」では山南《やまなみ》敬助の役を務めていますし、今年はTBS系のドラマ「官僚たちの夏」で熱血官僚の一人を演じています。どの役にも通じていて分かると思いますが、彼が持っている真摯《しんし》なところがとてもいい。そこがシニアの方からも大変好感を得ています。

仲間由紀恵さんも、ファンは若者から年配の方まで年齢層が幅広い。NHKでは大河ドラマ「功名《こうみょう》が辻」(2006年)で山内一豊《かずとよ》の妻役をこなしましたし、大みそかの紅白歌合戦ではもう司会を3回も務めているんですよ。(編注:このインタビューの後に今年、4度目の司会に決まったことが発表された)でも、大衆的というか、「実るほどこうべを垂れる稲穂かな」とでもいいましょうか、決しておごらない。その魅力が特定層だけに受けるのでなく、幅広く支持を得ている要因だと思います。

重要なキャスティング

映画作りにキャスティングは、とても重要なんですよ。物語の中で設定された登場人物のキャラクターというものを、演じる役者本人も持っていないとやはりだめなんです。

それがないと、いくら演じていても、うわべだけの演技になってしまいかねない。役者と役柄のキャラクターがぴたっとこないといけない。

堺君の真摯さ、仲間さんの持っているひたむきさは、主人公の直之とその妻お駒の役にとっても適している。フレッシュなこの2人の組み合わせもいい。演出する監督としてとても楽しみです。2人の個性を引き出して、人間味があって、芯《しん》はまじめで、悲しい時も笑っていられる、そんな理想の夫婦像を、時代劇を通して描いていきたい。

郷土に対するプライド感じた

9月下旬に3日間ほど、ロケハン（ロケ地探し）のため、スタッフと一緒に金沢を訪ねました。犀川の上流、寺町、茶屋街、卯辰山などを見て回りました。途中、なかなか雰囲気のいい神社があってロケ地に加えました。まちを回って感じたことは、住んでいる方たちの郷土に対するプライドといいましょうか、強い愛着ですね。それは、やはりしっかりとした伝統のある風土がはぐくむものなのでしょう。

例えば、10月30日に東京で開かれた「いしかわ県人祭」に、ぼくも映画の発表を兼ねて参加しました。あの会場でも、皆さんが石川県人の誇りを大切にしているということがひしひし伝わってきました。

あいさつで、「頑張ってください」ってだれかが言うと、わぁーっと一斉に拍手が沸く。ぼくもこれまで何度となく、ほかの県人会の会合に出たことがあるんですが、なかなかそう盛り上がる雰囲気にはならない。しかし、石川の方は違う。なんかこうパワーを感じましたねえ。

それと同じような雰囲気を、まちを回っていても感じるんです。猪山家の場合は、あれほど窮した生活を強いられながら、不正も働かず、「武士は食わねど高楊枝《ようじ》」という精神をかたくなに貫いた。そのプライドもやはり金沢の風土が育てたものなのでしょう。そうした金沢独特のオーラを映画の中で出していければと考えています。

金沢は「縦の線」がつながっている

個人的にも金沢は好きなまちで、これまで何度も訪れています。知り合いのバーもありますし(笑い)。ぼくは、どちらかというと歴史を感じる場所よりも香林坊や片町の方が好きですね。人やバス、車の往来が激しくて、一歩小路を入ると表通りとはまったく別の顔がある。

そういうところの方が、そこに生活している人たちの息づかいが皮膚感覚で伝わってきますから。昨年は金沢21世紀美術館に行って、ちょうど開催中のサイトウマコト(国際的なグラフィックデザイナー）の展覧会を見てきました。

兼六園や金沢城、武家屋敷など歴史を感じさせる文化遺産も確かにいいが、一方で世界に通用する現代的な文化も発信している、そこが金沢の魅力でしょう。過去の遺産だけに安住せず、新しいものを創造していくことを怠らない。そういう取り組みが、伝統と現代を結び、歴史を今に重ねる。金沢は「縦の線」がうまくつながったまちになっていると思います。


10年前、「黒い家」という映画をつくりました。日本ホラー大賞に輝いた貴志祐介《きしゆうすけ》さんの小説の映画化で、ぼくにとっては初めてのホラー映画でした。

簡単にあらすじを話しますと、生命保険会社の男性社員が、呼び出された顧客の家を訪ねていくと、子どもの首つり死体があった。以来、子どもの両親から執拗《しつよう》に保険金を請求されるが、男性会社員は不審な点を感じて独自調査に乗り出す。そして、信じられない殺人の凶行に遭遇するという物語です。

主役は大竹しのぶさん。その夫に富山市出身の西村雅彦さん。生命保険会社の男性社員に内野聖陽《まさあき》さん。その恋人は金沢市出身の田中美里さんが務めました。

ミステリアスな面がある

実は、原作では京都が舞台なんですが、それをぼくは金沢に替えて撮りました。クライマックスは百万石まつりの夜。路上では踊り流しが和やかに行われている一方で、会社の中は殺戮《さつりく》の修羅場《しゅらば》と化す。原作通りに京都を舞台にすると話が限定され、広がりがなくなってしまうような気がして、京都に近いながらも、もっとなぞめいた深遠な雰囲気を持つ場所がないか、そう考えて金沢を選びました。

金沢には、そんなミステリアスな面があると思いますよ。表の顔だけではとらえきれないところがある。静けさの中に激しさを秘めていたり、一見奥ゆかしいけど実は派手だったり、和風と洋風が適度に入り交じっていたり、複合的な魅力があるように思います。

金沢の色を「緋色」として

そういったことも考えて、ぼくは、この映画の中で、金沢の色として緋色《ひいろ》を考えてみました。この緋色をキーにして金沢を表現してみようと思っています。画面の中にいろんな色を使うと、ぱっと見はきれいそうに思いますが、実は逆で、まとまりがないため、きたなく見えてしまうんです。

花火がいい例でしょう。色数が多くなってしまうと、美しさが半減してしまう。それよりも一つキーになる色を設け、統一感を持たせた画面をつくると美しく見えるんです。

金沢の色を緋色にしたのは、以前読んだ何かの本の中にそんなことが書いてあって、共鳴したのを思い出したんです。緋色は、真っ赤でもなく朱でもない。品が香って深みと艶《つや》っぽさがある。そしてちょっとミステリアスでしょ。金箔《きんぱく》や漆芸、加賀友禅など金沢の工芸がふんだんにでてくるようにしますが、その小道具や着物などいろんなところに緋色を使っていこうと思っています。

金沢を舞台にしているということをいくら説明しても、それを見る人の心の中にすーっと浸透させて根付かせるのはなかなか難しいものです。そこで緋色を基調にして、その中に金沢を凝縮《ぎょうしゅく》し、この映画を見終わった人が無意識のうちに緋色が残ったと思う仕掛けを試みたい。

12月からいよいよクランクインです。金沢の魅力を詰め込み、日本中が元気になる映画を発信したい。ぼく自身、新しい境地をひらく記念すべき作品になる予感がして、ワクワクしています。

（談）

朝原雄三

映画監督

あさはら・ゆうぞう ◉ 1964（昭和39）年香川県生まれ。京都大文学部卒。松竹に入社、山田洋次監督の助監督につく。95（平成7）年「時の輝き」で監督デビュー。主な作品に「サラリーマン専科」「新サラリーマン専科」「釣りバカ日誌14〜20」。2004年芸術選奨文部科学大臣新人賞を受賞。

映画「武士の献立」を監督して

石川県でしか作れない新しい時代劇

（2014年「第58号」掲載）

今年3月にクランクインし製作に取り組んできた映画「武士の献立」がいよいよ12月7日から石川県で先行上映、14日から全国公開が始まります。加賀料理や金沢、能登の美しい風景など石川の魅力をいっぱい詰め込み、そして見終わった後に明るい気分で映画館を出られる後味の良い作品に仕上げたつもりです。まずは石川県の方々に見ていただき、どのように評価していただけるか、今はそれが楽しみでもあり、同時に責任の重さをかみしめているところです。

映画「武士の献立」は加賀藩士を取り上げた第2弾となる。2010年に公開された前作の映画「武士の家計簿」（北國・富山新聞社、アスミック・エース、松竹製作）はベストセラーになった歴史学者の磯田道史《いそだみちふみ》さんの著書を原作に、加賀藩の会計を担当する御算用者《ごさんようもの》・猪山直之《いのやまなおゆき》という実在の藩士を主人公にした作品だった。

前作の「武士の家計簿」は大ヒットの成功を収めました。それを受けて、北國新聞社と松竹でもう1本、加賀藩を舞台にした時代劇をつくれないかという話し合いがもたれたのが、この映画製作のそもそもの発端です。

では2作目をつくる時、何を題材にするか。議論の中で石川の豊かな食文化に着目し、調べていくと数々の料理書を書き残した舟木伝内《でんない》、安信《やすのぶ》という加賀藩御料理人の親子が史料から浮かび上がってきました。御算用者が「算盤侍《そろばんざむらい》」でしたから、御料理人は「包丁侍《ほうちょうざむらい》」、これはいける。でも、それだけではまだ物語性に欠けます。そこに何か切り口が必要でした。

女性を主人公にした物語

さて、どうしようか。「武士の家計簿」が公開された時は、ほかにもいくつか時代劇映画が上映されていたのですが、その中で「武士の家計簿」が圧倒的に支持されたのは、昨今の観客のニーズにその内容がぴったりと合致していたからではないか。異色といいますか、少し軽めといいますか、そういう時代劇のほうを今の人たちは求めているんじゃないか。その場合、男性が主人公の時代劇では、どうしてもチャンバラや格闘ものなど従来の路線になってしまいがちで、女性を主人公にした物語にしてみてはどうかと考えたわけです。

現代劇、ホームドラマを作ってきた自分たちが時代劇をつくる意味においても、今の世の中と結びつけて見てもらえる作品にしたかった。そこで、女性を主人公にするなら、女性が結婚して男性を愛するとは、どういうことかというテーマを設けてみたのです。というのは今、結婚に迷い、悩んで、なかなか踏み切れない30代、40代の女性が結構います。その人たちに向けて、昔の日本にはこういう生き方もあったんじゃないか、そこに感じ、学ぶものはないだろうか、と一つの提案を投げかけてみたかった。

目の前のことを精いっぱいやる姿

江戸時代は結婚相手を選ぶ自由もなければ、職業を選ぶ自由もありませんでした。そんな封建時代はいいわけありませんが、そうした境遇で定めを受け入れ、とにかく目の前のことを精いっぱいやる、今ここで頑張る姿を描いてみたかったのです。今の世の中は何でも自由であるという前提のせいで、却《かえ》って結婚にしろ、職業にしろ、迷ったり、悩んだり、躊躇《ちゅうちょ》するばかりになり、スタートをゴールと取り違えてしまってはいないか。

そんなテーマを据《す》えた時、若い女性が年上の男性を好きになるのではなく、逆のパターンのほうが面白い作品になりそうだったので主人公は、夫より年上の女性、しかも出戻りのバツイチとして設定したのです。

もちろん加賀藩を舞台にしていますから、百万石文化の薫りが出るようにし、加えて「加賀騒動」という歴史史実を取り入れ、硬軟両方で楽しめるよう工夫しました。基本的にはお正月に向けた娯楽映画として作りましたが、加賀藩の品格というか、きりっと一本筋の通った作品になるよう気を付けたつもりです。

この映画は夫婦愛を描く現代劇と、加賀騒動に揺れた加賀藩の威信を取り戻すべく包丁侍《ほうちょうざむらい》・舟木安信《やすのぶ》が〝料理と闘う〟時代劇が縦糸、横糸として編まれた構成になっている。その中で恵まれた石川の山、海、野の幸、それを使った料理の数々がスクリーンに登場する。

コンセプトはぼくも脚本家もプロデューサーも何度も何度も話し合い、かなり脚本を書き直して練り上げました。早くにテーマを設定したおかげで、登場人物の人間像もそう悩まずにつくり上げることができました。

撮影の上でスタッフと共に労力をかけた一つは、加賀藩の饗応《きょうおう》料理を客人に振る舞うクライマックスのシーンです。果たして料理を作って出すというだけでクライマックスにふさわしい見せ場になるのか、試行錯誤《しこうさくご》が続きました。

費用と時間を相当かけた

料理については地元金沢の専門家や料亭の方々に協力していただき、大変お世話になりました。助監督や小道具のスタッフが何度もお話をうかがい、資料を見せてもらい、できるだけ時代考証をしっかりしたものにしようと努めました。

ただ、現代の我々はぜいたくに慣れてしまっているんですよね。金沢の料亭・大友楼さんに残っている当時の加賀藩のレシピに基づいて何品か作ってもらったところ、当時はそれで十分豪勢だったんでしょうが、中華、フレンチやイタリアンをはじめ、いろんな料理を知っている今の人が見る映画の画面としてはどうも見栄えがしないのです。

だからといって、色鮮やかなパプリカなどを使って彩るというわけにもいきません。そんな数々の制約がある中で、当時、使うことが可能だった食材をあれこれ吟味し、何度も試作を続け、写真やムービーで撮影して試写を繰り返すなど、費用と時間を相当かけて料理をつくり上げました。

静と動の組み合わせで構成

この映画は全体的にほとんどカメラを動かさない固定ショットで撮影していますが、この饗応《きょうおう》料理の調理場でのシーンはカメラを固定せず、手持ちカメラにして大きく動かしながら、あえて手ブレを意識して撮るという手法を用いました。また、同時進行する大広間で重臣たちが料理を食する場面にはドリー(台車で移動するカメラ)を使って滑らかな画面の動きで変化をつけ、さらに同じ時間に主人公の春《はる》が舟木家を出て行く準備をする場面には固定カメラでのショットを使うなど、3つのシーンを静と動の組み合わせでクライマックスに仕立てました。

音楽の岩代太郎さんの華麗なスコア(映画音楽)も聴きどころになっています。

加賀藩御料理人の舟木家に嫁いだ主人公・春を演じたのは上戸彩さん。そして、その夫の安信《やすのぶ》を務めたのは高良健吾《こうらけんご》さん。2人とも時代劇に取り組むのは初めてで、このフレッシュな配役が新しい時代劇を印象付けた。

主人公の春を演じた上戸彩さんは本当によくやってくれたと思います。この作品はきっと彼女の代表作になると自負しています。

12歳でデビューしCM、テレビにと活躍していますが、キャリアや年齢からいって、そろそろ女優として一つのステップを踏むところにきていたのではないでしょうか。映画で主役を務めるのは8年ぶり、しかも本作のような本格的な時代劇も初めての作品になりました。

この10月、「武士の献立」が特別招待作品となった東京国際映画祭で彼女があいさつした時、「映画は(作品として)残るものなので、自分の演技力を含め主役をやるのがとても怖かった」とその心情を打ち明けていましたが、彼女にとっても、この映画は大きなチャレンジだったようです。

「嫌と言えず頑張る女性」

主人公の春はどういう人物かについて話し合った時、彼女は「春は頼まれたら嫌と言えず頑張ってしまう気のいい女性」という見方をしていました。上戸彩という女優とこの映画製作を通じて1カ月余り一緒に仕事をして分かったことは、彼女自身がそういうタイプの女性だということです。演じる役柄と自分自身が重なるところが多かったのではないでしょうか。そんな気がします。

この映画のクランクイン直前まで、別の映画「おしん」の撮影をずっとやっていて、クランクイン後もCMの仕事をこなしていました。プライベートでも昨年、結婚したばかりで、休みが一日とれると必ず東京へ帰って家庭のことをして翌日、すぐ現場に戻ってきて。疲れた顔一つ見せずいつもにこやかに仕事に入っていました。

この作品には彼女が必要だった

そして、彼女なりに春《はる》という役にどう取り組むかを真剣に考えてくれました。彼女だけではありません。みんな意識が高く、それぞれがハードルを上げて臨む雰囲気がありましたから、ぼくもそれにこたえ、甘いOKは決して出しませんでした。

この業界にはいろんなタイプの監督がいます。ぼくは自分でも分かっているんですが、愛想がぜんぜんなくて「OK、今のとってもよかったよ」なんて言わない、というか言えないタイプなんです（笑い）。今回の撮影でも「OK、まあ、いいでしょ」って言っていたらしいんですが、それを上戸さんはとても気にしていたということを後で知りました。

そんな中、一度だけ、「今のよかったよ」ってぼくがつぶやいたらしいんですが、それを彼女は「初めて監督がよかったって言ってくれた」とうれしそうに周りの人たちに話していたそうです。実は「よかった」のはカメラの動きのことだったので、かなり罪悪感を覚えましたが。

ただ、監督のぼくが言うのもなんですが、この映画を見た人はきっと上戸彩の演技に心を動かされると思います。これまでの上戸彩のイメージからすると、時代劇の主人公？と思う人も中にはいるかもしれませんが、逆に言えば、堅苦しすぎない、より間口の広い時代劇であるこの作品には、少しも時代劇の色がついていない彼女が必要だったということもできますし、彼女の魅力がこの映画を支えていることは間違いありません。

前々から注目していた俳優

春の夫で加賀藩御料理人の舟木安信《やすのぶ》を演じた高良健吾《こうらけんご》君は、前々から注目していた俳優でした。今年公開された映画「横道世之介《よこみちよのすけ》」で主人公の大学生役を務め、とてもいい演技を見せていますが、それまでの役はなぜかいつも狂気の美男子という殺人鬼ばかり（笑い）。

ぼくが彼を見ていて、いいなと思うのは、はしゃいだ演技をしないというところです。

映画を作る上で、ちゃんと一つのピースとして働いてくれる俳優だと思います。

俳優にもいろんな人がいまして、自分の演技を推し進めていくのが得意なタイプもいれば、相手の出方をみてアンサンブルを大事にするタイプもいます。若い彼はもちろんこれからですが、その両方のいい具合のところに立つことができる俳優だと思います。

俺が俺がと前にでる演技でもなく、場面状況やセリフの前後をよく把握して演じることができる。それでいて主役をはれる輝きがある。実際、一緒に仕事をしてみると、とても素直だから吸収も速い。これからの日本映画には欠かせない俳優の一人になっていくでしょう。

朝原監督にとっても映画「武士の献立」は節目の一作になった。というのも松竹に助監督として入って30年近く、山田洋次監督のもとで仕事を続けてきたが、今回、その山田氏から完全に独立して初めて撮った作品となったからだ。

山田さんには本当に長い間、かわいがっていただきましたし、鍛えていただきました(笑い)。30年近くそばにいて、いろいろ学ばせてもらったので話し出すときりがありませんが、一つ挙げるなら「脚本は書き直すもの」ということを、身をもって教わりましたね。

山田さんは何度も何度も、みなさんが想像する以上に、それこそ嫌になるほど（笑い）、何度も書き直す人なんです。たとえば、一つのシーンについて少なくとも20通りくらい描き方がある、といってあれこれ書き直します。ほかの方も書き直しはするでしょうが、ある程度直してひと通り書けば、これでいいとなるでしょう。しかし、山田さんは違います。

200枚を全部捨てた

忘れもしません、ぼくが助監督としてついて、脚本の見習いもしていた「ダウンタウンヒーローズ」を山田さんが書いていた時のことです。だいたい脚本専用の用紙300枚で2時間ほどの映画になるんですが、クランクインがもう間近に迫っているある日、朝起きると、ずっとコンビを組む脚本家の朝間義隆《あさまよしたか》さんに向かって山田さんが「朝間君、きのうずっと、このままでいいのかって考えていると眠れなくて…。やっぱり初めからやり直そう」と言い、やっとの思いで書き上げていた200枚を全部捨てたんです。そしたら朝間さん、吐《は》いてしまって…その日から朝間さんのほうが眠れなくなってしまったということがありました。

こうしたエピソードが数々あるんです。本当にすごい人ですよ。山田さんの助監督に初めてついたころ、ぼくはまだ入社したてだったので、あの「男はつらいよ」を30数本もつくっている著名な監督だから才能にあふれ、脚本なんかサラサラっと書いているもんだと思っていたわけです。ところが現実は、朝間さんと大のおとなが2人で部屋に閉じこもり、何時間も腕組みしてウーンと唸《うな》っている……人を笑わせる話を書いているはずなのに、実に陰気な暗い風景なんですよ(笑い)。

山田洋次監督は脚本を書く時、東京・神楽坂にある和風旅館「和可菜《わかな》」を定宿にしていた。そこは小説家や映画、テレビ関係者が作品を書く仕事場に使う「ホン書き旅館」として有名だった。

山田さんは和可菜《わかな》がお気に入りでした。何十年間、宿を変えたことがありません。お盆と正月の作品づくりのため、毎年2回泊まり込むわけですが、そのころは1回につき、だいたい2カ月間滞在していました。

山田さんは低血圧なので、朝なかなか起きられないんです。深夜の2時か3時まで脚本を書いていますから、遅い朝飯というか早い昼飯を午前11時ぐらいに食べます。この朝ご飯が和可菜は格別なんですよ。魚の煮つけ、たっぷりの野菜、納豆に味噌汁とご飯。普通のメニューですが、朝ご飯の時間が待ち遠しくなるくらい美味《おい》しい。

三味線が聞こえる粋《いき》な街

女将さんは女優の木暮実千代さんの妹さんで、本当に美しくて有名でした。ぼくが一緒に泊まって仕事をしていたころはもうかなりお歳《とし》をめしていましたが、品の良いのと同時に、いなせな感じが漂い、つくづく素敵な女性だなあと思ったものです。

今は外国人観光客などにも珍しがられ、繁盛しているようですが、一時は、老朽化して時代に取り残されたような感もあり、お客も少なく、山田さんとしては定宿にすることで、経営を支えてあげたいという思いもあったんではないでしょうか。

それに神楽坂というところは、三味線の音色がふっと聞こえてくる粋な街なんです。山田さんはお酒も飲まないし、女性も嫌いなわけじゃないんでしょうけど、そういうところとはまったく無縁ですが、芸者衆が行き交う花街の名残が好きで、脚本書きに詰まった時なんか、ふらりと散歩するのにちょうどいい街だったようです。

先ほど言いましたが、山田さんは朝間さんとずっとコンビを組み、一人で脚本を書かない主義なんです。相談相手を必ずつけます。その理由をこうおっしゃっていました。

「(相談相手は)壁なんだ。ボールを投げてどんなふうに返ってくるかを見るには壁が必要なんだ」と。

つまり、人の意見を聞くことで客観的にもう1回考えて練り直すわけです。そのやり方をぼくもみならい、脚本を書く時はできるだけ相談相手を置くようにしています。そうするには個人の家でなくて、和可菜のような旅館のほうが、都合がよかったということもあります。ぼくが「釣りバカ日誌」を手掛けている時は、山田さんが和可菜の2階、ぼくが1階の部屋でそれぞれ仕事をしていました。

真剣に向き合う姿勢を貫いた

そんな山田さんを通して一番学んだことといえば月並みかもしれませんが、映画と真剣に向き合い、一生懸命にやるという姿勢です。80歳を超えてなお、ぼくの何十倍も働いている山田さんの足元にも及びませんが、この「武士の献立」の製作にあたって本読みしたり、カメラのアングルを決めたり、リハーサルをする中で、山田さんだったらどうしただろう、こうするかな、とよぎることが時々あって、映画づくりの指針になっていることにあらためて気づかされました。

この作品がどう評価されるか分かりませんが、山田さんから学んだ、真剣に向き合い精いっぱいやるという姿勢は貫いたつもりです。

朝原監督が映画に興味を持つきっかけとなったのは映画好きだった父親の影響という。松竹大船撮影所設立50周年記念として松竹が17年ぶりに助監督を募集した試験に受かり、この業界に入った。

小学生のころから父に連れられ、しょっちゅう映画を見に行っていました。父親は典型的な昭和の男で、見た映画といえば「大脱走」「タワーリング・インフェルノ」「ダーティハリー」などの洋画の活劇ものが多かったですね。ぼくは次第に見るほうから作るほうへも興味が広がり、高校時代になると、8ミリフィルムを使って自分で撮っていました。

そのころ一番刺激を受けたのはフランソワ・トリュフォー監督のフランス映画「大人は判《わか》ってくれない」です。成績も素行も悪く、学校でも家庭でも邪魔者《じゃまもの》扱いされる少年の反発を描いた物語でしたが、フィルムを長回ししながら一人の人物を描いていく表現法にそれまで見てきた映画とはまったく違う面白みを感じました。

人物を描く映画に魅かれる

そんな経験が根っこにあるからでしょうか、ジグソーパズルのように緻密《ちみつ》に組み立てられ、上手に伏線と結末がきっちりと回収される、というような映画よりも、ぼくは人物をしっかりと描いている映画に魅かれます。

ストーリーはたとえ単調でも登場人物がきちんと描かれていて、見る人が自分の周りや過去に知っている人を思い浮かべ、そういう人っているなあと共感する場面があるような映画を作っていきたい。そんな映画というのは、撮った現場の雰囲気を見事にとらえ、その時、その場所でしか作れない映画でもあるのです。

山田監督と組んで、ずっと「男はつらいよ」を撮り続けていた高羽哲夫《たかはてつお》さんという有名な映画カメラマンがいらっしゃいました。その高羽さんがこんな話をしてくれたことがあります。

映り込んでしまったものに価値がある

「男はつらいよ」のカメラはいわゆるシネスコサイズといって横幅が長いんです。カメラマンという仕事はカメラ画面に映るものを整理し掌握《しょうあく》することが求められるわけですが、高羽さんは「シネスコサイズは手に負えないところがある。人物を映しても、その隅々の画面のところまでコントロールすることは難しい。でもね、朝原君、何年かたってその映像を見てみると、自分が映そうと思って撮ったものよりも、その時に映り込んでしまったもののほうがとても価値があるように思えることがある」と。

この言葉が忘れられないんです。もちろん、映画の製作上、ワンカット、ワンカットをいろいろ工夫することは大事です。しかし、実写は何から何までコントロールできない、いや、コントロールすべきでないと思います。その時、その場でカメラを据《す》えてフィルムを回した時、意識せずに映り込んでしまう何かが映画をつくる、といいますか、映画ができる面白さのような気がします。それは見る側も意識しなくても、映画の中でその時やその場所の印象を感じる大切な要素になってくれるのです。

そういうことを今回の「武士の献立」でも考えながら撮ったので、この作品は2013年、石川県でしか作れない時代劇になったのではないかと思っています。

朝原監督は「浅野川界わいをはじめ、金沢はどこを歩いても絵になる街だ」という。顔馴染《かおなじ》みのジャズ喫茶や、行きつけのおでん店もいくつかあり、ひそかな金沢ファンだ。

実はぼくの妻が金沢生まれで、といっても3歳までしか住んでいなかったそうですが。そういうご縁もあって、「釣りバカ日誌17」の舞台が石川県になってロケする前から、金沢には何度か来たことがあったんです。

金沢は街なかに老舗が残っている

金沢は本当にいい街ですね。ぼくが一番いいなって思うのは街なかに老舗の商店が残っていることです。八百屋さんや魚屋さんだけでなく、陶器店や荒物店、戦後からずっとあるような古い喫茶店もあります。茶屋街もそう。そういう老舗が残っている土地柄には、目にこそ見えませんが、店と客の結びつきというものを感じます。

店側はお客さんのために、そしてお客さんのほうは店を守っていこうという心意気がある。たとえば、外資系の店や全国チェーンの店ができても安い、おしゃれだ、流行だからといって一気にそっちへ流れるんじゃなくて、ちゃんと地元の店を大切にする思いが息づいている。老舗が残るということは、そういう風土だからでしょう。それを保守的と言うのは、たやすいことですが、軽佻《けいちょう》浮薄《ふはく》でない金沢らしさを垣間見る思いがします。

そしてなぜか、ぼくは金沢に来るとおでんが食べたくなるんです（笑い）。どうしてなのか分かりませんが、金沢のおでんはおいしい。池袋や渋谷のおでん屋とは違う、ちょっと品があるし、それでいて値段も手ごろ。金沢の街の規模からしておでん屋が多いのは、きっとぼくみたいにおでんファンがたくさんいるからじゃないですか。

古九谷のイメージと重なる

この前、金沢に滞在した時、石川県立美術館で開かれていた古九谷の展覧会を見ました。骨董《こっとう》趣味などまったくなく陶磁器については門外漢《もんがいかん》ですが、ぼくがぼんやり抱いていた金沢のイメージと、その古九谷の世界と通じるものを強く感じました。

古九谷といっても少しも古くなくて、むしろ斬新《ざんしん》さを持っています。色使いもデザインもそう。そして今風に流されるわけでなく、媚《こ》びない意地をひめています。いろんな九谷焼が系譜で展示されていましたが、その中に一貫して流れる気風を見る思いがして、とても印象深い展覧会でした。

朝原監督が「釣りバカ日誌」を手掛けて4本目となった「釣りバカ日誌17」は石川県を舞台に製作し、2006年に公開された。出張で能登を訪れた西田敏行さん演じる「ハマちゃん」が、輪島の朝市やキリコ祭り、和倉温泉、七尾湾などで人情ドラマを繰り広げた物語だった。

能登は「釣りバカ日誌17」を製作した時、真夏から真冬まで滞在して各地を回りましたから、思い出は尽きません。香川県出身で瀬戸内の穏やかな海を見て育ったぼくとしては、とても静かな表情から荒れ狂う表情まで見せる能登の海はその振幅の大きさに底知れぬ自然の神秘を感じました。「釣りバカ」で2月にロケハンをした時、イワノリ採りの風景が見られました。極寒の荒波の中、作業しやすいように薄い風除《かぜよ》けの外套《がいとう》しか着てない年配の女性たちが黙々と岩場でノリを採っていたんです。波にさらわれたら命がない、死と紙一重の世界。一方、ぼくらは安全な場所で何枚も着込んでいても寒風にぶるぶる震えている。

それでも、こっちが舟で近づくと、「ごくろうさま」と言わんばかりに愛想よく手を振ってくれるんですよ。あれほど激しい自然の中で厳しい生活を強いられながら、それを乗り越えて生きる人はこれほど温かく、強くなれるものなのかと胸が熱くなりました。

絶妙の調和に美しさを見た

そんなふうに石川県というのは、重厚で洗練された文化が息づく金沢、自然あふれる能登、霊峰白山の裾野《すその》に広がる加賀があり、それぞれが支え合って一つの国になっているんだと強く感じました。今回の映画「武士の献立」の中で、西田敏行さんが扮《ふん》する加賀藩の御料理人・舟木伝内《でんない》が「国が一つになった証しになるような料理を作りたい」とセリフを言うシーンがありますが、金沢と能登、加賀が共存するバランス、その絶妙な調和に石川県が持つ美しさを見る思いがします。

映画「武士の献立」は、朝原監督が監督として撮った12本目の作品になる。助監督として長年ついた山田洋次監督から独立して撮った初めての映画となるのに加え、時代劇の製作、仕事をするスタッフ、京都の撮影所も初めての経験だったという。

この映画は、ぼく自身が新たな一歩を踏み出す作品にもなりました。とにかく楽しんでもらうことを第一に賑《にぎ》やかに撮ってきた「釣りバカ日誌」と違って、時代劇でありながら現代に通じる一つのテーマをきちんと押し出そう、と考えた本作では、台本の最後のページにそのテーマを書き記しておいて、このカットをこう撮るのはなぜかなどと問い直し、常にテーマに立ち戻りながらワンカット、ワンカットを撮りました。こんなことをしたのも初めてです。

見てもらって初めて映画になる

本当は、公開の前にあれこれ語り、「わたしの最高傑作です」とカッコつけて言える性分ではないのです。ただ、もうすぐ50になる年齢を控え、あとどのくらい映画を撮れるのか、残り時間というものも初めて意識して、精魂込めて作ったことは確かです。

長々と話しましたが、映画館に行かれたら、ぼくの話などすべて忘れて、まっさらな状態で気楽に見ていただければと思っています。映画は作って終わりでなく、公開してみなさんに見てもらって初めて映画になる。そして作り手から離れてみなさんとともに動いていくものです。それもこれもまずは石川県の方々に見ていただくことが第一ですので、どうかよろしくお願いします。

（談）

中島 誠之助

古美術鑑定家

なかじま・せいのすけ ◉ 1938（昭和13）年、東京生まれ。骨董屋からくさ店主の後、古美術鑑定家。東洋古陶磁器を世に広め「伊万里文化大使」を務める。テレビ「開運!なんでも鑑定団」では歯切れのよい江戸っ子トークが人気。「南青山骨通り」「体験的骨董用語録」「ニセモノ師たち」など著書多数。

金沢の土地そのものが「いい仕事」です

（2004年「第20号」掲載）

子供ごころに金沢畏敬

日本史上で「三都《さんと》」と言えば江戸、京都、大阪を指すが、古美術の世界に限っては東京、大阪、京都、金沢、名古屋の「五都《ごと》」という表現が用いられる。全国各地に古美術の大きな組合はあるが、昔もいまもこの五都市が日本の古美術市場を代表する拠点であることに変わりはない。

骨董《こっとう》商を営む父がしばしば地方へ取引に出掛けていたため、金沢の地名には幼いころから親しんでいた。

「金沢へ行ってくる」そう父が言うと、子供ごころにも京都や大阪とは違ったニュアンスを感じたものだ。新幹線がない時代とはいえ、名古屋、京都、大阪は東海道メガロポリス。その点、日本海側の金沢には何かしら「異国」めいた響きがあった。とはいえ、異国というのはエキゾチックという意味ではない。金沢が発する文化、工芸、美術の光芒《こうぼう》があまりに眩しく、子供ごころにさえ畏敬《いけい》の念を抱いていたのである。

風呂敷包みを担いだ父が金沢から帰ってくると、私は荷物を開ける手伝いをした。荷物の中身は茶道具を主体として、人間国宝・魚住安太郎《うおずみやすたろう》(為楽《いらく》)の銅鑼《どら》などの工芸品、あるいは加賀蒔絵《まきえ》であったりしたが、それらを一つひとつ見ていくうち、金沢の道具が他の土地から運ばれてくる道具と明らかにひと味違うことが知れた。こうした原体験が金沢に対する畏敬《いけい》の念を芽生えさせていったのだと思う。

私が骨董屋《こっとう》を志した時、最初、金沢は近寄り難い町であった。金沢の人は文化が深い。同等の知識を持って行かなければ、受け入れてもらえないところがある。金沢へ行くにはそれだけの修業を積まなければならない、と考えていたのだ。古美術の業界では「金沢に行ってよい」と言われたら一人前である。いわば、金沢は骨董屋にとって最終地点というべき町なのだ。

私が金沢を訪れるようになって、かれこれ20年ほどになるだろうか。ひと足金沢に入ると、私はいまでも緊張感を覚える。これはなにも金沢に限らず、大聖寺しかり、高岡しかり、北陸の古い町すべてに言えることである。

金沢を訪れる私は決して、単なる旅人になれない。いや、むしろ、金沢を訪ねる人はすべからく加賀百万石が放った文化の光彩《こうさい》に対し、畏敬《いけい》の念を持つべきだと考える。そうした敬虔《けいけん》な心がより金沢を、あるいは北陸を深く理解できる手掛かりになると思うからだ。

利常の気概示す後藤家の処遇《しょぐう》

金沢を語る上で欠かせない加賀百万石文化は、加賀藩3代藩主・前田利常以来の伝統である。

かつて大坂城で天下人《てんがびと》として権勢《けんせい》をふるった秀吉は、自分亡き後の政局のため、一子《いっし》秀頼《ひでより》の補佐に政治上の最高顧問として、徳川家康、前田利家、毛利輝元、小早川隆景《こばやかわたかかげ》、宇喜多秀家《うきたひでいえ》を五大老に任命した。秀吉の死後、家康は伏見城で政務を執り、利家は大阪城で秀頼の補佐を行う。この時点では「豊臣家株式会社」という組織において、家康と利家、さらに前田家の家督《かとく》を継いだ2代・利長は同格の重役と言えた。ところが関ヶ原の役により、家康率いる東軍が勝利し、徳川家は江戸幕府を開いて天下を支配する。かつての同僚はかたや社長に昇格し、もう一方は社長に仕《つか》える立場となったわけだ。前田家では利長の実母芳春院《ほうしゅういん》を人質に出し、利常は家康の孫娘を大人に迎えて徳川家に臣《しん》従《じゅう》することになる。

折しも寛永8（1631）年、金沢城から出火し、本丸はもとより、城内の大半を焼失する。その後、金沢城再建に着手するが、防備を固め過ぎると徳川幕府から謀反《むほん》の嫌疑《けんぎ》を掛けられる。それでなくとも、加越能《かえつのう》あわせて百二十万石の最高禄《ろく》を誇る雄藩《ゆうはん》・加賀藩は仙台の伊達家とともに、幕府にとっては目の上のたんこぶである。隙《すき》あらば取り潰しの機会を虎視眈々《こしたんたん》と狙っている。

豊臣家が大坂夏の陣で滅んで訪れた元和偃武《げんなえんぶ》の世、平和な時代の風を機敏に察した利常は文化工芸に一段と力を入れ、ありとあらゆる工芸の職人を京都、江戸から招き、独自の文化を育《はぐく》み始める。

その際、とりわけ興味深いのは、刀剣装飾・金工で名高い後藤家の処遇である。加賀象嵌《ぞうがん》の基礎を築く後藤家は前田利家の時代にも仕えているが、江戸時代になると京都・上後藤家と江戸・下後藤家に分けられ、利常はこれを1年交代で召し抱え、加賀藩御細《おさい》工《く》所での指導を命じている。

この時、上後藤家に対しては30人の家臣を養えるだけの給料、すなわち三十人扶持《ぶち》を与えたが、一方、下後藤家には百五十石の給料しか払っていない。京都と江戸を歴然と区別したのである。これは幕府に対する利常の強烈な面当てではなかったか。私はこの時の利常の胸中をこう見る。

「武力に屈し、徳川の風下に従うことになったが、武力では奪えないものを金沢は身につける。文化の土俵なら、前田も徳川も同格である。奪えるものなら、奪ってみよ。文化や学問は武力では奪えない」

後藤家の処遇には、徳川の世に外様《とざま》大名となった無念を心の奥深くにしまい、名門の名に恥じぬ文化政策に取り組んだ利常の気概が秘められていると思うのである。

金沢は「小京都」にあらず

巷間《こうかん》、金沢の町は「小京都」などと呼ばれる。しかし、金沢は断じて小京都ではない。京都は徳川家の支配下にあった都だが、金沢は前田家の造作《ぞうさ》による加賀の都である。したがって旅人が金沢を指して「小京都」と呼ぶことは、金沢に対してたいへん失礼なことなのである。

徳川に屈することなく、独自の文化を育てようとした利常以来の気風は、その孫の5代藩主・綱紀に受け継がれ、加賀友禅や加賀蒔絵、能楽の加賀宝生など、加賀でなければ生まれ得なかった文化を確立、絢爛《けんらん》豪華な加賀百万石文化に発展していく。

千利休の孫宗旦《そうたん》の四男で、裏千家の始祖・千宗室《せんのそうしつ》は加賀の文化的土壌を培った重要な人物である。利常に召し抱えられた宗室は、4代・光高、5代・綱紀にも御茶堂茶具奉行として仕え、加賀の茶道を築く。金沢と京都を往復した宗室は、金沢居住にあたって京都から陶工・長左衛門を伴い、大樋町に住まわせた。ここから生まれたのが「加賀の楽焼」といわれる大樋焼である。京都の楽焼は赤焼きと黒焼きだが、京の樂家より赤と黒の色を使用することを禁じられたため、大樋長左衛門は飴釉《あめゆう》と呼ばれる釉薬によって他に類を見ない飴色の発色を生み出していく。

さらに、綱紀は「天下の書府」と新井白石が称えた図書の一大コレクションを築き上げる他、宝生流を奨励、加賀藩の能楽と言えば「加賀宝生」と呼ばれるようになる。金沢では藩政期以来、加賀宝生をたしなむ職人が多く、かつては「空から謡《うたい》が降ってくる」とまで言われたほどだった。

このように加賀の工芸、伝統芸能は加賀独自のものである。そこに江戸の文化は見られない。また、幕府直轄《ちょっかつ》の京都とも違う。金沢はあくまで金沢、「小京都」ではないゆえんであろう。

海外にも目を向けた前田家の収集

茶の湯の盛んな土地には、古美術の名品が集まる。楽焼の名称は桃山時代の建築を代表する「聚樂第《じゅらくだい》」の「樂」の一字にちなんで命名されたが、同時に楽焼の創始者長次郎を祖とする樂家の姓でもあった。2代・常慶《じょうけい》、3代・道入《どうにゅう》と続いたが、樂家歴代でも傑出《けっしゅつ》した名工と誉《ほま》れ高いのが「ノンコウ」の別名で知られる道入である。道入による「ノンコウ茶碗」は江戸時代から茶人たちに大切にされ、全国に名品が残っている。

ある時、京都の茶人が全国の「ノンコウ茶碗」から7つの名碗を選《え》りすぐって目録を作成した。するとこれに対抗した加賀の茶人は加賀にあるものだけで、「加賀ノンコウ七種」を作った。それほどこの土地にはノンコウの名品が集められていたのである。

金沢にはまた、京都の名工・野々村仁清《ののむらにんせい》の作品も多い。綱紀は京都の公家社会に影響力のあった宗和流の祖・金森宗和《かなもりそうわ》を加賀に招いて教えを乞うた。宗和は野々村仁清を育てたことでも知られる存在である。その縁で仁清の作品が金沢には多いのだろう。石川県立美術館には「色絵雉香炉《いろえきじこうろ》」(国宝)が所蔵されているが、野々市の旧家に行くと仁清の茶碗が伝わっていたりする。仁清を庇護《ひご》したのは四国丸亀の京極家《きょうごくけ》と前田綱紀であるが、金沢を措《お》いて仁清を語ることができないほどその結びつきは深い。

加賀藩が収集の対象としたのは国内だけにとどまらない。前田家は江戸時代、長崎に家臣を派遣している。この時代の長崎は日本で唯一、世界に向けられた「目」だ。ここに「目利《めき》き」というべき職分の役人を常駐させ、オランダ、中国船からもたらされる異国情緒あふれる舶来の文物を収集したのである。

こんな逸話がある。当時、カンボジアの山奥で採れた香木《こうぼく》が中国船で長崎に運ばれていた。香木は枝先、幹の中央、根元で匂いが異なるため、最も匂いのよい部分をめぐって熾烈《しれつ》な争奪戦が繰り広げられることもあった。ある時、一本の香木の購入に際し、前田家と仙台伊達家が対立した。その結果、前田家が最上部を買い、二級品しか入手できなかった伊達家の家臣は面目を失い、挙げ句、切腹するに至る。これを知った前田家では手に入れた香木の一部を切り取り、伊達家に贈ったという。これが世に知られる「柴《しば》舟《ふね》」の香木である。この柴舟は伊達家の分家となる四国・宇和島の地にいまも伝わっている。

この他、オランダ東インド会社の記録にも登場した「Ｃａｎｇａｄｏｎｎｅ」、すなわち「加賀殿」は、はるかオランダにまで茶道具を買い付けている。注文品はオランダを代表するデルフト陶器であった。百万石の財力なくしては、とても出来ない買い物であったろう。

大名たちが茶の湯で覇《は》を競った時代、前田家では国内の美術工芸品のみならず、広く海外にも目を光らせていたのである。

暮らしに根付く「財産三分法《さんぶんほう》」

私が出演しているテレビ番組「開運！なんでも鑑定団」において、全国で最も視聴率が高い土地が金沢である。全国平均は15％だが、金沢に至っては35％以上を記録するという。高視聴率の秘密は一体何か。私は前田家の政策が影響していると睨《にら》んでいる。

前田家が藩政時代、その領民たちに示した諭告《ゆこく》に「財産三分法《さんぶんほう》」があったと言われている。財産の3分の1は不動産、つまり、土地を持て、という。農民なら田畑であり、町民は家屋ということになろうか。さらに3分の1は動産、いまの言葉で言えば営業資金であり、預貯金となる。そして残り3分の1には、骨董《こっとう》品を持つことを奨励したという。

こうした骨董品は蔵に秘蔵しておくだけのものではなかったようである。生活が困窮すれば、人々はまず骨董品を売って危機を切り抜け、やがて財産が蓄積されると、ふたたび3分の1を骨董品に回した。このように金沢における骨董品は文化を伝承、鑑賞力を磨くと同時に、いざという時には換金性を発揮する存在であった。

「財産三分法」の考え方がいまも根強く残る金沢の人々は骨董品をひときわ大事にし、また、茶道具をはじめとする古美術に対する造詣《ぞうけい》も深い。金沢の町を歩くと、1枚数百万円もする古九谷の皿や古備前《こびぜん》の花入れなどが何の変哲もない市井《しせい》の商店の奥の間にごく当たり前のように飾ってあったりするが、このようなことは他の土地ではまず、あり得ない。「開運！なんでも鑑定団」の視聴率がひときわ高くなるのも当然である。

余談になるが、東京・南青山に「骨董屋からくさ」を開いていた時のことだ。配達にやってくる青山郵便局の職員が時折、店に並んだ品物を見て「いい古備前ですね」「これは天竜寺の青磁《せいじ》ですね」などと言う。日頃、古美術に縁遠いと思っていた郵便局員が、骨董に深い造詣を持つことを不思議に思った私はある時、こう尋ねた。

「あなたはどちらのご出身ですか」

「実は実家が金沢なんです」

なるほど、むべなるかな。ことほどさように金沢では骨董品が暮らしのなかで息づいているのである。

加賀文化から生まれた古九谷

大聖寺にある石川県九谷焼美術館で館長を務める作家・高田宏さんの小説に「雪古九谷」がある。古九谷に寄せる氏の情熱があふれる名作である。

江戸時代初期、加賀藩の支藩である大聖寺藩・初代藩主の前田利治《としはる》は家来の後藤才次郎に命じて有田で陶法を学ばせ、領内の九谷で窯を開く。古九谷の起源である。利治の後を受けた2代・利明も古九谷窯を推進していく。2人はともに利常の子だ。開窯《かいよう》に際しては当然、利常の指示があったと思われる。

ところが古九谷窯はよい原料がなかったためだろうか、数十年で突如として命脈《めいみゃく》を絶つ。その歴史はいまも不明な点が多く、謎に包まれている。

加賀の名陶として、あまりにも名高い古九谷だが、実は肥前国で焼成されたとする、いわゆる古九谷・伊万里論争が古美術の世界をにぎわすようになって久しい。近年、有田地方に点在する古窯跡《こようせき》の発掘調査によって、古九谷の名品と酷似する色破片が多数発見されるに及んで、「古九谷＝伊万里説」が次第に有力になりつつある。

しかしながら、それはあくまで学問の世界の話である。学問ではとかく生産地や年代が議論されるが、私が注目するのは、それを作らしめた文化、人間の力はどこにあったか、ということである。私は声を大にして言いたい。どこの地で作られようと、加賀の文化なくして古九谷は生まれなかった、と。

事実、古九谷の豪快なデザインは江戸時代に華麗に花開いた加賀百万石文化を度外視して語ることはできまい。なかでも青手古九谷の豪快なデザインは桃山時代の狩野永徳が描く障壁画の流れを汲み、加賀の工法なくしてはなし得なかったはずである。これらの作品は有田で成型した磁胎を北前船で北陸に運び、加賀で絵付けしたものではないか、と私は考えている。

加賀藩ではまた、狩野探幽《かのうたんゆう》門下の四天王の一人に数えられた久隅守景《くすみもりかげ》を招聘している。守景は破天荒《はてんこう》な人物で、相容《あいい》れなかった狩野派から破門を受けたが、前田家ではここぞとばかりに召し抱え、古九谷の絵柄を描かせた。「守景下絵」といわれる古九谷がいまも数多く残っているが、加賀独自のやきものを作ろうという意欲が久隅守景に下絵を描かせたに違いない。

古九谷には古くから「絵付けを離れて存在しない」という言葉が残る。このことは素地の産地がどこであれ、まさに絵付けが九谷の生命であることを如実に物語っていよう。

美術工芸王国の基盤築く石川県工業学校

古九谷窯の廃絶から約１００年後の19世紀、大聖寺の豪商・豊田伝右衛門が再興九谷に向けて山中町九谷に吉田屋窯を開く。吉田屋窯で赤絵を描いていた飯田屋八郎右衛門の「八郎手」など名品が残っているが、これは数年で廃窯。この時代、初めて九谷焼の名称が付けられ、昔の窯で出来たものを古九谷と区別して呼ぶようになった。したがってそれ以前、九谷焼の名称はない。今日の九谷焼は吉田屋窯をもって出発した。

幕末と維新の時代が終わり、明治政府による富国強兵・殖産興業策のなかで、石川県は明治20（１８８７）年、日本の公立中等工業学校の先駆けとなる金沢工業学校を開校する。くしくも同じ年に開校したのが、第四高等学校の前身となる第四高等中学校であった。金沢工業学校、後の石川県工業学校からは陶芸家の諏訪蘇山《すわそざん》や板谷波山《いたやはざん》が羽ばたいていく。

石川県工業学校で後進の指導にあたっていた諏訪蘇山は大病を患った折、卯辰山の来教寺にお参りしたところ、奇跡的に快癒《かいゆ》する。この時、山で蘇《よみがえ》ったということから「蘇山」と改名し、同時にお礼として天狗の面を来教寺に奉納している。この面はいまも寺に残されており、昨年、「開運！なんでも鑑定団」にも登場した。ちなみに鑑定評価額は30万円であった。正直、値が付けられないのだ。

蘇山の同僚だったのが板谷波山であり、後に陶芸家として自立することを決意して同校を辞任、東京に出て窯を開き、日本陶芸史に残る足跡を残す。

石川県工業学校、現在の石川県立工業高校からは松田権六、大場松魚、寺井直次、大樋長左衛門ら日本を代表する作家を輩出し、美術工芸王国・石川の基盤を築く。その発展には加賀藩時代の土壌が大きく貢献したことは今更《いまさら》、言うまでもない。

金沢は「骨董の味わい」

今後、金沢の町は上層へ空中へと発展する必要はあまりないように思う。文化というものは本来、平らに平面に伸びていくものだ。イタリアでも北欧でも古い町は決して上には伸びていない。それが人間のあるべき姿とも言える。

一方、現代における都市国家《ポリス》を形成する東京やニューヨークはスクラップ・アンド・ビルドを繰り返し、どんどん高層へと伸びていけばよい。江戸は家康が入ってきて以来、神田の山を壊してお茶の水の堀を掘り、今日でも六本木の土地改良を行ったりと400年間、町をいじくり回し続けてきた。メトロポリスの宿命であろう。

ドイツ屈指の古都でドレスデンのツヴィンガー宮殿は第二次世界大戦末期、イギリス軍の大空襲を受け、壊滅した。戦後、ドレスデンの人々は散らばった破片を一つずつかき集め、20年の歳月を費やして宮殿を復元していく。私は金沢の人々に、ドレスデンの人々と相通じる気風を感じる。

幸い、金沢は第二次世界大戦の破壊を免れた。４００年かかって営々と築いてきたものが現在も残されている。金沢はそれを守るべきである。もっとも、金沢はとりたてて残そうという努力を払わなくとも、残るべきものは残る土地柄であるように思う。国民の気質が何世紀か経たぐらいで変わらないのと同じように、県民性もまた、そう簡単に変わりはしないからである。

私がしばしば口にする「いい仕事」とは、ただ単に、お金をかけて出来上がったものではない。だれにも真似できないものを作ること、金や力で奪えないもの、それが真の「いい仕事」である。徳川に文化の面で対抗した加賀、あるいは金沢には「いい仕事」があふれている。

金沢は訪ねれば訪ねるほど味わいを深める土地である。それはまさに骨董《こっとう》の味わいではないか。長い年月をかけて、他に真似できない独自の文化を育《はぐく》んできた金沢の土地そのものが「いい仕事してますね」と言えるのではないだろうか。

西村 賢太

小説家

にしむら・けんた ◉ 1967（昭和42）年東京都生まれ。中学卒業後、フリーターに。2003（平成15）年から小説を書き始め、04年『けがれなき酒のへど』が「文學界」同人雑誌優秀作となり、07年『暗渠（あんきょ）の宿』で野間文芸新人賞、11年『苦役列車』で芥川賞を受賞。

特別インタビュー　わが師　藤澤清造

悲惨だが滑稽《こっけい》、野暮《やぼ》だけどダンディー

（2011年「第47号」掲載）

藤澤清造の作品を初めて読んだのは23歳の時でした。早稲田の古書店で、清造の名前が載っている石川近代文学全集に目が止まり、手に取ったんです。清造のことは名前と、東京の芝公園で野たれ死んだことぐらいは知っていたんですが、実際にその文学全集に掲載されている清造の小説『根津権現裏《ねづごんげんうら》』を読んでみると、ぐっと引きつけられるものがありました。そこには、大正時代の残渣《ざんさ》（残りかす）が漂い、満たされることのない鬱《うっ》憤《ぷん》やもどかしさ、怒りが充満していて強い親近感を覚えたのです。

このころのぼくは、『苦役《くえき》列車』（芥川賞受賞作）に書いたような、3畳ひと間の安アパートに住み、日雇いの港湾労働で1日5千円余りをもらって数日をしのぐ生活をしていました。高校へ進まず、15歳で家を飛び出した身の上ですから、まともな職についたくても相手にされず、その日稼いだお金をほとんどその日のうちに使ってしまうという暮らしから抜けきれないでいました。極貧生活に耐える清造の私小説に、そんな自分を重ねるところが大きかったのでしょう。

それに、主人公が下宿代を滞納して転居した後、前の家主と路上でばったり会って罵《ば》倒《とう》されるところなんかも、ぼく自身アパート代を4年余りもためて大家さん側の弁護士に呆《あき》れはてられるのを通り越して最後は感心されたり、強制的に追い出されたことも何回かあるような滞納常習者だったので、心に響いたのだと思います。

そんなふうに引かれるところはありましたが、その時はまだ、のめり込むまでには至りませんでした。というのは当時、田中英光《ひでみつ》という私小説家に没頭していたからです。英光をいろいろ調べていた関連で、清造のことも名前ぐらいは知っていたのです。

田中英光は1913（大正2）年東京に生まれた無頼《ぶらい》派の作家である。早大政経学部に進学、在学中にはロサンゼルス五輪に漕艇選手として出場した。太宰《だざい》治《おさむ》に弟子入りするが、師の自殺に衝撃を受け、睡眠薬中毒や愛人問題などが積み重なり、1949（昭和24）年太宰の墓の前で自殺した。代表作に『オリンポスの果実』などがある。西村氏は私費を投じ「田中英光私研究」を8冊出している。

どん底に落ち、のめり込んだ

それから6年ぐらいは清造とは離れていて、この間、もっぱら英光に傾倒していました。ところが、英光の遺族の方といろいろありまして、もう英光を追いかけることができない状況になってしまったんです。29歳のこのころ、港湾労働も辞めて職を転々とし、生活がさらに悪化していた上に、目標がなくなってしまいました。もともと友人、知人も少なかったので、誰からも相手にされない四面楚歌《しめんそか》の状態に陥ったんです。

そんなある日、飲食店で酔っ払って、なんかの拍子に他のお客さんに絡んで暴力沙汰《ざた》を起こしてしまい、留置所に入れられたのです。逮捕は2度目でした。この逮捕の4年ほど前、アルバイト先の同僚ともめて、とめに入った警官を誤って殴ってしまったんです。その時は結局、罰金を払う略式起訴ですみましたが、2度目はさすがに落ち込みました。もう30歳になるのに、何しているんだろうって。ぼくの父親もその昔、事件(わいせつ事件)を起こしていて、父親に続いて自分までも警察の厄介になることを続け、どん底に落ちた気持ちでした。

清造の『根津権現裏《ねづごんげんうら》』に手を伸ばしたのは、もう苦しまぎれのようなものだったのでしょう。前に読んだことのある、鬱屈《うっくつ》とした世界をふと思い出し、本を開いて読み始めた途端、のめり込むことになったんです。この本は全体の半分以上が割愛された抄録《しょうろく》だったため、以前古書店に無削除本があったのを覚えていて、すぐに連絡を取り、なんとか手に入れました。

売価35万円で、返すあてなどありませんでしたが借金して、求めて早速読んだところ、泣きたいほどの共感がこみ上げてきました。『根津権現裏』の主人公、つまりは清造本人ですが、惨《みじ》めな生活に耐えながら〈ああ、何時《いつ》までこうした生活を続けなければならないのか〉というくだりが特に胸に染みました。清造が小学校しかでていないというところも、義務教育しか受けていないぼくと重なったと思います。

それから清造のほかの著作も探して小説、戯曲、随想など読み始めると、貧窮で放埓《ほうらつ》な生活を続け、最後は脳梅毒に侵されて精神に異常をきたし公園のベンチで凍死したという、生き恥だけでなく死に恥までさらすことになったこの作家にますます夢中になり、「没後弟子」を名乗らせてもらったんです。

西村氏はこの時の心境を「藤澤清造全集」刊行に向けた内容見本の中で次のようにつづっている。

〈藤澤清造の言葉を借りて言えば かくも殉情《じゅんじょう》熱烈《ねつれつ》な人が、かつてはこの土に生きていたのだということを知った時には、余りのうれしさから、どうしようかとさえ思った。誇張ではない。この人の、泥みたような生き恥にまみれながらも、地べたを這《は》いずって前進し、誰が何と言おうと自分の、自分だけのダンディズムを自分だけの為に貫こうとする姿、そして、結果的には負け犬になってしまった人生は、私にこれ以上とない、ただ一人の味方を得たとの強い希望を持たせてくれたのである。〉

七尾でアパートを借り、二重生活

まず著作物の記録をまとめる書誌を作ろうと思い立ちました。いろいろ調べ、資料を集めていくうちに、清造についてほとんど研究された文献がないので、伝記を書きたい、全集も手掛けたいと、どんどんやりたいことが広がっていったんです。資料収集の手がかりを求めることも兼ねて清造のお墓がある七尾の西光寺《さいこうじ》を訪ねました。今から13年ほど前のことです。

清造には直系の血縁がおらず、墓守りもいないようだったので、それなら自分ができることをしようと思い、月命日にお参りするため毎月、七尾へ行くようになりました。

もちろん、行けば、お参りだけでなく、いろいろ調べものをするので宿泊します。それで、いっそのこと七尾でアパートを借りることにし、1カ月の半分を七尾で過ごし、半分を東京に戻ってアルバイトをする生活を4年ほど続けました。

この間には、かつてあった清造の追悼会を復活させたいと思い、お寺のご協力のもと、2001(平成13)年、1月29日の命日に清造忌を執り行いました。以来、毎年この命日には、遠縁の方や、ゆかりのある人たちが集まり、清造をしのんでいます。

初めてお参りをした時に気づいたのですが、お墓にあったのは、文学全集の写真で見た木製の墓標ではなく、まだ新しい御影石の碑でした。聞けば、その木製の墓標はお寺のどこかにしまってあるというんです。そこで、お寺側に探してみてほしいと頼んだところ、運よく見つかりました。それで、ぜひ自分に保管させてほしいと懇願し、預からせてもらうことになったんです。

そのいきさつを記録して残しておこう、それを清造評伝発刊の時に使えばいいという考えもあってエッセーみたいに書きつづっているうちに、これは小説にした方が面白いんじゃないかと思い、全面的に書き直してみたんです。これが『墓前生活』で、ぼくの初めての私小説となりました。清造と出遭い、そして墓標を預からせてもらえたことが結局、作家デビューにつながったわけです。これも清造のお導きでしょうかね。

西村 賢太

「北國文華」の原稿料に感無量

この『墓前生活』の前に、清造のことを書いた寄稿を「北國文華」2001年春号に掲載してもらいました。雑誌に文章を寄せて初めて原稿料をいただき、しかも師と仰ぐ清造に寄せる思いを書いて得た収入でしたので、もう感無量でした。あのころも金銭的に苦しい生活が続いていたため、早速、久しぶりに飲みに行って、あっという間に使い果たしてしまったような記憶があります(笑い)。

墓標に書かれた字は、清造と同郷の文人横川巴人《はじん》が、2人の共通の友人である金沢の歌人尾山篤二郎《とくじろう》に揮毫《きごう》を依頼したものです。「清光院春譽一道居士　藤澤清造之墓」と独特のくずし文字で書かれています。それを地元の彫刻家の吉田秀鳳《しゅうほう》が杉の角材に刻み漆を使って仕上げました。お墓を建てたのは清造の兄の奥さんである藤澤つるさんです。そうした数々の人たちの思いが込もった墓標なので、風化が著しく字も読みづらくはなっていますが、前に立つたびにこみ上げてくるものがあります。

西村氏は以前、住んでいた部屋をそのまま借りて、収集した藤澤清造の資料を保管する場所として利用している。墓標もその一室の壁中央にガラスケースに入れて保存している。部屋には清造の肖像写真をはじめ、1922（大正11）年に発行された『根津権現裏』の初版本、作家仲間とやりとりした書簡の数々などを額入りで掲げている。雑然とした部屋の中で、清造の資料があるところはことのほかきれいに整理されており、最近は自宅よりも、この資料部屋の方が気持ちが落ち着くという。

墓標を部屋に置いてみると、ますます責任感みたいなものが大きくなりまして、損傷や劣化から守るために、とにかく特注のガラスケースをつくって入れました。部屋のひと隅に墓地のある生活はぼくにとっては快適です。なにか、こう自信めいたものが生まれて初めて自分の中にみなぎっていくのを感じまして。粘り強く墓標を預からせてほしいと頼んで本当によかったと思っています。

『墓前生活』の中でも触れましたが、供養の一つのかたちであるのはもちろんなのですが、それ以上にぼくにとって心の支えとして必要でした。自分の生活の場に清造の墓標を抱えることは、もういい加減なことはできない、ある意味で終生の足枷《あしかせ》になるわけで、むしろそれを誇らしいとすら思えたんです。

もう一つ、幸運だったのは、お寺のご協力もいただき、清造の墓の横に自分の墓を建てられたことです。師と仰ぐ方の横に墓を建てさせてもらえるのですから、ただ字を彫るのではあきたりません。そういうところでも清造とつながりを持ちたかったのでしょう、収集した清造の書簡や原稿から本人肉筆の字を抜き出して、自分の墓に彫る字にあてることにしました。

ところが、「西」「村」「太」はすぐ見つかったんですが、「賢」はどこにも見当たりません。そこで、原稿にあった「拒む」の字のつくり「巨」を取り出し、清造自筆の読点を上と下に入れて「臣」とし、「又」と「貝」も同様に他の文字から抜き取って合成しました。

そこまでするかと思われるかもしれませんが、ぼくの文章を読んでもらうと分かると思いますが、根がすごく粘着質な方なんです(笑い)。それに田中英光の影響も少しはあるかもしれません。英光は借家に住む時、師の太宰治に表札の字を書いてもらっていますし、死んだら太宰の墓の横に埋めてほしいと遺言していました。残念ながら、その願いはかなえられませんでした。そういうこともあって、死んでしまったら、希望通りになるか分かりませんから、ぼくは生きているうちにできるだけ自分の思いを遂げたかったのです。

類《たぐい》まれなユーモアセンス

清造の『根津権現裏』は、主人公の友人が自殺し、友人の兄が郷里から出てきて、自殺の原因をあれこれと詰めていく物語です。これまでの評価は、とかく陰気で暗い話と受け止められるばかりで、一般的には芳しくありません。

しかし、ぼくは、あのくどくどとした、ねちっこい文体に落語的な要素を感じますし、「私待って折ますわ」という芸妓の愛称を「折ます」とする野暮《やぼ》なくだりにも廓噺《くるわばなし》をベースにしたものを感じ、類まれなユーモアセンスを持っていた私小説家だと思うのです。

作中、友人の兄と主人公とのやりとりで、その兄が生まれ育った七尾弁丸出しなのに対し、同郷の主人公はすっきりとした江戸弁という組み合わせの面白さ、加えて会話の間の取り方も妙味があって、やはりその根っこに落語の与太郎ものの要素を感じます。

晩年、作風の転換を図ってカタカナ語を多用しています。たとえば、「諸君をウエルカムする」「獨《ひと》りドライブして居る魂」などは、効果を疑問視する指摘もありますが、ぼくはこのアンバランスさがおかしくてたまりません。本来ありえないところに一つカタカナ語を交ぜた不意打ちの面白さ、日本語と外国語をチャンポンにしたセリフは時の流れに迎合してつくったものではなく、清造本来が持っていたセンスでしょう。

近代文学全集で藤澤清造を担当した西敏明《としあき》が巻末解説に「余程、辛抱強い読者でない限り、最後まで読み切れないといわれても仕方のない小説」と書いたように『根津権現裏《ねづごんげんうら》』の評価は総じて良くはない。そんな中にあって、文芸評論家松本徹氏は、「藤澤清造全集内容見本」に寄せた稿で次のような視点で再評価を試みている。

〈もっとも藤沢清造は才能豊かな作家とは言えない。が、時間がひどく緩やかに流れるなか、自らの生活ぶり、その心の動きを詳細執拗《しつよう》に追って行くところからは、孤独のなか、自分自身とじっくり向き合う精神の在りようが見えて来て、これは間違いなく新しい時代のものだと思われるのだ。〉

松本さんの指摘は、ある一面、その通りだと思います。清造をこれまでのように自然主義派の流れをくむ作家としてではなく、実存主義的作風で戦後文学に大きな影響を与えた椎名麟三《しいなりんぞう》と対比して、そこに通じるものを見出し、モダンな作家としての感想を持たれたのでしょう。ただ、ぼく自身の見解はやはり少し違っていて、『根津権現裏《ねづごんげんうら》』の魅力は全編にわたって織り込まれている笑いの要素に目を向けないと、本質は見えてこないと思います。

多くの作家は小説を書く時は論理性や整合性をきちんと練って、話に矛盾がないよう組み立てますが、清造の場合は、そうした論理や整合を超越したところのインパクトで読ませるのです。主人公のセリフは、いかにも一人合点で、屁理屈《へりくつ》なところが多々あります。それでも、トータルで読み通していくと、細かい部分がどうのこうのということを飛び越えて、腹にズンと来るものがあるんです。

清造の人柄がそのまま小説にでているように思うんですが、そんな人間性を、作家の三上於菟吉《みかみおときち》や今東光《こんとうこう》らは気に入って親交を続けたようです。そうは言っても、その友人たちも清造に対しては1に人間性、2に雑談、創作は3の次、4の次といって、作品はあまり評価していませんでした。

でも、弟子のぼくは第1に創作を挙げたい。その理由を聞かれても、趣味趣向とぴったりくるからとしか言えません。だいたい、ぼくの小説も今回芥川賞に選ばれたとはいえ、これまでそれほど評価されていませんでしたから、そういう点でも清造を追っかけているみたいなものです(笑い)。

「没後弟子」を確認するために

ぼく自身、小説を書く上で清造の文章に多分に影響を受けています。清造は今の時代にはお目にかかれない、大正の当時としても古くさい言葉を使う人でした。もともと歌舞伎や芝居好きで、劇評などを書いていた人なので、演劇の世界の言葉が染みついていたのです。清造が使った「はな」「結句《けっく》」「どうで」など、ぼくの小説ではよく出てきます。

そうした古びた言葉をわざと意識して使っているのは、清造の「没後弟子」を名乗っていることを確認する意味からです。ですから最初、文芸誌の編集者から、「はな」「結句」なんて言葉はないので書き換えるように言われた時は本当に腹が立ちました。向こうも頑《かたく》なでしたが、譲るわけにはいかず、貫き通してきました。その間、小説を書くごとに編集者から文句を言われましたが、不思議なもので今では認知されるようになってきて、やっぱり継続することって大事だと感じています。

今東光《こんとうこう》は清造の数少ないよき理解者の一人である。若き日、根津権現近くの同じ下宿に住んだこともあった。今東光の「華やかな死刑派」には、清造の人となりを示す次のような清造本人の言葉が載っている。

〈いやしくも文学者として世に臨む限り、幼い童どもまでは欺《あざむ》きたくねえじゃねえか。何のために国木田独歩は『欺かざるの記』を書いたと思う。え。おい。文学者だけが世の人を欺いちゃなんねえ。政治家も、財界人も、宗教家も、教育家も、世は滔々《とうとう》として欺いているのだ。俺たちだけでも真実に生きなくちゃなんねえ。〉

普通の人なら、もう言っても詮《せん》ないことや、野暮ったくて口にしないことを、清造は抑えることなく言っちゃってしまう人なんです。暑苦しいほどモラルを持ち出してくるところもあって、やり過ぎて自分が振り回されるほど。狷介《けんかい》な人間性も持ち味ですね。悲惨だが滑稽《こっけい》、野暮なんですがダンディー、そして自分の正義を貫くために微塵《みじん》も引かない一本気な男なんですよ。ぼくは、特に物書きになってから、清造のそういう生きざまを強く意識して、真似《まね》して生きているようなところがあります。そういう生き方しかできない清造が、ぼくにはかっこよく映ってならないんです。

今東光ほど優れた清造論を書いた人はいません。彼は清造を近代戯作者《げさくしゃ》と言い切りました。いかに清造という人と作品を深く観察していたかがよく分かります。戯作というのは江戸時代の通俗小説を指しますが、江戸っ子の気質を近代に引きずって戯作を実践している、いわば古風で意固地な人間、そこがまた魅力だと言い表しているのです。ぼくも、この指摘を読む前から、同じことを感じていたので、近代戯作者という表現と出合った時、我が意を得たりと、感動すら覚えました。

確かにぼくは、清造はもとより、明治や大正の私小説家に共通した生きざまに引かれるところがあります。清造の前は、先に挙げた田中英光をはじめ、葛西善蔵《かさいぜんぞう》、嘉村礒多《かむらいそた》、川崎長太郎たちの小説を読み続け、初版本や希少本も集めました。生活は苦しいのに、1冊数十万円という古書でも惜しみなく購入し、彼らの生きた証を手もとに置いて充実感に浸ったものです。そのコレクションは清造の資料とともに心の支えとなっています。

推理小説から私小説へ

西村氏は東京・江戸川区の下町で、祖父の代から営む運送業の家の長男として生まれた。従業員二、三人を抱える小さな会社だったが、父親は外車シボレーに乗り、家の敷地も比較的広い方だった。本との出会いは本好きの姉の影響を受けたという。

姉が持っていた「赤毛のアン」など家にあった少女ものを読んでいたのが本との付き合いの始まりで、本格的にハマったのは小学校5年生の時でした。ちょうど横溝正史《よこみぞせいし》ブームで、書店にいっぱい平積みにされている1冊を手にしたところ、たちまち、そのおどろおどろしい世界に引き込まれました。そこから推理小説に没頭したのです。

小5のそのころは、父親の事件で両親は離婚、近所の目もあって引っ越しせざるをえなくなった時でもありました。そうした状況でもあったので、本を読む一人の世界が最大の楽しみになっていった面があります。

高木彬光《あきみつ》、大藪春彦、森村誠一、いろいろと読み、19歳のころに土屋隆夫の『泥の文学碑』という本に巡り合いました。田中英光の生涯を要約したような推理小説で、これをきっかけに英光を知り、私小説に傾倒していったのです。それまであくまでフィクションだった小説が現実と一体となり、衝撃を受けました。それからは冒頭に話した通りです。

どういうわけか、現代の小説にはほとんど興味がわきません。うまく説明できませんが、なんとなく近代は江戸時代の気風がまだ残っていて、そういうバックボーンの上に小説があるように思うのですが、現代の文芸誌に載っている小説はそれがどこかで断ち切られているように感じます。別のバックボーンはあるのでしょうが、それは個人それぞれのものに過ぎません。確かに文章は前衛的だったり、技巧的だったりするのですが、ぼくには古めかしい近代小説のほうが居心地がいい。

「生命力だけはありまして」

そういう点でも、ぼくは文学界で浮いた存在だと思います。それにぼくは極めてスモールな世界に生きている人間ですから（笑い）。小さな怒りや恨みがいっぱいあっても、たとえば貧乏なのは家賃を待ってくれない大家が悪いとか、お金を貸してくれない友だちのせいだとか、怒りの矛先が身の回りの一番近い人に向くのですが、それ以上の枠を越えて広がっていきません。

要するに不満や反発が社会や政治には向かないんです。それは、どこかであきらめているからでしょうね。ですから、昔のプロレタリア文学というのは好みません。あちらは主義主張がありますが、ぼくにはそんなのはないですから。それにずっと困窮する生活を続け、経済力はまるでないんですが、生命力だけは多分にありまして（笑い）、死の誘惑もありません。

そんな点も清造と似ているかもしれません。清造の晩年はプロレタリア文学が流行し出したころで、清造自身も新感覚派の文体を真似たり、極貧生活を送っていたわけですから心情的には共産主義に共鳴するようなところもあるんですが、それ以上先へはいかないんです。左翼へ身を投じることもなく、理論闘争へ走ることもなく、ただ戯作者精神を持って成すがままといいますか、懐《ふところ》の中で手を組んで、グッと貧窮を耐えしのぶところに美学を感じているタイプなんです。清造のそんなところにも強く引かれますね。

西村氏著『どうで死ぬ身の一踊り』の文庫本に載っている解説で評論家坪内祐三は「…彼の小説に登場する『私』は常に愚者である。／それはすがすがしくも本当の愚者である。だから西村賢太の小説は不思議にあと味が悪くない」と指摘している。今回、芥川賞という栄誉に浴した西村氏は〝愚者〟から脱し、師を超えたともいえなくもない。清造とのかかわり、そして小説はこれからどうなっていくのだろうか。

「私小説書き」の誇りを看板に

芥川賞という光栄な賞をいただき、それはうれしいに違いありませんが、その辺は割と冷静に受け止めています。文藝春秋3月号の「受賞のことば」にも書きましたが、「芥川賞作家」なる、巷間《こうかん》がみるところの一種血統書付きめいた冠よりも、断然「私小説書き」である誇りを看板にしていきたいですし、今回の受賞で何かが変わるはずもありません。『落ちぶれて袖に涙のふりかかる』という私小説にぼくはこう書いています。

〈文名を上げたかった。（略）もって実力派の書き手として、訳知らずの編輯者《へんしゅうしゃ》から、訳知らずにでよいからチヤホヤされたかった。数多《あまた》の女の読者から、たとえ一過性の無意味なものでもいい、ともかく一晩は騙《だま》せるだけの人気を得たかった。〉

これ、本音です。でも、もう一方で、同書でこうも書いています。

〈そんな評価に振り廻《まわ》され、一喜一憂しているしまらぬサマでは、もう私小説を書くと云う一切の誤魔化しが利かぬ、今や文芸の王道ならぬケモノ道を志すのはよすことである。そして即刻、藤澤清造の歿後弟子という看板を降ろし、もう二度、その人の名を口にするのはよすことである。――〉

これも本音なのです。

好きで私小説という道に進んだのですから、これからも自分の恥をさらけ出して書いていくことにまったく変わりません。これは露悪とは違う。ぼくは別に喜んでいるわけではありませんから。

今回の『苦役《くえき》列車』は、自分の中で『根津権現裏』を意識して書きました。作品の中に同じ匂いを吹き込めないかと。この1、2年の作品は清造オマージュ（敬意）と少し離れていましたので、原点回帰のつもりで取り組んだんです。それが受賞となったので、ひとしおの喜びがあります。

今年の1月29日の清造忌は、芥川賞発表直後ということもあり、大勢の取材の方が来ていましたので、どこか落ち着かず、演技めいたところも出てしまい、ゆっくりとお参りができませんでした。それで今度、あらためて一人でお参りしてこようと思っています。その時、どんな言葉が返ってくるでしょうか。

清造には〈何んのそのどうで死ぬ身の一踊り〉という句があります。そんな句をつくれる生きざま、そして死にざまも含めてまだまだ清造の域には及びもしません。一私小説家として歩んでいくことしかできないぼくにとって、藤澤清造が「神様」であることは変わろうはずもないんです。

歴史を解く

磯田道史

歴史学者

いそだ・みちふみ ◉ 1970（昭和45）年、岡山市生まれ。日本社会経済史研究者。専門は近世～明治維新期。慶應義塾大学文学研究科博士課程修了。博士（史学）。1998（平成10）年から2003年まで日本学術振興会特別研究員。茨城大准教授、静岡文化芸術大教授などを経て、16年より国際日本文化研究センター准教授。03年の著作『武士の家計簿「加賀藩御算用者」の幕末維新』で新潮ドキュメント賞。

「武士の家計簿」から読み解く

加賀の武士がごちそうを食べたわけ

（2006年「第26号」掲載）

主従関係を再確認する場

江戸時代の人々にとってお正月は、私たちとは比べ物にならないほど大切なものでした。その大切さにも堅苦しい面と、家の中での楽しい面とがあったと思います。

まず堅苦しい面とは何かというと、お正月が主従関係を再確認する場になっていたということです。公家は天皇に、大名は将軍に、藩士は大名に、つまり主君に拝謁《はいえつ》する。拝謁する相手が自分の主君なわけです。これは領主と領民という関係についても同じでした。

武士は年に一度、一番大切な仕事として、お城に上がって殿様に拝謁するのです。どこの藩でも、藩士は藩主の前にすすみ出て盃《さかずき》を頂戴《ちょうだい》し、その間、謡《うたい》などを一緒に聞く。加賀の場合、文化の深い土地柄ですから、能なども儀式に織り込まれていただろうと思います。

明治になっても「旧君」のおかげ

「武士の家計簿」※で調べた加賀藩士猪山家の場合、明治になっても、お正月になったら、前田の殿様との主従関係を確認しています。明治に入り前田の殿様は東京へ出るわけですが、金沢に残った藩士たちは何をやっていたかというと、殿様に会えないものだから、元日には床に中納言様（旧加賀藩主）の書いた掛け軸をかけ、前に鏡餅とお酒を供える。そしてそこに殿様がいるかのように酒盃のお流れを頂戴し、年賀を祝す。そしてお正月が始まるわけです。こうやって主従関係、いまでいえば就職先との関係を確認する行為があった。これがないと一年が始まらない。だからとても大切なのですね。

猪山家の例では、明治6年になってもこんなことを手紙に書いている。「いつも春の心持ちにて、太平楽にてありがたく、これも旧君のおかげ」。殿様のおかげで平穏無事なお正月が迎えられるというわけです。

そうしていると、自分のところにも領地からお百姓さんが年頭の拝賀にくる。猪山家の史料をみると、お百姓さんが二人やってきているということが書いてあります。他藩の例ですと、門松は領地の百姓が持ってくる場合が多いようです。武士が殿様(大名)にしているように、お百姓さんも自分の殿様(領主)である武士の家へきて今年も一年よろしくお願いいたします、と言うわけです。そういう関係が将軍←大名←武士←お百姓さんというように、上へ上へとつながっている。

年賀の百姓に鯖の土産

ただ猪山家も大変です。お百姓さんを迎えたら、ただで返すわけにはいかない。猪山家の家計簿でみると、鯖を2匹買ってお土産に渡している。1匹38文です。そして酒代として1人に50文ずつ渡しています。当時の1文は約50円です。もちろん、家にあげて一緒に酒を飲む。「数の子すし」を肴《さかな》に一杯飲むと書かれています。これは数の子とすしなのか、数の子のすしかは分かりませんがね。北前船があるから北海のおいしいものが入ってくるんですね。もちろん地物のいい魚、お米もあるし、その上、調理の面では加賀料理の文化があるから素晴らしい。

面白いのは、出入りの商人などからも「すし」がお年玉としてこの猪山家に届けられている。お年玉といっても今日のものと違うんですね。おすしを作ったら隣近所に配るものという考えは私の家なんかまだ残っていますが、お正月におすしをお互いやり取りしている。これは加賀独得のなれずしかもしれませんね。なかなか楽しいことですね。こんな風にすしを隣近所に配って人のつながりを再確認するというのも江戸の武士に学べることかも知れません。

お供の人には切り餅配る

話を戻しますと、猪山家は年賀に人がやってくると何をするかというと、お供の人に切り餅を用意していて配っています。餅をあげるとあまり喜んでもらえなかったのか、「今年からあらためて一人に10文ずつ渡すようにした」ということが書いてあります。餅腹になるから、やっぱり現金がいいということでしょうね。いまの500円です。お米の価値が高い時期ですが、切り餅一つもらうのと500円もらうのとどっちがいいか、ということですがね。

加賀藩はどうかわかりませんが、ふつう藩士の世界の年賀のやり方は、名刺受けを門の前につくり、お互いに名刺を配って歩いたんですね。武士たちは城下町に集まって住んでいますから、一日かけて一回りすれば配れてしまう。実は年賀状の始まりはこの年賀名刺なんですね。その名残で大正・昭和初年までの年賀状は「謹賀新年」と名前ぐらいしか書いてなかった。明治維新以降は困ったことになるんです。猪山のように東京へ出る人もいればほかの都市へ行ってしまう人もいる。そこでこの名刺が郵送になって、年賀はがきが発達するんですね。当時のはがきをみると名刺ぐらいの大きさのものが多いですね。

猪山家では20人分の切り餅代を用意していますから、合計1万円をお供の人たちに渡していたということです。逆に奉公人たちにしてみればお正月はありがたいですね。仮に20軒回れば1万円もらえるんですから。中にはお金でなく切り餅のところもあるわけで、「ああここは切り餅かあ。金のほうがいいよ」なんてつぶやいていたかもしれませんね。

猪山家の場合、天保13年までは切り餅でしたから、猪山家を訪れるお供の人も「あそこ切り餅だからいやだな」なんて思っていたら、現金になっている。「あれどうもあそこ借金を返したのかい」なんていう話になる。こんなところから他所の家の経済状態まで分かってしまい、あっという間にうわさになるわけです。

加越能三州の美味集める

正月の食卓をみてみると、赤飯も食べているし、コノワタ、なまこを食べていますね。

それにしても加賀の本を書くまでは、こんなに、なまこを食べると思わなかったですね。加賀の人は日本海の海の幸をものすごく楽しんでいますね。加越能の三州がありますから、領国の中でたぶん加賀の米、お餅は能登へ行き、能登の魚は加賀へ来てということがあったのだと思います。百万石という規模があるからそういう楽しみ方ができる面もあると思います。

正月の暮らしもみてみましょう。15、16日ごろになったら鏡直しが始まっています。3万円ぐらいの費用をかけています。この食事がなかなか興味深い。こんぶ2本、50文だから結構いいものでしょう。いまの感覚ではブランド！利尻昆布というところでしょう。何を思ったか1個5文のミカンを3つ買っています。当時5人家族ですから家族全員の分がないんです。いまの値で1個約150円ですから、高級品ですよ。きっと「お前が食べなさいよ」とかやっていたんでしょう。そしてやっぱりナマコを食べている、1匹70文、3500円です。高くても食べたかったんですね。あとフナ15匹、170文、約8000円。これがおそらくメーンディッシュでしょう。河北潟のフナでしょうか。ほかに、はべんやこんにゃく、もみじのり、鉢盛りにしたくわい、ミカンなど。数の子、黒作りなどは常備しているものを食べていると書いてあります。そしてすましの汁物が豪華です。具は鱈とマツタケで、ちゃんとセリの葉っぱを浮かべている。食べ物は大切にしていますね。

おもちゃも買っていた

おもちゃで遊ぶということもやっていますね。「鯛車付き手遊び」一つを75文で買っています。３７５０円ぐらいですか。おそらく鯛の形を木などで形どり、下に車がついているようなものでしょうね。いまでいえばミニカーですか。おそらく子供かだれかにねだられたのでしょう。お金はないけど、お正月だからまあいいか、というのはいまも昔も変わらないということでしょうね。

門付《かどづ》けもきています。恵比寿大黒の格好をして「おめでとうございます」とやってくる。厄除けの山伏もきます。そうしたときにもお金をあげていますね。

儀礼費用の3分の1

とにかくお正月には金を使っていますね。一年の儀礼行事に76匁つかっていますが、そのうち26匁、３分の１近くをかけているわけです。１匁は現代感覚では約４０００円ですから、正月には10万円強。葬式や婚礼を除けば正月の儀式に大変お金がかかるわけで、そのために普段倹約することもあったでしょうね。

ただ、これまでみてきた猪山家の家計簿は天保14年の正月のものですが、この前年のお盆に債権者との交渉がまとまり、倹約生活を本格化させた正月ですから、加賀藩士の正月祝いとしては質素な方だったと思います。それにしてもいいものを食べていますよね。

この時代はテレビもなければ娯楽も少ないわけですね。その中でとにかく食というものを楽しんでいますよね。いまも加賀藩士に学んで上質な楽しみを求めようとするなら、加賀ならではの食材を使って料理を用意し、加賀ならではの正月を迎える。できたら料理を、「こんなものができましたよ」とおすそ分けしあう。そうして人間関係を一層楽しいものにする。そんな加賀らしいお正月の楽しみ方もあると思います。

※「武士の家計簿」　加賀藩に御算用者（会計処理担当）として仕えた猪山家の古文書を読み解いた磯田氏の著書（新潮新書）。天保13（1842）年から明治12（1879）年の37年間にわたる記録から、変革期の武士の日常生活や経済状態などを読み解いた力作。

安部 龍太郎

小説家

あべ・りゅうたろう ◉ 1955（昭和30）年福岡県生まれ。90（平成2）年デビュー。2005年『天馬、翔ける』で中山義秀文学賞、2013年『等伯』で直木賞を受賞。同年、石川県観光大使に委嘱。東京都在住。

能登の高度な文化が等伯を育《はぐく》んだ

日本海交易の拠点、守護《しゅご》畠山《はたけやま》の影響大

（2014年「第59号」掲載）

ずい分前になりますが、私が初めて能登半島を旅した時、まず感じたのは能登の人たちが話すイントネーションと韓国語の語尾の抑揚《よくよう》が大変似ているなあということでした。それ以前、取材のため韓国にしばらく滞在したことがあり、向こうの人たちの言葉が耳に残っていたからですが、能登の方言と韓国語の共通性を感じていたところに、朝鮮半島に起源を持つというお熊甲《くまかぶと》祭《まつ》りの話などを聞くと、やはり能登は非常に早くから大陸文化の影響を強く受けてきた地域なんだと確信しました。

もちろん、かつては太平洋側より日本海側のほうが大陸と地理的にも近く行き来が多かったわけですが、その中でも能登は日本海交易の重要拠点だったという視点は大切です。長谷川等伯《はせがわとうはく》は早熟にして高度な絵画技法を身に着けていた絵師でしたから、そうし

た能登の歴史文化を抜きにして等伯を語ることはできません。

その意味で、北國新聞社が中心となって実施している「長谷川等伯ふるさと調査」はとても有意義なプロジェクトだと注目しています。一般的には、能登から京へ上った等伯がそのありあまる才能をもって自らの道を切り開いたように思われているようですが、決してそうではありません。いかにして等伯なる絵師がはぐくまれたのか。史料に乏しい等伯の人物像に迫るには、どのような環境で育ち、成長の過程で何から影響を受けたのかというプロセスは欠かせません。

七尾と京は頻繁《ひんぱん》な往来があった

等伯が生まれ育った室町後期、七尾は日本でも有数の文化の先進地でした。なぜそう言えるかと言いますと、一つは絵の具から分かります。当時は化学塗料のない時代で、一番質がよい絵の具は天然の岩絵具《いわえのぐ》です。その中で最も高価なのがブルーとグリーン。岩絵具《いわえのぐ》は粒が大きいほど濃い色、微細《びさい》なほど薄い色になります。鉱石や貝殻などをすりつぶし粉末《ふんまつ》にして絵具にするわけですが、そうした様々な鉱石類を手に入れる経済力、粉末にして絵具にする技術力はおそらく京にしかなかったはずです。

そんな岩絵具を等伯は七尾時代、既に手に入れて仏画を描いているのです。ということは岩絵具を京から手に入れるルートがしっかりとあった。また、良質の紙を含め道具や材料などを京まで買い求めに行く往来があったということになります。

当時の地形を調べて見ると、大変興味深いことが分かってきました。七尾から西へ向かって羽咋にさしかかるところに邑知潟《おうちがた》があります。今は埋め立てられてほとんど平野になっていますが、当時、邑知潟は能登半島の真ん中ぐらいまで入り込んでいた大きな潟で、水運の大動脈としての役割を担っていたのです。

したがって七尾から京に行こうと思えば、今の中能登町芹川《せりかわ》まで歩き、そこで川舟に乗って長曽川《ながそがわ》を下り邑知潟にでて羽咋まで行く。そこから海用の船に乗り換えて敦賀《つるが》まで渡り、敦賀からは北国街道をたどって近江の塩津《しおづ》まで歩く。この間20キロ程度です。そして琵琶湖の水運を使って大津《おおつ》まで行き、上陸して山科《やましな》を抜け、粟田口《あわたぐち》から京へ入る。こうしたルートで能登と都は結ばれていました。距離はありますが、大半が船ですから、波さえ穏やかであれば難なく行けます。今想像するより往来は頻繁《ひんぱん》にあったと考えていいでしょう。

そして何より重要なのは当時、能登を治めていた守護《しゅご》大名は、足利《あしかが》幕府三管領家《さんかんれいけ》の一つ、畠山《はたけやま》だったということです。将軍を大統領に例えるなら首相にあたるのが管領で、その首相を出す家は斯波《しば》、細川、畠山の3つだけに決まっていたのです。畠山は能登だけでなく、河内《かわち》や紀州にも広い所領を持っている、それほどの家柄でした。

養子のくびきが解け上洛《じょうらく》を決心?

ですから京と太いパイプを持つ七尾には都からモノ、人、情報がかなり入ってきていたはずです。絵画で言えば、狩野派《かのうは》をはじめ曽我派《そがは》や土佐派《とさは》の活躍ぶりなんかも伝わっていた。そういう話題を耳にしながら等伯《とうはく》は七尾で一絵仏師《いちえぶっし》として終わるのを本意としなかったのではないでしょうか。

なぜなら誰もが認める腕を持ち、名声も相当なものだったからです。例えば、羽咋の正覚院《しょうがくいん》には等伯が26歳で描いた十二天図《じゅうにてんず》があります。この優れた仏画を見れば明らかですが、等伯の技量は当時、絵仏師《えぶっし》として一級のレベルにありました。実際、等伯の仏画は能登に限らず、富山や新潟にもあり、その活躍の広さをうかがえます。

しかし、奥村家という武家に生まれ、幼くして染色業を営む長谷川家《はせがわけ》の養子に入った身の上だったため、家を捨てて自分の思い通りの道に進むわけにはいかなかったのでしょう。

では、なぜ養子になったか。おそらく早くに絵に非凡な才を発揮したからだろうと思います。長谷川家の当主・宗清《むねきよ》も絵仏師だったため、その才能にすぐ目をとめ、両家で話し合ったのでしょう。

等伯自身、武家に生まれながら染色業の家に養子に出され、幼心に大きな挫折感《ざせつかん》を持っていたと思います。それもあって絵の世界で名を成したいという思いがことのほか強かった。そうした悶々《もんもん》とした気持ちを抱えながら、七尾で絵仏師としての仕事に打ち込んでいた青年期だったと思います。

そこに思わぬ転機がやってきました。これは史実なのですが、等伯33歳の時、養父母が相次いで亡くなったのです。突然、家のくびきから解放された等伯は都へ打って出る決心をした。自分一人でなく、妻と幼い子どもを一緒に連れて行ったことを考えると、それなりの自信もあったとみてよいでしょう。

「酒で心をなだめている人」

等伯は相当、気性の激しい人だったと思います。その根拠はいくつかありますが、私が一番強くそう感じたのは、等伯が描いた京都の大徳寺三門《だいとくじさんもん》の天井画を見た時です。天空でおどろおどろしく、とぐろをまいた凄《すさ》まじい龍の絵から、等伯のひめた爆発的なエネルギーを見る思いがしました。そして、この人は酒で心をなだめている人なんだと直感しました。

あれほどの爆発力をもって絵を描く人は、感情の起伏《きふく》が激しいに違いありません。しかし、そのエネルギーが爆発に至るまでにはある程度、内側で圧縮する期間が必要なのです。そして、圧縮している間は相当つらい。そのつらさから離れるためにはお酒に頼らざるをえない。酒でしばし、違うところにトリップして気持ちをなだめないと、もうどうしようもないわけです。そんな生き方をしている人なのだろうと、あの天井画を見て感じたのです。

通常、大徳寺三門の壁画は非公開で見ることはできません。しかし、小説を書く上でどうしても見ておきたい。そこで大学教授の知人に相談して、住職に頼んでもらったところ、公開はできないが、扉《とびら》を開け風を通して掃除《そうじ》をする日がある。その日に掃除を手伝うという〝仕事〟をもらい、見ることがかないました。

非公開にしてあるのは、光に当てると絵の劣化《れっか》が進むためです。ですから、400年以上経っているのに絵の保存状態は驚くほどよく、まるで昨日描いたかのような色の鮮やかさでした。太く荒々しい線の筆遣いなどもはっきりと分かり、その迫力に圧倒されながら、等伯《とうはく》はそれこそ日本海の荒波のような激情をひめた人物だったのだろうと想像しました。

安部 龍太郎

利休《りきゅう》との間に知られざる交流があった?

ご存知の方も多いと思いますが、大徳寺三門《だいとくじさんもん》の2階部分は千利休の寄進で増築されたものです。しかし、その寄進のお礼として寺の僧侶《そうりょ》たちが利休の木像を安置《あんち》したところ、三門を通って参拝する時に利休の足下《あしもと》をくぐれということかと豊臣秀吉《とよとみひでよし》の怒りを買い、利休が切腹に処《しょ》せられたのは有名な話です。

私は、等伯はその利休に多大な影響を受けたと考えています。等伯は33歳から51歳まで足跡が分かっておらず、「空白の17年」と言われていますが、その期間の多くは堺にいたのではないかと見て、小説にもそのように描きました。

七尾から等伯が京へ出てきて頼った日蓮宗《にちれんしゅう》本山の本法寺《ほんぽうじ》の住職で、肖像画にも描いた日堯上人《にちぎょうしょうにん》は堺の油屋の出生です。また、等伯と長い親交を続け、のちに同じく本法寺住職となる日通上人《にっつうしょうにん》も実家は堺の油屋です。そうしたツテで等伯は堺にしばらく滞在し、猛烈に絵の勉強をしていた。その間に堺にいる利休とも知り合ったのではないでしょうか。ここのあたりを示す史料はまだないので想像の域をでませんが、私は、2人の間に知られざる濃密な交流があったとみています。

利休はあの時代、茶の湯の革新を続け、独自の美意識をもって一つの芸道を確立した人です。その利休の表現に対する姿勢、審美眼《しんびがん》、思想、哲学などに、等伯は大きな刺激を受けたに違いありません。

利休自身も自分の美意識に通じるものを等伯に感じ取ったと思います。その最たるものは等伯の信仰心でしょう。等伯の絵師としての原点が日蓮宗の教えを絵の世界に表現するための絵仏師《えぶっし》だったわけですから、その道を極める情熱の強さといいますか、能登育ちもあって愚直《ぐちょく》なまでの一途《いちず》さが利休の琴線《きんせん》に触れたと考えられます。

そして利休は、当時大いに勢力をふるっていた狩野派《かのうは》に対峙《たいじ》する絵師として等伯の才能を認め、また支えもした。それが大徳寺三門の壁画制作を任せることにつながったのでしょう。

狩野派の金看板を背負って生きた永徳《えいとく》

狩野永徳はやはり等伯という絵師の存在、台頭を強く意識したと思います。永徳は狩野派の4代目として、金看板を背負って生きていかねばならない人でした。しかも子どものころから天才と称されたほどでしたからプライドも高く、自意識も強かった。早くから織田信長《おだのぶなが》に気にいられ、有名な「洛中洛外図《らくちゅうらくがいず》」を描き、安土城《あづちじょう》の障壁画《しょうへきが》も手掛けています。

そこへ等伯《とうはく》という自分とはまったく違うタイプの絵師がにわかに脚光を浴び始めた。きっと、その人気ぶりを「この田舎者が――」というような冷淡な目で見ていたことでしょう。

狩野派《かのうは》は由緒からして、どうしても家を守らねばならないという命題を抱えていました。

江戸中期に書かれた狩野安信《やすのぶ》の『画道要訣《がどうようけつ》』(1680年)には、一代限りで描いた絵と、家の芸を引き継いで描いた絵はどちらが優れているかを自問自答した上で、流派の絵のほうが尊いと結論づけています。そこには、天与の才で描かれた絵であったとしても、しょせん一代限りの表現であるのに対し、流派の絵は継承されていく中で洗練され高まっていくものだという考え方があります。

それは一面確かなことかもしれませんが、私は、そこに永徳《えいとく》をはじめとする狩野派と、等伯《とうはく》の間に大きな違いがあったとみています。永徳はそうした流派というものを尊ぶあまり、芸術が本来放つ根源的なエネルギーというものを見失っていったのではないでしょうか。

永徳にも「唐獅子図《からじしず》」や「檜図屏風《ひのきずびょうぶ》」に見られるダイナミックな絵はありますが、それでも等伯の絵から受ける、創造者としての魂の放出のような勢いを感じることはありません。

生まれながらにして名門の家を継いで守っていかねばならなかった永徳に対して、等伯は己の腕一本を武器に自己規制する必要などなかった。それゆえ時代の息吹《いぶき》を大いに吸って、ひたすら前へ前へと進むことができたのでしょう。

安土桃山は日本のルネサンス時代

そしてもう一つ、当時の安土桃山という時代が等伯を大きく羽ばたかせたと思います。安土桃山はいわば日本のルネサンス時代です。西洋のルネサンスで生まれた芸術、学問が南蛮人《なんばんじん》によって日本にもたらされ、花を咲かせました。貿易最先端地の堺には、ダ・ビンチやミケランジェロらの画集なども入ってきており、等伯も西洋画を見る機会があったはずです。そうした異文化に触れて等伯の表現は大幅に広がったと思います。

戦国の世が終焉《しゅうえん》を迎えると、京をはじめ各地で城や社寺の建設、修復ラッシュが起こり、障壁画《しょうへきが》の需要が急激に高まりました。仏画から肖像画、障壁画《しょうへきが》、さらには禅画《ぜんが》など多様な絵を器用に、それも一級レベルで描ける等伯《とうはく》はまさにこの時代に求められた絵師だったといえましょう。

松林図屏風《しょうりんずびょうぶ》は涅槃《ねはん》の世界を描いた絵

そして等伯は「松林図屏風」を描き上げます。57歳のころだと言われています。私は何度かこの絵を見ていますが、何回見ても本当に不思議な絵だという感想を持っています。

普通、絵というものは向き合うと、描かれている対象物がこちら側に向かってくるものですが、あの絵は逆に向こう側に連れていかれるような感覚を覚えてしまいます。

私が初めて松林図屏風を見たのは2010（平成22）年に没後400年を記念して開かれた東京国立博物館での展覧会でした。あの絵はガラスケース越しでは照明の反射や映り込みがあって、墨の微妙な濃淡や筆致が分からず、魅力が半減してしまいます。東博での展覧会ではガラスケースもなく、照明のあて方といい、配慮と工夫が行き届いたとてもよい展示の仕方で、じっくりと堪能《たんのう》することができました。

私は見た瞬間、これは涅槃《ねはん》の絵だと思いました。松の一つひとつがこの世を去り、雪山のほうへ向かって行く人の列のように見えたのです。人の列というより、魂の列と言ったほうがよいかもしれません。法華経《ほけきょう》の世界で言うと、雪山が多宝如来《たほうにょらい》であり釈迦《しゃか》如来《にょらい》であり、そこに向かって、この世の役割を終えて苦しみから解き放たれた人たちが行く。それは死を否定的にとらえるのではなく、魂というものが本来あるべき悟りの境地へ帰っていく、その涅槃の世界を描いた絵だと思ったのです。

等伯は息子・久蔵《きゅうぞう》を突然失い、その死が松林図屛風を描かせたとよく言われていますが、私もそのように解釈《かいしゃく》しています。耐えられないほどの悲しみ、そして怒り、何とかそれを乗り越えようとして悶絶《もんぜつ》した末、絵として表現することがそこから抜け出す唯一無二《ゆいいつむに》の方法だった。そして等伯は、この絵に救いの境地を見つけたのではないでしょうか。誰のためでもなく、自分のために無心で描いたと思います。

ずば抜けた身体能力

松林図屛風に近寄って見た人は分かると思いますが、すさまじいほど速い筆遣いで描かれています。用いたのはおそらく竹の筆でしょう。それを横に何本か並べた筆を使い、一気呵成《いっきかせい》に描き上げたスピード感が見られます。

私は等伯《とうはく》の小説を書くために水墨画の先生について2年半勉強し、少しばかりですが水墨画の描き方というものが分かるようになったのですが、等伯のように細くて長い線をスピード感豊かに描き、狙ったところにピタッと止めるのは、ずば抜けた身体能力や運動神経がないとできるものではありません。ですから、等伯はおそらく剣の道に進んでいても相当の腕前になっただろうと思います。

そんな激しい筆遣いで描いたはずの松林図屏風《しょうりんずびょうぶ》を少し離れて見ると、そのスピード感はすっかり消え失せて、茫漠《ぼうばく》たる幽玄《ゆうげん》な世界が広がります。本当に不思議な絵というしかありません。

等伯自身、自分が描いたというより何かに憑《つ》かれて描かされたというところが本当ではないでしょうか。水墨画のたゆみない修練があり、そこに最愛の肉親の死による悲しみがエネルギーとなって最大瞬間風速で生まれた傑出《けっしゅつ》した作品。それが松林図屏風でしょう。

七転八倒《しちてんばっとう》の求道《ぐどう》の人生

私は、等伯の数々の絵を見ていると、とても勇気づけられます。絵師として理想の絵をひたすら追い続けた求道の人生を見る思いがするからです。情熱の激しさ、忍耐の強さ、努力の大きさをどの絵からも感じます。

そして、絵に対する自分の執着が強かったばかりに、妻や息子を苦難に巻き込み、果ては死なせてしまった。しかし、その歩みを止めることも、変えることもできない七転八倒の画道遍歴《がどうへんれき》だったわけです。そういう生き方しかできない人物、またそんな人が作りだした芸術は、激動の世の中を生きる現代人の心に響いてくるのではないでしょうか。

等伯は、天下人となった徳川家康《とくがわいえやす》に呼ばれて江戸に向かい、到着後まもなく息をひきとるという最期でした。最期まで絵に対する執着を持ち続けた、いかにも等伯らしい死にざまだったのではないかと思います。

無分《むぶん》、宗清《むねきよ》の営みの上に咲いた大輪

一昨年の石川県七尾美術館で開かれた長谷川等伯展で、等伯、養父の宗清、養祖父とされる無分の3人それぞれが描いた涅槃図《ねはんず》を同時に見ることができ、とても有意義でした。3つとも構図がほとんど同じであるところから、宗清は無分を手本とし、等伯は無分や宗清を手本としたという関係が手に取るように分かるのです。

つまり等伯は一人の天分の才をもって突如《とつじょ》、あの時代に躍《おど》り出たわけでなく、無分―宗清の営みの上に立って大輪の花を咲かせたわけです。その意味から言えば、長谷川派開祖というより長谷川派3代目なのです。

私は小説の中で、等伯の息子久蔵《きゅうぞう》は狩野永徳《かのうえいとく》の気持ちが分かると書きました。それは久蔵も永徳も同じ4代目だからです。そうした視点で見ることができるのも、長谷川等伯ふるさと調査などで北陸における長谷川派の作品を見つけてくれたおかげであり、こうした調査はとても重要です。

今後はさらに、能登畠山《はたけやま》文化と長谷川家の関係を示す新たな発見がないか期待しています。そのあたりの考察が深まっていけば、等伯はもちろんのこと、能登そのものの再評価につながっていくでしょう。冒頭でも触れましたが、能登は日本屈指の文化の先進地帯でした。

等伯の研究は、日本史における能登の位置づけを見直し、能登に対する現代人の認識まで変えていくきっかけになるといってもいいでしょう。ふるさと調査のこれからを大いに注目しています。

（談）

津本陽

小説家

つもと・よう ◉ 1929（昭和4）年和歌山市生まれ、東京在住。78年『深重の海』で直木賞、95（平成7）年『夢のまた夢で』吉川英治文学賞をそれぞれ受賞。97年紫綬褒章、2003年旭日小綬章、05年菊池寛賞を受ける。1993年から2年間、北國新聞、富山新聞で小説「バサラ利家」を連載した。2018年逝去。

福井生まれの剣豪佐々木小次郎

食いつめ牢人武蔵の術策にはまる

（2012年「第53号」掲載）

細川忠興《ただおき》から立ち合いの内命

宮本武蔵《むさし》は1607（慶長12）年から4年ほどの間、播州竜野《ばんしゅうたつの》（現・兵庫県たつの市龍野町）の円光寺にいて、寺内の兵法《へいほう》道場で門人たちに稽古《けいこ》をつけていた。

円光寺は浄土真宗本願寺第8代蓮如《れんにょ》の弟子、多田景吉《かげきち》の子の多田祐全《ゆうぜん》が1484（文明16）年に創建した寺院で、60余の末寺があり、竜野御坊《ごぼう》と呼ばれていた。

円光寺の当主多田祐恵《ゆうけい》は兵法達者《へいほうたっしゃ》として回国《かいこく》修行の武芸者に広く名を知られており、1570（元亀元）年以来の石山合戦では奮戦を重ね、顕如《けんにょ》から朱柄《しゅえ》の大薙刀《おおなぎなた》と黒漆《くろうるし》塗りの弁当箱を与えられた経歴の持ち主である。

武蔵が初めて円光寺を訪ね、祐恵《ゆうけい》の知遇《ちぐう》を得たのは16歳のときであった。武蔵は当理《とうり》流《りゅう》宗家に生まれ、剣術、十手術《じってじゅつ》を父武仁《むに》から教えられた。1611(慶長16)年のある日、武蔵のもとへ九州小倉の細川家家老長岡佐渡《さど》が訪ねてきた。長岡は用件を述べた。
「いま、当家の国表《くにおもて》で巌流《がんりゅう》と申す流派の使い手で、九州随一《ずいいち》といわれておる佐々木小《ささきこ》次郎《じろう》が剣術指南《しなん》役をいたしておるが、その者を貴殿と立ち合わせたいと、殿のご内命《ないめい》でのう」

佐々木小次郎の名は、諸国兵法者の間に知れ渡っていた。中条流富田勢源《ちゅうじょうりゅうとだせいげん》の門人である。小次郎は越前国宇坂荘一乗寺《うさかしょういちじょうじ》、浄教寺村《じょうきょうじ》(現・福井市浄教寺町)に生まれた。武蔵は北国への旅の途中、そこに立ち寄ったことがあった。

富田《とだ》一門に剣技を教えられる

浄教寺村は越前朝倉氏に仕えた富田流《とだりゅう》の始祖《しそ》、富田九郎左衛門長家《くろうざえもんながいえ》のかつての所領《しょりょう》であったので、その付近には富田流小太刀《こだち》の道場が多く、名の知れた兵法者も土着していた。

富田長家の孫に与五郎《よごろう》と、与六郎《よろくろう》がいて、いずれも名人といわれる腕前であったが、与五郎は眼を病み、剃髪《ていはつ》して勢源《せいげん》と名乗って、家督《かとく》を弟に継がせた。その弟の与六郎は治部左衛門景政《ちぶざえもんかげまさ》と称した。

永禄年間に景政は主家朝倉氏の前途を見限り、尾張織田信長の武将前田利家《としいえ》に仕え、所領4000石を与えられた。

景政《かげまさ》の嫡子《ちゃくし》景勝《かげかつ》は25歳で戦死したので、娘婿《むすめむこ》の山崎六左衛門を富田流宗家《そうけ》とした。六左衛門は富田越後守重政《えちごのかみしげまさ》と改名し、「名人越後《めいじんえちご》」と呼ばれるようになった。

義父の景政と同じく前田利家に仕えた重政は兵法者として他に例を見ない1万3600石の俸禄《ほうろく》を与えられていた。

佐々木小次郎は富田家の親戚であった。幼児から剣技に優れ、勢源、越後(重政)に手を取って教えられ、上達していった。

ついに勢源《せいげん》、越後《えちご》に勝つ

彼は勢源、越後(重政)が貴人《きじん》に剣技を演じてみせるとき、打太刀《うちたち》を務めるようになった。富田流は1尺4、5寸の小太刀を使う。小次郎は3尺を超える大木太刀《おおきだち》で立ち向かい、2人の師匠に技を打ちださせた。

そのうちに思いがけないことが起こった。小次郎が師匠たちの技の呼吸を読みとってしまい、大太刀で富田流の高弟の小太刀と立ち合って負けることがなくなった。勢源は年老いていたが、40歳を超えたばかりの名人越後（重政）と立ち合っても勝つようになった。

20歳前の小次郎は考える。

「わしは師匠と試合をして勝てる。この先、小太刀を使う富田流を学ばずともよい。別派を立てるべきだ」

小次郎は富田流から離れ、巌流という一派を創始した。彼は今26歳となり、燕《つばめ》返しという誰にもできない技を使うという。

強靭《きょうじん》な手首と足腰が成せる技

長岡佐渡はその技を武蔵に説明した。

「飛んでおる燕《つばめ》を袈裟《けさ》に斬《き》り、それが地に落ちるまでに、返す刀で再度斬《き》るのじゃ。試合をいたさば、相手は初めの打ち込みを避けても、次の返し技で膝《ひざ》から斬り上げられて負ける」

顔の前を飛ぶ燕の動作に人間の視力はついてゆけない。飛燕《ひえん》を斬れないことはない。視力でその形をとらえられなくても、感覚のはたらきで斬るのである。空中をかすめる燕を斬るには、刀を全力で振らなければならない。そのとき、手首にかかる刀の重みは6倍になる。刀身を返して燕の体が地面に達するまでに、さらにかさねて斬るためには手首と足腰が想像できないほど強靭でなければならない。しかも、刀を振る軌道《きどう》である刃筋《はすじ》が真っ直ぐ立っていなければ、燕の体は四散《しさん》してしまう。

「尋常《じんじょう》の遣《つか》い手ではないのでござりましょう」

武蔵は納得した。

「ひと打ちで勝負が決まるであろう」

小倉城下にいる小次郎は、宮本武蔵が彼との試合を承諾したと、長岡佐渡から知らされたのち、門人を相手の稽古《けいこ》に殺気《さっき》をみなぎらせた。

上段から面を打ち、刀を返して膝から上へ斬り上げる燕返しは、恐ろしい威力《いりょく》を備えていた。門人のうちに、上段から打ち込みを避《さ》けられる者はいなかった。

「武蔵は30度の試合にすべて勝ち、手疵《きず》さえ負うたことがないというが、わしの燕《つばめ》返しをかわせるか。まずはひと打ちで勝負が決まるであろうが、兵法者《へいほうしゃ》はわが力の限りをつくさばよい。命を保つ、落とすは気にかけることではない」

小次郎は、武蔵が京流《きょうりゅう》吉岡一族と果たし合いを行い、勝ち抜いた人物であることは知っていた。命をかけての30度の決闘にすべて勝ち、五体に疵を受けていないというのは、常人《じょうじん》の成しうることではない。

だが、小次郎にも名人越後と何度立ち合っても勝てた実績があった。武蔵は6尺の背《せ》丈《たけ》で、複数の敵を相手にするときは、大小2刀を使うという。

3尺の大剣「物干し竿《ものほざお》」

「わしが物干し竿《ものほざお》と呼ばれておる3尺の大剣《たいけん》を振るわば、武蔵は4尺か、あるいは5尺の棒《ぼう》を使うやもしれぬ。勝負は初めの一撃で決まる」

最初の打ち込みの早いほうが勝つ。太刀筋《たちすじ》が紙一重《かみひとえ》の差でも遅れたほうが斬られるのである。小次郎の燕返しの技は、頭へ斬りかけた太刀を左下へ振り降ろす途中、刀身を右上へ返す。二重の攻め技から成り立っている。

武蔵は最初の一撃を避けたとしても、左下からの返し技は受けざるをえないだろうと、小次郎は想像した。

「武蔵ははじめの打ちこみをしかけてくるとき、どう出て参るか。二刀をつかわず長《なが》棒《ぼう》一本で遠間《とおま》からくるだろう」

刀身が空中に描く円形の線である刃筋を立てれば、線は左右に揺れない。打ち込みの速力は80分の1秒といわれるが、瞬間の動作にも遅速《ちそく》の差はつく。

「武蔵はわしの斬り返しを用心いたし、地面を蹴《け》って飛ぶだろう。そうすれば、わしの面を狙う太刀《たち》が遅れ仕損《しそこ》ない、燕返しの斬り上げ技で、左足から腰へのひと打ちを浴《あ》びるに違いない。やはり勝つのはわしじゃ」

小次郎の自信は揺るがなかった。

化け物の渾名《あだな》がついた腕前

燕返しの技を使わず、いきなり身をかがめ、片手打ちで裾《すそ》を斬り払う「虎切《とらきり》」と呼ばれる技を使うこともできた。

片手で払うので、武蔵はその太刀筋を避けるために大きく跳躍《ちょうやく》しなければならなかった。

「燕返しか、それとも虎切《とらきり》でひと打ちにするか。いずれにするか、会って決めればよかろう」

小次郎は小倉城下で、藩士たちに信頼されていた。

化け物と渾名《あだな》をつけられたほどの腕前であるが、道場では丁寧に稽古《けいこ》をつける。かなり思いあがった素振りも見せるが、回国《かいこく》修行者に望まれて立ち合えば、一撃か二撃で勝ちを決めた。
身の丈《たけ》5尺7寸、派手な南蛮柄《なんばんがら》の小袖《こそで》に皮袴《かわはかま》をつけ、腰に3尺の朱鞘《しゅざや》の刀を帯びた小次郎は色白の好男子であった。

3度とも同じ技で勝った小次郎

1612（慶長17）年2月、豊前《ぶぜん》小倉の長岡佐渡《さど》から武蔵のもとへ書状が届いた。佐々木小次郎との試合について主君細川忠興《ただおき》の許可が下りたので、ただちに私の屋敷へ訪ねてきてほしいという内容であった。

武蔵は燕返しに対抗できる技を、ひとり稽古で模索《もさく》し、跳躍して利刃《りじん》を逃れる身ごなしを工夫してきた。

彼は途中、下関の回船問屋《かいせんどんや》、小林太郎左衛門宅に一泊した。太郎左衛門は陰流《かげりゅう》の剣士である。彼の師匠が数年前、小倉で佐々木小次郎と試合をして死んだので、試合の様子を聞きに寄ったのである。彼は小次郎の太刀《たち》づかいを克明に語った。

小次郎の上段からの拝《おが》み打ちから、返す刀で膝から胴へ斬り上げる燕返しの技は、来ると分かっていて避けられなかったという。

「私は佐々木の真剣勝負を3度見てござりまするが、小次郎の技は3度とも同様でござりました」

前の日に試合場所の舟島へ

翌々日、武蔵は小倉城下に着いた。

真剣勝負に3度とも同じ技を用いて勝ったのはただごとではなかった。相手に手のうちを知られていてもかまわず勝つのは打ち込みが異様に早いからであろう。

最初の面への打ち込みは誘いであると、武蔵は思いついていた。それをかろうじてかわした相手は左下から斬り上げてくる燕返しの剣を避けられないのである。

小次郎の刀は刃渡り3尺、柄《つか》1尺はあるという。真剣勝負に使うため刀身を磨き上げ、軽量にしているのだと武蔵は察した。刃先は薄紙のようであろう。

戦場では使えないが、小袖《こそで》をつけただけの人体を斬れば、そのような刀は凄《すさ》まじい切れ味をあらわす。

—小次郎の刀よりも長い得物《えもの》をつかわにゃいけんぞ—

翌日、武蔵は小舟で試合の場所である舟島に渡った。海峡《かいきょう》の潮流《ちょうりゅう》は烈《はげ》しく、眼の前にある舟島へ渡るのに一刻《いっとき》(約2時間)ほどかかった。

きわめて小さな中洲《なかす》といってもよいほどの島で、試合の場所は西岸の砂浜であった。

―砂浜か。引き潮のときにくることじゃ。時刻をたがえ、一刻半ほども待たせりゃよかろうよ―

立ち合いに3時間遅れる

試合の朝がきた。

小次郎は主君細川忠興《ただおき》の乗る船に同乗する。武蔵は長岡佐渡の船でゆくことになっていた。試合は辰《たつ》の上刻《じょうこく》（午前7時から同8時）と決まった。長岡佐渡はその朝、武蔵がいなくなっているのに驚く。

「小次郎との立ち合いを怖れ、逃げおったか」

城下を探し回るうちに、武蔵の手紙を届けにきた者がいた。内容は次の通りであった。

「私が長岡佐渡殿の船で舟島に渡り、小次郎と試合をして勝てば、佐渡殿が家中の憎まれ者になりかねないので遠慮する。夜のうちに下関へ渡り、翌朝の試合には下関から舟島に出向きましょう」

武蔵は翌朝、下関から舟島へ渡る舟を出した。その日の干潮《かんちょう》は辰の上刻から下刻で、烈《はげ》しい引き潮に逆らって舟島に到着したときは一刻半《いっときはん》（3時間）遅れていた。小次郎を待ちくたびれさせる作戦である。

武蔵は舟の櫂《かい》を削った5尺ほどの木刀を持っていた。彼の遅参《ちさん》を怒った小次郎は佩刀《はいとう》を抜き、鞘《さや》を海中に投げた。武蔵が言う。

「小次郎、負けたり。鞘を捨てしは死ぬつもりかや」

小次郎の伊達《だて》のふるまいを知っていて、あざける。小次郎は平常心をかき乱され、八《はっ》相《そう》から踏みこんで額《ひたい》へ斬《き》り込む。武蔵も面《めん》を打つ。

武蔵の鉢巻が切り裂《さ》かれて落ち、小次郎は脳天を打たれ、あおのけに倒れた。武蔵が近寄ると、小次郎は寝たままで燕《つばめ》返しの技を見せたが、武蔵の着物の裾《すそ》を3寸ほど裂いたのみであった。

武蔵のたくらみに乗せられた小次郎は、平常心の凄《すさ》まじい打ち込みをあらわすことができず、無念の最期を遂げた。

試合に遅れ相手をいらだたせる

武蔵が試合の場に遅れ、相手をいらだたせる作戦は、回国修行《かいこくしゅぎょう》のうちに試合をした兵法者《へいほうしゃ》たちに、その手でしばしば苦しまされた揚げ句、身に着けたものであった。

修行者は食うものもなく山野に野宿をする。手裏剣《しゅりけん》で狸《たぬき》や狐《きつね》を打ち止め、塩ゆでにして飢《う》えをしのぐ。羽織、袴《はかま》もずたずたに裂《さ》け、のれんのようであったという。

小次郎は巌流《がんりゅう》を創始するまで、富田勢源《せいげん》、越後《えちご》（重政《しげまさ》）にかわいがられて修行していたので、世間にはさまざまの術策《じゅっさく》を用いて試合に勝とうとする、食いつめ牢人《ろうにん》が横行していることを知らなかった。

その心の隙《すき》を武蔵につかれ、26歳で世を去ることになったのである。

文禄年間（1592—96）、「岩流《がん》」という流派をひらいた伊豆出身の伊藤左近祐久《さこんすけひさ》という剣客《けんきゃく》がいた。中条流《ちゅうじょう》、新当流《しんとう》、新陰流《しんかげ》を経て、風車《かざぐるま》、虎切《とらきり》、献追《けんつい》の三つの秘技を会得《えとく》したのである。

巌流《がん》とは別派のようであるが似ている点もあり、やはり大太刀《おおたち》を使う。次の道歌《どうか》が残された。

春風になびく柳の糸ゆうも
岩を潰《つぶ》さばくずれぬるべし

岩流は丹後の京極高次《きょうごくたかつぐ》の臣、多田有閑《ゆうかん》が伝え、鳥取藩に伝承した。刀は身幅を広くして、鎬《しのぎ》を低くすると斬《き》れ味がよくなり、物を斬るとき、刃が吸い込まれるような感じになる。佐々木小次郎の大業物《おおわざもの》もそうであったのだろう。

小和田 哲男

歴史学者

おわだ・てつお ◉ 1944（昭和19）年、静岡市生まれ。早稲田大学大学院文学研究科博士課程修了。現在、静岡大学名誉教授。文学博士。公益財団法人日本城郭協会理事長。日本中世史を専門とし、戦国時代史研究の第一人者。NHK大河ドラマ『秀吉』をはじめ、2017年の『おんな城主直虎』まで6本の作品で時代考証を務め、NHK「歴史秘話ヒストリア」、NHKEテレ「知恵泉」などにも出演。『小和田哲男著作集』『日本の歴史がわかる本』『家訓で読む戦国』など著書多数。

金沢城、あえて天守閣再建せず
利家の理念と美学が随所に

（2006年「第28号」掲載）

加賀藩前田家の理念や時代を反映させた金沢城は、研究者の立場からも非常に興味深い対象である。歴史探訪の場としても魅力は尽きない。前身も含めて現代まで約450年の歴史を刻む金沢城は、前田利家、利長、利常の前田家3代の時代に形づくられた。創建期にあたる戦国期から幕藩体制初期の時代に焦点を絞り、歴史的背景や当時の政治情勢などにもスポットをあてながら金沢城の見どころ、考えどころを紹介したい。

城の美しさ演出する海鼠壁《なまこかべ》

金沢城については、豊臣秀吉と徳川家康の存在抜きには語れない。私は全国の城をいろいろ見ているが、金沢城の美しさの一つは海鼠壁《なまこかべ》だと思う。その海鼠壁が非常に機能している城である。海鼠壁は全国にもそうはない。私たち城を研究している立場ではよく「黒い城」「白い城」という分類をする。「黒い城」とは城壁をいわゆる下見板張《したみいたば》りにしている城を指す。下に黒い漆塗りの板を張って雨を避ける工法だが、これはどちらかというと豊臣秀吉好みの城だった。秀吉がつくった大坂城もそうであるし、秀吉の養女になった豪姫(前田利家の四女)が嫁いだ宇喜多秀家の岡山城も「黒い城」だった。この岡山城は「烏城《うじょう》」とも呼ばれた。それ以外にも各地に残る秀吉の息のかかった大名たちがつくった城は「黒い城」が結構多かった。「黒い城」では例えば松本城も有名だが、こちらも秀吉の息のかかった石川数正の城である。それに対して徳川家康はむしろ「白い城」を好んだ。これは江戸城に象徴されるように白漆喰《しろしっくい》の城であり、家康の息のかかった大名たちがつくる城は「白い城」が結構多い。

以上の点から言うと、前田利家、利長が二代がかりで整備した金沢城は「黒い城」でもなく、「白い城」でもない。つまり、「秀吉」でもなく、「家康」でもない。やはり金沢城には利家の独自の理念、美学、考え方が貫徹していたと考えられる。海鼠壁の美しさとともに、「秀吉」でもない、「家康」でもない、「自分の城」をつくりたかったのだろうと推察できる。金沢城にはその思いが表れていると感じる。

「もう戦国ではない」という意識が石垣に

城の石垣の特徴にも注目してみたい。近世城郭である江戸城の石垣は「切込接ぎ《きりこみは》」といって、石をきちんと切り込んで、ある一定の大きさに加工して、石と石の間に隙間がないように積んでいく方法でつくられているが、同じく近世城郭である金沢城の場合は「切込接ぎ」の部分と「打込接ぎ《うちこみは》」といって、隙間が少し出る石の積み方の部分が並存する。しかも右と左で積み方が違っている場所もある。さらに金沢城の場合は、自然石をそのまま積んでいく方法の「野面積み《のづらづ》」の部分もある。「野面積み」は戦国期に流行《はや》った積み方で、江戸時代の城全般では「野面積み」の城はあまり数がない。

金沢城を眺めていて実におもしろいと思うのは、石垣の積み方の代表と言われる3つの方法―切込接ぎ、打込接ぎ、野面積み―がすべて3つとも金沢城に採用されているという特徴である。「野面積み」の石垣は織田信長が築いた安土城などにも見られる。また、仙台城(青葉城)も伊達政宗《だてまさむね》が築いたころの石垣は「野面積み」であった。すなわち、前田利家のころはまだ「野面積み」が広く使われている時代だった。ところが、その時代に利家はあえてもう少し近世的な、江戸城などに見られるような「切込接ぎ」「打込接ぎ」を主に使っている。この点は「もう戦国ではない」という利家の意識の表れだと考えられる。ちなみに、今見ることのできる大坂城は「徳川の大坂城」であり、秀吉のころの大坂城は「野面積み」に近い積み方をしている。

また、金沢城の前身が大坂城の前身と共通するという点も城の特徴である。大坂城は中世・戦国期には石山本願寺(前身は大坂御坊)があったところで、その跡を豊臣秀吉が城にした。ちょうど金沢にも尾山御坊(金沢御堂)という言い方をした石山本願寺の〝北陸出張所〟のようなものがあった。そこをそっくりそのまま城の土地にしたというのは、大坂城とある意味で共通する立地、城の成り立ちである。

名古屋城より大きな天守閣あっても当然

金沢城にはこのほかにも数多くの特徴がある。規模の大きな城であるにもかかわらず、天守閣がないという点もそうである。慶長7(1602)年の落雷で天守閣が焼失した後、城そのものはかなり整備・復興されたが、天守は設けないという方針をとった。これは、前田家が置かれていた当時の立場を象徴していると考えられる。つまり、幕府に遠慮するという立場である。

城は各大名家が自分たちの威信を誇示するものである。本来ならば、石高《こくだか》的にはそれこそ名古屋城よりも大きいわけであるから、名古屋城の天守閣よりも大きな天守閣があ

って も当然である。だが、大きな天守閣をつくると幕府を刺激することになるので、あえて天守閣はつくらなかった。

天守閣を再建しなかったのは、もちろん処世術からくるものである。同様に伊達政宗も仙台城に天守閣を設けなかった。外様大名クラスで、かつ大きな大名家であると徳川家からにらまれるのが一番怖い。前田利家にしても2代利長、3代利常にしても、立派な城をつくりたいという思いは半面で持っていながら、あまり立派につくり過ぎてしまうと「幕府に対する謀反《むほん》の恐れがある」などと言い掛かりをつけられる心配があるので、できるだけ目立たない部分でしっかりと城をつくったのだろう。

天守閣を創設した天正14（1586）年ごろはまだ天守閣が必要な時代だったと思うが、慶長7（1602）年の落雷で天守閣が焼失した後は、時代としては関ケ原の戦い（1600年）もすでに終わっており、今後は大きな戦いはないだろうという時期を迎えていた。天守閣にこもって最後の一戦を挑むような戦いは必要なく、むしろ立派な天守閣を建てて徳川家からにらまれるのは避けたかった。確かに天守閣があったほうが本人としてはうれしいと思うが「なくてもいい」という感じだったのではないか。それよりも、御殿などに力を入れたのだと考えられる。

城と城下が見事に調和して残る金沢

金沢城の美しく復元された菱櫓《ひしやぐら》、五十間長屋などに注目してみると、普通の城では櫓と櫓の間は塀でつないでいるが、金沢城は櫓と櫓の間を長屋でつないでいる。この点も金沢城の特徴の一つである。どうして五十間長屋や三十間長屋など長屋でつないだのかはよく分からないが、きれいで見栄えのいい城に仕上がっていると思う。他の城をみても、姫路城も西の丸が長い長屋でつながっているが、せいぜいそれぐらいで、三十間、五十間という長さを誇るのは金沢城ぐらいである。あれだけ長いものをなぜつくったのかは不明だが、武具を入れたり、食料を入れたりして使うなど長屋の中を多目的に利用できる点とともに、見栄えのようなものも考慮されたのではないだろうか。

城というのは合戦の場であると同時に、江戸時代に入り幕藩体制の時代になっていけば「政庁」の位置づけに徐々にシフトしていく。そういう流れの中ではむしろ「城下」との関係、つまり重臣屋敷をはじめ、商人の街、町人の街などとの関係でとらえていかなければならないだろう。私が金沢を好きなのは、城はもちろんだが、城下町が比較的分かりやすく残っていることも大きな理由の一つである。街並みとの関連でみると、現在、全国にはいろいろな城が残っているが、金沢の場合は今も城と街が調和して残っているいい例であり、全国的に珍しい例と言える。

この背景の一つとして、うまい具合に北陸本線が金沢城の付近ではなく、城の遠くを通ってくれた点が考えられる。実は東海道筋の城がほとんど全滅状態になったのは、東海道線を整備するときに城に近いところを線路が通ってしまったので、だいたいの城が壊されてしまったのである。

一番分かりやすい例を挙げれば、静岡県の東方面の一番外れに沼津城という城があったが、駅前がまさに城の表口の「大手」だった。城の真ん前を鉄道が通って、そこは繁華街になってしまい、城としてはもうなくなってしまった。中央本線でも同じような例があり、甲府城では城の真ん中を線路が通ってしまった。今、甲府城では昔の姿に向けて少しずつ復元整備をしているが、線路の向こうに門が一つあったりなどの問題がある。

しかし、金沢城の場合は幸いにも鉄道が遠くを通ってくれたおかげで街も城も調和して残った。全国的に城の付近の街が今ほとんど市街地化しており、金沢の長町のような、ああいう雰囲気のよい形で残っている城下町が現在はとても少ない。たとえば、城下町があるかと思えば城がない。九州の杵築《きつき》という土地には昔の城下町がよく残っているけれども、城には模擬天守閣はあるものの他の当時の建造物はもうない。金沢のように城と街がほどよく残っているところは、そうはないのである。

父子3代で実現させた都市プラン

金沢城の城下町はある程度まで2代目の利長、3代目の利常のころに整備されている。利長の段階で、それまで城内にあった重臣たちの屋敷を城下に移していった。今も町名が残っている本多町のあたりも利長のころの整備の成果である。

金沢城は浅野川と犀川に挟まれた、いわば「中洲」のような場所に位置する。だいたいどこの城下町にもそばを川が流れており、城と川は一つのセットになる。両脇に川があるというのは、山口県の萩城のように2つの川が流れて海に注ぐ三角洲の部分につくられた場所に位置する城と共通する点がある。川を自然の堀の一つに位置づける当時の考え方にも基づいている。

江戸時代の軍学者たちは築城について、国堅固の城、所堅固の城、城堅固の城の3段階に分けている。金沢城はその「城堅固の城」の典型である。金沢城の場合は城の周りに自然の川まで堀として使っている。城下町をつくるときの都市プランに川もうまく生かしているのである。立地にもつながっているが、あのあたりを最初に選んだのが石山本願寺側であり、浄土真宗の僧侶の先見の明や知恵も垣間見える。それをうまく受け継いで百万石の街に仕立て上げていったのが利家、利長、利常の前田家3代である。城そのものの規模も3代・利常のころにほぼ完成した。後の代では少しずつ手直しをするにとどまったが、一方で金沢城が度々焼けていることからその修築、建て直しは大変だったと思われる。

金沢城の場合、火事の年表を作ると他の城よりも焼けていることがよく分かる。本丸全焼などもあった。これは城下町と近すぎたという側面があるのではないだろうか。姫路城や名古屋城も大きな城だが、城下町の火事で城内に飛び火して焼けたという例は他の城では意外と少ない。金沢城の場合は、蓮池や百間堀などがあるので多少はそれらが防火ラインになったとは思われるが、城外の出火で城の中まで焼けたというケースが何回もある。

城と城下町の一体感を後世に

以上、金沢城の見どころをいくつか挙げさせていただいた。実は、金沢城跡にキャンパスを構えていた金沢大学に進学したいと考えるほど、私は10代のころから金沢城に魅力を感じていた。金沢城の中で学生として4年間過ごしたいと思っていたのである。地元の方々には金沢城と城下町の今ある雰囲気を後世に残してほしいと切に願う。

全国には、城だけ残っているところはたくさんあり、城下町だけ残っているところも何カ所かある。しかし、金沢のように城と城下町の両方が一体化して絶妙な具合で残っているところはそうはない。これだけの県庁所在地でありながら、昔の名残があるのは素晴らしい。京都は寺院があっていい雰囲気を保っており、観光客もたくさん訪れる。これからの金沢城・城下町も昨今のこうした趣向に合っていると感じる。何もテーマパークへ行くだけが観光ではない。歴史的なものに触れるということはこれからの時代、さらに大事になると私は考える。歴史をたどる旅には興味もイメージも湧《わ》いてくるだろう。全国の人々に金沢城や城下町を訪れ、生きた歴史の息吹を感じとっていただきたい。

井沢 元彦

作家

いざわ・もとひこ ◉ 1954（昭和29）年名古屋市生まれ。早大法学部卒。『猿丸幻視行』で第26回江戸川乱歩賞を受賞し作家デビュー。著書に『逆説の日本史』シリーズなど多数。北國新聞夕刊で「激闘の日本史」「英傑の日本史」「天皇の日本史」を連載。

淀《よど》殿の意地が豊臣滅亡を招いた

「徳川の天下」を読み切った前田家

（2016年「第66号」掲載）

大坂冬の陣、そして夏の陣によって、天下の名城と称された大坂城が落ち、豊臣秀吉の遺児・秀頼《ひでより》と淀《よど》殿の母子がともに自害しました。秀頼の嫡男《ちゃくなん》・国松《くにまつ》も捕えられて斬《ざん》首《しゅ》に処され、ついに豊臣家は滅んでしまいました。

これを徳川家康が最初から企《たくら》んでいたように言う人もいますが、私は家康が初め描いていたシナリオには豊臣家を滅ぼすことまで入っていなかったと思っています。気が変わったと言いますか、途中から、もはや遅い、止む無しと思うようになったのではないでしょうか。

酷《こく》な言い方かもしれませんが、豊臣家滅亡という豊臣側にとって最悪の事態に陥《おちい》った原因は多分に豊臣側の誤った判断にあったといえるでしょう。１６００（慶長５）年の関ヶ原の合戦で、家康の率いる東軍が石田三成《みつなり》の西軍を破って勝利を収めた。この時点で「これからの天下人は家康だ」と腹をくくらなければいけなかったのです。

家康は関ヶ原の合戦に勝って得た西軍の大名の領地を東軍の大名たちに気前よく分け与え、徳川派を強固なものにしていきました。関ヶ原の本戦に参加していない前田家に対しても十分な加増をして、加賀藩は120万石という大藩になりました。ケチな家康にしてはこの時は、一世一代の大盤振る舞いといえるほどバラまいています。

さすがに家康が巧みなのは、加増に併せて国替えをしていることです。その最たるものが、豊臣恩顧《おんこ》の大名である福島正則《まさのり》を、尾張(愛知)から安芸《あき》(広島)へ転封《てんぽう》させたことでしょう。これは東海道の要《かなめ》である尾張から、これから家康にとって「危険分子」になりかねない福島をうまく追っ払ったと解釈できます。

少しあとのことになりますが、福島や同じく豊臣派の実力者・加藤清正《きよまさ》に名古屋城築城の手伝いを命じます。普請《ふしん》の命令を受けた大名は工事の費用を自前で賄《まかな》わなくてはならず、これなども有力大名の財力を消耗《しょうもう》させる策にほかなりません。

秀頼《ひでより》との主従関係を逆転

家康は、こうして地固めをした上で、1603(慶長8)年、征夷大将軍に就きました。

これは、朝廷の権威を利用して豊臣秀頼との主従関係を逆転させたのです。それまでは、関ヶ原の合戦に勝ったといえども、家康はまだ形の上では豊臣家を支える五大老の一人でした。それが全国の大名を統括する武家の棟梁《とうりょう》、征夷大将軍に天皇から正式に認められて就いた。豊臣家の上に立ったのです。この意義はとても大きい。

これは何も家康が特別なことをしたわけではありません。秀吉もかつて同じことをやっています。主君・織田信長の亡き後、信長の孫・秀信《ひでのぶ》(三法師《さんぼうし》)をまつりあげ、自分が実権を握る中で秀信の官位を超えて主従関係を覆《くつがえ》しています。関白と征夷大将軍の違いはあるにせよ、家康は秀吉の手法を真似たに過ぎません。

そもそも、関西の人たちは秀吉びいきなので、家康を「狸《たぬき》ジジイ」と呼んで嫌いますが、歴史を研究している私からすれば、秀吉だって相当の「狸ジジイ」ですよ(笑い)。

なぜなら本能寺の変の後、主君だった織田家の長男信忠《のぶただ》まで殺されたのをいいことに天下を渡さず、織田家内部の対立をあおり、信長の三男や家老の柴田勝家《しばたかついえ》らを賤ヶ岳《しずがたけ》の戦いで一掃《いっそう》し、信長の次男は追放しました。信長の後継だと清洲《きよす》会議で自ら擁立《ようりつ》した信長の孫・秀信を利用するだけして結局、最後は美濃《みの》一国と岐阜城のみ与えて、自分が天下人として居座ったんですから。

豊国《とよくに》社臨時祭礼は「踏み絵」だった？

家康が征夷大将軍に就き、江戸で幕府を開いて統治し始めた。家康の跡取りが、秀吉の遺児・秀頼みたいに小さな子ども1人しかいなかったのなら話は別ですが、ちゃんと成長している秀忠《ひでただ》がいて、そのほかにも後継者が何人もいたのですから当分、徳川政権が続くと見るのが自然でしょう。実際、各大名はそのように見ていました。

たとえば、家康は征夷大将軍に就いた翌年の1604（慶長9）年に、秀吉を祀《まつ》った豊《とよ》国《くに》社の臨時祭礼を行わせています。表向きは秀吉の七回忌の供養ですが、本音は、この祭礼の参加を「踏み絵」のようにして、お前は徳川派なのか、豊臣派なのかと各大名の動向をじっと見ていたのです。祭りは京のまちを挙げて豊国踊りや風流踊りが繰り広げられ、それは盛大な祭礼になり、後陽成《ごようぜい》天皇まで見物に出たほどでしたが、大名は誰一人として見物に来ていません。豊臣派筆頭ともいえる福島正則《まさのり》や加藤清正《きよまさ》もです。

次に家康が打った手は、就任してわずか2年の将軍職を息子の秀忠《ひでただ》に譲ったことです。この世は徳川家が治める、豊臣秀頼への政権移譲はない、ということを天下に宣言したのです。

家康は、息子の秀忠が将軍に就くと、六男の松平忠輝《ただてる》を使者として、大坂城にいる秀《ひで》頼《より》、淀殿《よど》母子のもとに遣《つか》わし、新将軍の秀忠にあいさつするよう求めます。これに淀殿が憤慨《ふんがい》し、反発しました。「家康は豊臣政権を支える大老にすぎなかったのに」「家康は秀吉の死に際に秀頼を盛り立てていくと約束したではないか」と喚《わめ》いたことでしょう。「あいさつに来いと強要するなら自害する」とまで言ったそうです。

私は、淀殿の現実から目を背《そむ》けプライドだけが高い、こうしたお嬢様気質が豊臣家の滅亡を招いた大きな原因になったと見ています。もう少し踏み込んで言えば、淀殿がいなければ、豊臣家が滅《ほろ》ぶこともなかったかもしれないのです。

戦国時代は、力のあるものが天下を治める時代です。それが常識でした。秀吉自身、信長の家臣でありながら、そのずば抜けた才覚で天下を取った。織田家の後継者がいるにもかかわらず。その過程を淀殿はつぶさに見て知っていたのですから、本当は悟らなければならなかった。しかし、家康に続いて秀忠が将軍に就き、わが子秀頼が外《はず》された。徳川家が世襲《せしゅう》で天下を治めることがどうしても許せなかったのでしょう。

一方で、これを冷静に受け止め、ちゃんと悟っていたのが秀吉の正室・高台院《こうだいいん》（いわゆる「ねね」）でした。前田家の芳春院《ほうしゅんいん》（まつ）も同じです。豊臣秀頼では天下を治めるのは無理だ。今の世を平定するのは家康しかいない、と。

特に高台院は、夫の秀吉が亡くなり尼《あま》になったとはいえ、豊臣家の女性最高位として彼女なりにこの日本の治世に対する責任を感じていたに違いなく、戦乱を再び起こさせない天下人は誰が一番ふさわしいか常に考えていたことでしょう。

辛抱強く14年も待った理由は…

家康が大坂冬の陣で挙兵するのは1614（慶長19）年です。これは関ヶ原の合戦から14年後になります。もし、家康が初めから豊臣家を滅ぼすつもりだったなら、こんなに長い歳月をかけないでしょう。よく辛抱強く待ったものだと感心します。関ヶ原の時点で家康は59歳、それから14年たったのですから70歳過ぎになります。今の年齢でいえば、90歳近くまで待ったということでしょう。

家康嫌いの人は、いやいや忍耐強く待ったわけではない。関ヶ原が終わった段階でまだ豊臣恩顧《おんこ》の大名たちがいて、家康は豊臣家に手を出せなかっただけなんだ、と言うかもしれません。

しかし、少なくとも2年後に征夷大将軍に就いて武家の棟梁《とうりょう》となったのですから、家康が大坂の陣を起こすべく号令をかけようと思えば、できたはずです。それを10年以上もやらずにいたのは、家康特有の慎重さもあるでしょうが、もう一つは、やはり秀頼《ひでより》を討《う》ちたくない、何らかの形で豊臣家を存続させたいと思っていたからでしょう。

淀《よど》殿、秀頼の母子はそれに気づいて徳川家に臣従《しんじゅう》を誓い、武家をやめて公卿《くぎょう》になるとか、大坂城を出てどこか転封《てんぽう》先で数十万石程度の大名として生きる道を選べば、あのような悲惨な最期をとげることはなかったかもしれません。

家康は待った。淀よ、なぜわしの言うことを聞かぬ、なぜ逆らう、わしと戦って豊臣家をつぶしてもいいのか、という思いだったのではないでしょうか。振り返れば、家康自身も自分より力があると認めた者にはずっと忍耐強く従って生きてきたのです。

家康の嫡男《ちゃくなん》・信康《のぶやす》が敵の武田家と通じていると織田信長が疑い、斬れと命じられると、泣く泣く自刃《じじん》させた。豊臣秀吉からは、家康の地盤だった三河をはじめとする東海地方を召し上げられ、代わりに滅《ほろ》ぼした北条家の領地であった関東に移れと命じられたら、黙ってそれに従っています。

地盤の三河から関東へ移ったワケ

余談になりますが、秀吉はなぜ家康を関東へ移封《いほう》したのか。それはこの頃、秀吉の頭には大陸を攻める「唐入《からい》り」の構想があり、家康を関東という遠い所へ追いやって留守番役にして、遠征に参加させないためだったと私は見ています。

多くの歴史家は「家康は朝鮮出兵に反対だった」とか、「賢明な家康は負けると読んで参加しなかった」「秀吉も家康を参加させるほどの力がなかった」などと分析していますが、私の考えはまったく逆です。

家康は参加させてもらえなかったのです。

それは、秀吉が唐入《からい》りは成功すると思っていたからです。成功したら、報酬《ほうしゅう》として領地を与えなければいけません。家康にこれ以上の領地をやるわけにはいかない。それよりも、秀吉シンパの大名たちに領地を与えて大大名にして、家康を「格下げ」にするのが狙いだったと考えています。

しかし、唐入りは大失敗に終わった。結果的に留守番役で干《ほ》されていた家康が財力も兵力も無傷で一番トクをすることになったのです。

話を元に戻しましょう。

家康は、豊臣家はもう徳川政権に盾《たて》をつけないことを知らしめるように、駿府城《すんぷじょう》を作り、名古屋城も作り、後継者となる子をさらに数人もうけ、加藤清正《きよまさ》や高台院《こうだいいん》との関係を良好に維持するなど、一つひとつ手を打っていきました。

それでも淀殿《よど》は反抗した。淀殿がそれほど頑《かたく》なだったのは、秀吉が知と財を注ぎ込んで作った天下無双の大坂城があったからでしょう。家康にこの城は絶対、落とせないと高をくくった。加えて、家康も読み切れないほど莫大な金銀の蓄積もあった。これら秀吉の大いなる遺産に自信を深めた淀殿は、天下を差配できると錯覚《さっかく》してしまった。秀吉はわが子・秀頼《ひでより》のために絶対に落ちない堅牢《けんろう》な大坂城を生涯かけて整備したわけですが、それがかえって豊臣家を滅亡に導く要因になったというのは何とも皮肉な話です。

方広寺鐘名事件《ほうこうじしょうめい》は言いがかり

今、触れたように家康にとって懸念材料だったのが、秀吉が遺した巨万の財でした。家康は、これを消費させるために、戦乱で焼失した多くの社寺を豊臣家の手で復興してはどうかと勧めました。太閤《たいこう》の供養《くよう》になるし、さすが豊臣家だと民衆も大喜びするはずだとか何とか言って。

その話に淀殿と秀頼はまんまと乗った。そして社寺再建の最たるものが京の方広寺大仏殿でした。秀吉が東大寺より大きな大仏を造ろうと取り組んだ大仏殿は秀吉晩年の大地震により倒壊《とうかい》していて、秀頼はこれを再建しました。途中、焼失するなどいろいろありましたが、1614（慶長19）年には工事がほぼ終わり、大仏殿の梵鐘《ぼんしょう》もでき、大仏の開眼《かいげん》供養をするばかりになりました。

その時、家康が「待った」をかけたのです。

梵鐘に刻まれている銘文の中に「国家安康四海施化万歳伝芳君臣豊楽」とある「国家安康」とは、家康の名前を「安」の字で割って呪《のろ》うもので、「君臣豊楽」は逆に豊臣を一つにして繁栄を願うものだと激怒したのです。

この銘文は、南禅寺の名僧・清韓《せいかん》の撰定によるものでしたが、家康からこの問題を審議せよと命じられた京都五山の長老たちほとんどが家康の言う通りだと賛同したのです。

しかし、これは家康のとんでもない言いがかりです。五山の長老が同調したのは、家康の意に反することが言えなかったという事情もありますが、清韓に対する日頃の不満もあったようです。

私が家康の言いがかりだと断定する理由はいくつかありますが、決定的なものを挙げるなら、もし家康の主張するように「家康を呪《のろ》う」ものであれば、この銘文をすぐ削ってなくしてしまうのが本当でしょう。こんな縁起の悪い梵鐘《ぼんしょう》は見たくもない。存在そのものが腹立たしいはずで、鋳《い》つぶしてしまうのではありませんか。それが、今なお無傷で方広寺《ほうこうじ》に残っています。この事実が口実に過ぎなかったことを何より物語っています。

弁明の使者を手玉にとる

私が思うに、家康はずっと待っていた。淀《よど》殿、秀頼《ひでより》母子が観念して家康の臣下《しんか》に下ることを。しかし、さすがに1614(慶長19年)年の頃になると、もう家康も73歳。あと何年生きられるか分からない。焦《あせ》りがでてきた。とにかく豊臣側に覚悟を決めさせるために、追い込む何かよい手がないかと思案していた。

そんな時、方広寺大仏の開眼供養《かいげんくよう》がそろそろ行われることになり、梵鐘の銘文に目が止まった。「しめた。よし、これで攻めよう」と思ったのではないでしょうか。豊臣側にとってはまさに青天《せいてん》の霹靂《へきれき》だったでしょう。

それからの家康は実に老獪《ろうかい》です。

弁明のため、秀頼のそばに仕える片桐且元《かたぎりかつもと》が家康のいる駿府城《すんぷじょう》へ駆け付けますが、家康は側近の本多正純《まさずみ》やブレーンの金地院崇伝《こんちいんすうでん》に対応させて自らは会おうとしません。且元を1カ月近く駿府に足止めさせました。豊臣家はいっこうに且元が戻ってこないため、別の使者を立てました。

ここで少し豊臣側の内情を説明しておきますと、豊臣方の中でも片桐且元はできるだけ徳川と仲良くしていこうとする穏健《おんけん》派。これに対して、徳川なにするものぞという強硬派がいて、その筆頭が淀殿の側近の大野治長《はるなが》でした。そして且元の代わりの使者は強硬派から選ばれた。誰かというと、大野治長の母で淀殿の側近の大蔵卿局《おおくらきょうのつぼね》でした。

なんと家康は、且元の代わりに駿府城に来た大蔵卿局にはすぐに直接会い、「何も心配することはない」との旨《むね》を伝えました。一方、且元には、豊臣が徳川に異心がないなら証拠を示せ、などと脅《おど》します。その証拠とは、「淀殿が人質として江戸に住む」、あるいは「秀頼が大坂城を出て国替えに応ずる」というものでした。

且元がようやく大坂に帰って、「家康が相当怒っている。人質を出すか、国替えか、どちらかの条件をのんだ方がいい」と伝えましたが、先に戻っている大蔵卿局の報告とまるで違うわけです。そのため、淀殿は且元がウソをついている、且元は家康に寝返ったと見た。そして、且元は強硬派から命を狙われ、大坂城を去って自領の摂津茨木城《せっついばらきじょう》にこもってしまいます。

且元は知らぬ間に悪役を演じさせられ、家康の策略が見事に成功したわけです。豊臣側の内部は分断され、穏健派がいなくなって強硬派ばかりになった。家康は、それを確認するかのように、且元が大坂城を抜けだした1614(慶長19)年10月1日、大坂討伐《とうばつ》を将軍秀忠《ひでただ》に伝え、諸大名に出陣を命じました。大坂冬の陣の号令です。

長生きレースの勝者

このあとの詳しい経緯は他の解説者に譲るとして、私は大坂の陣を迎えるにあたって、もう一つ知っておいてほしい点を指摘しておきます。

それは、家康は戦国大名の長生きレースのチャンピオンでもあったという点です。家康ほど健康オタクだった武将はいないでしょう。薬の知識は相当なもので、自ら調合して服用していました。

作家の司馬遼太郎《しばりょうたろう》さんは、家康は鷹《たか》狩りを通じてスポーツが体にいいということを実感として認識した初めての日本人じゃないかと指摘していますが、私も同感です。鷹狩りは最晩年までやっていますからね。

とにもかくにも家康は、健康に執拗《しつよう》なほど細心の注意を払っていた。そんな中、関ヶ原の合戦以降、1611(慶長16)年~1613(慶長18)年にかけて豊臣派の有力大名が次々と死んでいきます。たとえば、秀吉の義弟の浅野長政《ながまさ》(慶長16年4月没)、その息子の浅野幸長《よしなが》(慶長18年8月没)。関ヶ原直前の上田合戦で徳川側を苦しませた真田昌幸《まさゆき》(慶長16年6月没、真田幸村《ゆきむら》(信繁)の父)もいなくなりました。

とりわけ、加藤清正《きよまさ》の死(慶長16年6月没)は豊臣家にとって大きな打撃だったでしょう。もっとも清正は徳川家と豊臣家の融和を図るため、家康と秀頼《ひでより》の対面を実現することに努めていたので、反徳川とは言えませんが。それでも、清正が生きていたら、家康もあれほどあっさり豊臣家を滅《ほろ》ぼすことは出来なかったでしょうし、大坂の陣の挙兵ももう少し遅れたかもしれません。

結局、大坂の陣の頃、豊臣派の有力大名で残っていたのは福島正則《まさのり》ぐらいで、その福島も冬の陣の時は、家康に江戸に留め置かれて身動きができませんでした。実際、全国の大名は誰一人、豊臣側につくことはなかった。もうこの頃は、それほど家康の力が強かったわけです。

「勝ち組」筆頭の前田家

加賀藩も大坂の陣の時は、2代藩主だった利長《としなが》が死んでいて、藩主は3代目の利常《としつね》になっていました。その利常は将軍秀忠《ひでただ》の次女珠姫《たまひめ》を正室にしていたわけですし、いくら藩祖利家《としいえ》や利長が豊臣家臣の重鎮《じゅうちん》だったとはいえ、徳川派として戦う腹は固まっていたと見て間違いないでしょう。

それにしても、前田家は利家、利長、利常と藩主後継のバトンタッチがしっかりとなされた。大きな内紛も起こらず、藩としてまとまりがあったことはこの時代、とても大きい。多くの大名家が世継ぎ問題を原因に崩壊していますから。

そして、あれほど秀吉と距離が近かったにもかかわらず、「秀吉亡き後は徳川」と読んで転身も早く、判断を誤らなかった。利常はまだ若い頃ですので、芳春院《ほうしゅんいん》や利長の気配り、目配り、対応が適格だったといえます。

関ヶ原が終わり、そして大坂の陣が終わってみれば、徳川親藩を除いて、前田家、それに伊達《だて》家が「勝ち組」筆頭となったわけです。今川家、武田家、織田家、北条家、上杉家、毛利家など名だたる有力な戦国大名がいましたが、みんな乱世の渦《うず》の中に飲まれ、没落し、減封《げんぽう》や転封《てんぽう》されていった、凄《すさ》まじい激動期を前田家は生き抜いて、大藩に成長したのですから見事なものです。

たとえ家康が討《う》たれていても…

家康が死んだのは大坂夏の陣を終えた翌年の１６１６（元和２）年で、享年75でした。人生50年と言われた時代にあって、関ヶ原から15年をかけて豊臣家を滅ぼし、徳川の天下を確立した。家康はその生涯をフルに使って乱世を終わらせた「戦国の清算人」だったといえます。

家康が死んだ後、次は我こそ―と乱を起こして天下を目指した大名はでませんでした。

ということは、万が一、仮に大坂夏の陣で真田幸村《ゆきむら》が家康の首をとっていたとしても、徳川の大軍に囲まれた幸村も生き残ってはいなかったでしょうし、大坂城の陥落や豊臣家の滅亡は時間の問題であって、避けられなかったでしょう。家康がいなくなっても徳川政権が一気に崩壊したとは思えません。

加賀藩についていえば、大坂冬の陣で真田丸にしてやられ、多くの死傷者を出したことは痛手だったでしょうが、夏の陣ではしっかり活躍しました。むしろ多くの血を流して徳川家に忠誠を示し、しかも、次には見事な成果を上げた。これにより家康・秀忠《ひでただ》の信頼は強固なものになったはずです。

逆に、もし大坂の陣がなく、つまり豊臣家が徳川家に臣従《しんじゅう》して生き残っていたなら、加賀藩は120万石という大藩で、かつ豊臣家と古くからつながりがあるため、徳川幕府にとって最も危険な藩の一つとして常に厳しい目が向けられ、藩を守り維持していくには相当苦労することになったのではないでしょうか。

大坂の陣を経て、加賀藩は結果的に体制が引き締まった。そして、なによりも増して利常《としつね》の藩主としての力量が磨かれ、その後の政治手腕に好影響をもたらした。そうしたことなどを合わせて考えると、大坂の陣はその後の加賀百万石の治世にとても意味のある戦《いくさ》だったといえると思います。

（談）

心を編む

城山三郎

小説家

しろやま・さぶろう ◉ 1927（昭和2）年愛知県生まれ。東京商科大学（現一橋大学）卒。57年『輸出』で文学界新人賞、翌年『総会屋錦城』で直木賞を受賞、日本の経済小説の先駆者と言われる。『雄気堂々』『落日燃ゆ』『黄金の日々』『もう、君には頼まない』『この命、何をあくせく』など著書多数。2007年逝去。

特別インタビュー

人生の「晩年」、何をあくせく

―こころ豊かに生きるために―

（2003年「第15号」掲載）

去年の秋に『この命、何をあくせく』という本を出しました。本の中でも書きましたが、このタイトルは島崎藤村の「千曲川旅情のうた」の一節、「昨日またかくてありけり　今日もまたかくてありなむ　この命なにを齷齪《あくせく》　明日をのみ思ひわづらふ」からとったもので、自分がせっかちで、あくせくしているから、こういう言葉に惹《ひ》かれます。一度きりの人生、少しでもあくせくしないで過ごしたい。ましてや、人生の晩年になったら、なおのこと、そう思います。

いま「人生の晩年」という言葉を使いましたが、私は「老」という字が、どうも好きになれません。人が年齢《とし》を重ねるということは、それこそ人によって千差万別です。「老」という一語でくくられるものではありません。それに、「長老」「家老」など、「老」の字には、何かエライという響きがあって、好きになれないのです。だから、私は、「老後」とか「老年」とは思わずに、「晩年という名の学校への新入生」と思うようにしています。その学校を優等で卒業すれば、「晩成」になり、「晩晴」になるわけです。

大・中・小の夢と、少々の無理

あくせくしないで晩年を過ごすためには、どうするか。私はよく言うのですが、いちどきに夢を実現しようと考えるのではなく、せこくてもいいから、少しずつ、やりたいことをやっていけばいいと思います。だから、私は「大・中・小の夢を持て」と言っています。大きな夢ばかり追うのではなく、中ぐらいの夢があったっていいし、さしあたっての小さな、ちょっとした夢でもいいじゃないですか。そんな夢なら、だれでも持てると思います。

日本人は生《き》まじめだから、どうしてもいちどきに変わろうとか、夢は大きくなければと思いがちです。しかし、大きなことを考えても、だれもが実現できるわけではありません。まして、中高年になれば、そんな力は残っていません。だから、「大・中・小の夢」を持って、全部かなえばそれに越したことはないけれど、小さな夢がかなえば満足、中ぐらいの夢がかなえば上等、大きな夢がかなえば万々歳というわけです。それぐらいの気持ちで過ごせばいいのではないですか。

作家生活も、もう45年になります。私は比較的、ゆとりを持って過ごしてこられたと思っていますが、あるとき、伊藤整さんからアドバイスをもらったことがあります。伊藤整さんは、私が文壇に出るきっかけになった文学界新人賞を受賞したとき、私ではなく別の人を推しました。選考結果は3対2で、ぎりぎりで私が受賞したのですが、その伊藤整さんが、私に「あなたのために何もしてあげられなかったけれど、一つだけ先輩としてアドバイスしよう。これから先、いつも自分を少々無理な状態に置くようにしなさい」と言ってくれたのです。とても、いい忠告でした。

人間、自然にしておくと仕事がいやだからしません。かといって、無理をしたら長続きしません。売れっ子作家になると、けっこう無理をするわけです。夜も寝ないで書いたり。でも、そうすると続かないのです。だから、無理をするのではなく、少々無理をする。これは、作家だけではなく、あらゆる職業に通じるのではないですか。人生の晩年も同じです。無理をして何かをしようとか、そんなことは考えずに、少々の無理でいいのです。

旅と本の2つの趣味

私は、いかにも平凡と思われるかもしれませんが、旅と本の2つの趣味があれば、豊かな晩年を過ごせると思っています。旅の場合は、一緒に行ってくれる配偶者がいればもっといい。

旅の魅力は、これまで知らなかった世界を知ることができるということでしょう。旅は、こんな景色があるのか、こういう生き方があるのか、という新鮮な感動を与えてくれ、いつも「ああ、生きていて良かったなあ」と思います。

私の場合、旅は海外が新鮮に感じます。サハラやグランドキャニオンなど、あのスケールの大きさは日本では見られません。それに日本の中だと、日常の生活と完全に隔絶できないでしょう。その点、海外に出れば、日常の生活を完全に忘れることができます。

妻が亡くなって、一番困るのは旅に出たときです。年齢《とし》をとったこともあって、よく物忘れをするのです。この前、ヨーロッパに行ったときも、朝、ホテルの部屋を出ようとしたら鍵《かぎ》をどこに置いたか分からない。次はパスポートをどこに置いたか分からなくて、何時間も探していました。妻がいれば、そんなこともないのですが。昔は「茶飲み友だち」と言いましたが、いまは「旅友だち」をつくるといいかもしれません。

こうした旅は、日本の中高年なら、ほとんどの人ができると思います。ある程度のお金はあるし、健康だし、旅行会社のツアーなら、安い値段でいろいろなところへ行くことができます。気の合った旅友だちと、ツアーなどを利用して海外へ旅に出てみるのもいいのではないでしょうか。

旅の楽しみの一つに、いろいろな人との出会いがあります。アメリカへ行ったとき、全米でも1、2と言われるグルメ評論家に会ったことがあります。彼は独身で、「どうして結婚しなかったのか」と聞いたら、逆に「君は、どうして結婚したの?」と聞かれて困りましたが(笑)、その彼に「これからどうするの」と聞きました。そうしたら、こう言うのです。「ニューヨークから飛行機で一時間ほどのところに別荘を買ってあるんだ。その別荘へ、このごろ手紙が来ないなと、友人が訪ねてくる。すると、私は別荘で一人静かに死んでいる。そういう状態が私の理想です」と。ちょっと寂しいけれど、いい話だと思います。旅をすることで、そういう人と知り合うこともできました。

知らない世界、人生を体験する

私は、本を読むのが趣味で本当に良かったと思っています。本を読むのは子どものころから好きで、正月でも家から出ないで本を読んでいました。親が「男のくせに外で遊びもしないで大丈夫か」と心配するほどでした。ただ、両親とも、本を読むことを勧めてくれましたから、感謝しています。とくに母親は、本ならどれだけ買ってもいいと言って、私が就職してからも本屋の支払いは母親が全部してくれたほどです。

本は、読む者を、いつでも、どこでも、好きな世界へ連れて行ってくれます。作者の、あるいは登場人物の心の中へも連れて行ってくれます。本を読むことで、そうした人たちの人生を追体験できるのです。自分の知らなかった世界、自分が歩めなかった人生を教えてくれます。テレビとは違って、ちょっと考えたいと思ったときは、立ち止まることもできます。そして、読むのがいやになったら、いつでも投げ出せばいい。

旅と本を組み合わせれば、もっといい。こんなことがありました。亡くなった妻と2人で旅をしたときのことです。夜間飛行の機内で、私は本を読んでいました。ほかの客は、みんな眠っていたようです。すると、スチュワーデスが寄ってきて、「お客さま、外にオーロラが出ています」と言うのです。ちょうどアラスカの上空でしたが、すばらしい光景でした。あんなにすごいオーロラを見ることができたのも、私が旅好きで、本を読むことが好きだったからです。それと妻と二人だったこともあります。私が本を好きでなければ、ほかの客のように眠っていたでしょう。もし隣の席に座っているのが妻ではなく、見ず知らずの人だったら、私は読書灯をつけるのを遠慮して、やはり眠っていたと思います。旅と本が好きで、妻と一緒だったから、何百人も乗っている飛行機の中で、私だけが幸運にもオーロラを見ることができたわけです。もちろん、妻のおかげで見ることができたのですから、妻も起こしました。起こさないとうらまれますから(笑)。妻もとても喜んでいました。

日本の中高年の人たちは、どこの国の人よりも、よく本を読むと思います。満員電車の中でも本を開いているほどですから(笑)。本が好きだということは、晩年を豊かに過ごすうえで、とてもいいことだと思います。

ゴルフも、あくせくせずに

本好きが高じて、ひどい不眠症になったこともあります。学生時代から、とにかく本を読みたくて、夜は眠るのも惜しい。ですから、眠らなくてすむ薬ばかり飲んでいました。そのため、今度は眠ろうと思っても眠れないようになってしまって、どんどん体重が減った時期がありました。今度は睡眠薬を何種類も飲んで、それでも効かないから、アルコールと一緒に飲むという具合です。

それで緊急入院させられて、1週間かけて検査したら、医者が「あなたの体は眠るというメカニズムを忘れてしまっている」と言うのです。そのときに勧められたのがゴルフです。「1週間に1日、ゴルフをしなさい。ゴルフをしているときは、ほかのことを考えないし、夜はばったり眠ることができる。1週間に1日、眠るメカニズムを思い出せば、1週間は保《も》つ」と。「ほんとかな」と半信半疑でしたが、本当に1日ゴルフをすると1週間は眠ることができました。体が覚えているわけです。

文壇のゴルフは、あまり夢中になってするのではなく、文学の話や、いろいろな話をしながらコースを回るというのが主流です。もちろん中には上手《じょうず》な人もいますが、主流は楽しくやりましょうというゴルフです。文壇の古いプライベート・コンペに「青蛮《あおばん》会《かい》」というのがあります。OB、アウト・オブ・バウンズをもじって「青蛮会」というくらいですから、下手《へた》でもいい、とにかく楽しく話して過ごしましょう、というコンペです。会の規約は、この会に入りたい者は「技量拙劣」、「人格高潔」でなければならないとうたっています。

それで面白い話があって、石原慎太郎さんがあるとき、「青蛮会、まだやっていますか」と入りたそうに言うのです。石原さんは政治家になってから、「青蛮会」に呼ばれなくなっていて、私のところへ来たわけです。それで、私が「石原さん、青蛮会の規約、知ってる?」と聞いたら、彼は「何でしたっけ」と言うので、「技量拙劣、人格高潔」と言うと、「ぼく、両方ダメだ」って(笑)。そういう子どもみたいな人なつっこさが、彼の魅力です。

中高年の人もゴルフをするときは、上手《うま》い下手ばかりではなくて、そういう楽しみ方をすればいいと思います。スコアばかりを気にする、あくせくしたゴルフなら、しないほうがいい。よけいにストレスがたまるだけです。私のゴルフは全然あくせくしないから、いつもスコアは悪い（笑）。それでも、「青蛮会」の毎月一回のコンペは、カレンダーに最優先順位で入れてあります。

「何とかなるさ」の気持ちで

日本人というのは、何をするにも一所懸命に頑張るという国民性です。それは日本人のいいところでもあるのですが、晩年になったら「何とかなるさ」と気楽に構えることも大事なように思います。「頑張る」というよりも、関西弁の「きばる」というのがいい。「きばる」という言葉には悲壮感がないでしょう。

晩年になったら「気を使わない、気にしない」というのも大事です。いろいろ気を使うと「こんなに気を使っているのに」と腹が立つことだってあります。私はあまり気を使うことはないし、その結果として人からいろいろなことを言われても気にしません。いい意味で鈍くなるということです。鈍《どん》になる。そうすると、どんどん楽になるというわけです（笑）。

それと、男は、ある程度、孤独だということを意識しなければなりません。孤独を楽しむ余裕を持ちたいと思うのです。

私が住んでいる隣の町に古い音楽喫茶があって、そこへ行くと、オバサンはたいていグループでしゃべっているけれど、オジサンは一人で新聞なんか読んでいます。ものの見事に分かれています。私はどうするかというと、いつも一人で行って、かかっているクラシック音楽を聴いて、コーヒーを飲んで帰ってくる。そんなの何が楽しいのかと言われますが、私にとっては、その時間が何よりもうれしくて、毎日必ず一度は行きます。ふだんはタバコを吸わないのですが、その店へ行ったときだけ吸うのです。クラシック音楽を聴いて、コーヒーを飲んで、タバコを2、3本吸って帰ってくるだけです。でも、それが私にとって至福の時間の一つなのです。

男には男の楽しみ方というものがあるわけで、そういうものを見つければ随分と豊かな気持ちになると思います。

ときには「いい加減」に

一時期、定年退職した人たちが海外に移住して晩年を過ごすというのがブームのようになりました。私もカナダの大自然にあこがれて本気で移住することを考えたことがありましたが、「カナダの大自然の厳しさから逃れるには大都会に住むしかなく、東京に住むのと同じですよ」と忠告されて断念しました。それでもなお移住へのあこがれを持っていたとき、カナダに移住して20年以上も暮らしていた知人が、年齢《とし》をとってから日本に帰ってきました。「どうして戻ってきたのですか」と聞いたら、彼は「友だちがいない」と、しみじみ言うのです。痛切な響きがありました。

日本の家や身内との関係を整理して、潔癖に海外に移住した人は、うまくいかないと聞いたことがあります。言葉の問題や宗教の違い、日本との距離などから、ノイローゼになったり、自殺したりする人もいるというのです。逆に、海外へ移住して、うまくやっている人は、日本に家や身内を残し、ときどきは日本に帰って、しばらく滞在したりする。物事を潔癖に考えない人のほうが、うまくいっているわけです。

いい意味での「いい加減さ」というものが、とくに晩年には大事なように思います。しゃちこばって、「残された人生、どう生きるか」なんて大げさに考えずに、ある程度いい加減に、「何とかなるさ」でいいのです。そうすれば、かなりのところまで、何とかなるものです。

瀬戸内寂聴

小説家、尼僧

せとうち・じゃくちょう ◎ 1922（大正11）年、徳島市生まれ。東京女子大卒。57（昭和32）年、「女子大生・曲愛玲（チュイアイリン）」で新潮社同人雑誌賞を受賞。63年「夏の終わり」で女流文学賞受賞。73年、中尊寺で得度受戒。法名・寂聴。74年、京都・嵯峨野に寂庵を結ぶ。87年より岩手県天台寺住職。「花に問え」で谷崎潤一郎賞、「白道」で芸術選奨文部大臣賞を受賞、97（平成9）年、文化功労者となる。著書に「瀬戸内寂聴全集」（全20巻）「現代語訳　源氏物語」（全10巻）など多数。2006年文化勲章受章。18年朝日賞受賞、星野立子賞受賞。

特別インタビュー

愛も命もなくなるの

―無常を自覚して生きなさい―

（2005年「第22号」掲載）

「奢《おご》れる人も久しからず、ただ春の夜の夢の如し。猛《たけ》き者もついには滅びぬ、ひとへに風の前の塵《ちり》に同じ」。源平争乱の歴史をひも解けば、平家物語に流れるある種、仏教的な無常観が否応なく心に迫りくる。作家、瀬戸内寂聴さんは京都・嵯峨野の寂庵で、源平の世に思いをはせながら、無常の世をどう生きるか語ってくれた。

無常というと、一般的にはすぐに死ぬことを連想しますけど、それだけじゃないと思うんです。字の通り「常ならず」で、同じ状態は続かないということなんですね。一寸先は分からない。あの大きな被害をもたらした台風23号が来ることも分からない。その爪あとがいえないうちに今度は新潟県中越地震でしょ。たちまちにしていままでの生活を覆してしまい、死人も出るし、行方不明者も出る。地震なんて来るまで分からないじゃないですか。まだまだ人間の力なんて弱いもので、自然の脅威には打ち勝てないんですよ。それでも人間はおごっているから、だんだんぜいたくになっているじゃないですか。空気も汚れますから気候も変わりますよね。今日は平和だなと思っても今夜死ぬかもしれない。国の経済がだめになるかもしれないし、あるいはテロが起きるかもしれない。一寸先のことは分からないですよ。そういうことをひっくるめて人生は常ならずで、同じ状態は続かないと、心に覚悟していなければだめなんじゃないでしょうか。

ギリシャ語の「パンタライ」という言葉があるでしょ。万物流転、移り変わるということです。すべてのものは移り変わっていくんです。おごる平家は久しからずといいますが、あれだけ権力をほしいままにした平家が西海の藻屑《もくず》と消えるとはだれも思っていなかった。源義経だってあんなに武将として力を発揮し出世しながら、たちまち兄の源頼朝に疎まれて方々に逃げ回らなければならなくなったわけです。人生なんてはかないものです。しかしわれわれは目の前の平安を手に入れることに夢中になるんですね。お金も欲しいし、物も欲しいんです。煩悩にまみれて生きているわけです。

愛もそうなんですよ。恒久性がないわけです。結婚する時には、神様や仏様の前で、二人の愛は変わりません、なんて誓いますけど、こんなに離婚が多いでしょ。離婚しなくても、家庭内別居なんていうのもある。人の心も同じ状態は続かないです。永遠なるものなんてないんですよ。人間はそれを自覚しないといけない。だから、人間以外の大いなるものにあこがれて神や仏が生まれるわけです。形あるものはすべて移り変わるし、滅びるんです。

後を追った仏御前

寂庵のすぐ近くに祇王寺《ぎおうじ》というお寺があります。ここにまつられている女性たちのことを考えると無常ということを思わずにはいられません。

平清盛の寵愛を一身に集めていた祇王《ぎおう》という白拍子《しらびょうし》がいました。しかし、もっと若くて美しい仏御前《ほとけごぜん》という白拍子の出現でたちまちその地位を失ないます。あれほど愛されていたのにといっても、それこそ無常です。祇王は母、妹と出家して嵯峨《さが》の庵《いおり》に住みます。仏御前は自分から売り込みにいくぐらい積極的な女性です。でもそうしたものの、清盛のもとにいればやがて自分も同じ目にあうと分かったんでしょう、祇王の後を追って出家をしたんですね。

渇愛と慈悲

人間の悩みの中で愛の悩みほど苦しいものはないと思いますよ。よく夫が浮気をするとか、妻が不倫をしているとか、悩みを聞きますが、愛の悩みは底知れずだとため息がでますね。仏教では人間のこうした愛を渇愛《かつあい》といいます。のどが渇いて仕方ないような、愛欲、セックスを伴う愛のことです。もう一つは慈悲《じひ》です。こちらは神が衆生を愛するような、あげっ放し、与える一方の愛なんです。渇愛がなぜ苦しいのかといえば、自分が愛した分に利息をつけて返してほしいと思うからです。自分が相手を見つめるように、相手もそうしてくれないと不満でなりません。でもそういう風にはいきませんよ。実際には自分の愛した何分の一かしか返ってきません。だから苦しいんですよね。

こうした欲望や煩悩とどう向き合っていくかということなんですが、煩悩がなくなったら、人間でなくなるわけですから、煩悩はなかったら困るんです。だれも好きにならなくなっちゃう。生殖がなくなれば、人類は滅びますからね。だけど、欲望がむやみに肥大化すれば振り回されます。自分の煩悩をコントロールする力を養わなきゃだめです。煩悩をのさばらせたら大変ですよ。それこそ人を殺したり、秩序のないことをするわけでしょ。

命がけの不倫は純愛

不倫はとても多くなってきていますが、これはセックスの面でも男女同権になってきたからだと思います。男のすることは女だってするんですよ。そういう意味じゃ、そんなに悪いことじゃないと思いますがね。だけど、みんないい加減でこちょこちょっと隠れるようにするからみっともないし、汚らしいんです。不倫だって命がけですれば純愛になります。不倫をした女たちが泣いてくるのは、夫にすまないとか、子供にすまないというんじゃない。不倫の相手がもっと若い女をつくったって悔しくて泣いてくるんです。情けない話です。

最近の悩みのなかで困るなと思うのは、子供の自殺が多いことです。愛別離苦《あいべつりく》の中でも逆縁《ぎゃくえん》ということ、親にとって子供に先に死なれるのが一番つらいですからね。病気で死ぬのならまだしも、自殺されたら本当につらいですよ。こんな悩みが多いんです。どうしてこんなことになるのかといえば、子供が命の大切さを教えられていないからですよ。学校でも家庭でもそうです。子供はいま、自分が死んでもどうってことないと思っているんですから。テレビを見ていれば、いま死んだ人が、チャンネルをひねると生きかえっているんですからね。死ぬということが分からない。だから簡単に死ぬんです。家に病人ができたらすぐに病院へ入れてしまうでしょ。そうして死ぬのも病院でしょ。死ぬということに対する実感が、持てないんでしょうね。子供には、おじいちゃん、おばあちゃんが病気で弱って死んでいく、そしてその体を焼くところまで見せないとだめでしょうね。

自分も年をとって弱って苦しんで死んでいくんだということを分かるようにすることです。そうすれば死というものが分かる。自分が痛いと分かれば、人にも痛いことをしない。殺されるのがいやなら殺さない。死というものの悲しみ、つらさに接していれば、簡単に自分で死ぬこともない。

ところが、現実は殺すことにも罪の意識がほとんどない。理由なき殺人、ものの弾みで人を殺すでしょう。親が子を、子が親を殺す。いまは末世もいいところですよ。無茶苦茶です。

戦後の教育が悪い

こうなったのはやっぱり親が悪いし、先生も悪い。教育ですよ。戦後の教育が悪い。もともと子供は純真なんですからね。

子供が部屋を与えられ、鍵のかかる部屋にいるじゃないですか。昔はそんなことなかった。それを文化的と思うから間違うんじゃないですか。子供がその鍵のかかる部屋で何をしているか親は知らないんじゃないですか。ろくでもないことしていてもね。いまのお母さんたちは、みんなバイトをしているでしょう。それはそれで、バイトをしないと経済も大変なのかもしれないけれど、じゃあそのお金で何をしているのかというと、家庭に入れるんじゃなくて、自分のお小遣いにしていることが多いでしょ。そうして子供が家に帰ってきてもお母さんがいない。それはちょっと違いますわね。

父親はいてもいなくても同じようになっているんじゃないですか。いつも遅く帰ってくるから子供は寝ている。朝は朝ですれ違いでしょう。いつ親と子が話をするんですか。親の存在感はないですね。

だれかを幸せにする

いまの時代、どこか人間の心の持ちようが間違っていますよ。自分さえ良ければいいという考えでしょう、みんな。それじゃ、しょうがないんじゃないですか。自分はなぜ生きているの。自分が生きていることでだれかを幸せにするためじゃないですか。子供にきかれたら、そう教えてほしいですね。だれかを幸せにするためにこの世に送られた命ですよ。もちろん、自分が幸せになる権利はありますよ。しかし自分一人が幸せになっても周りにかわいそうな人がいたら幸せといえないですよ。

日本人は家にお仏壇はあっても本当の信仰がない人が多いですね。だから神、仏への畏《おそ》れがないし、けじめがつかないのね。やっぱり隣の奥さんに見つからなくても、亭主にみつけられなくても、神仏がみているという意識がないんです。政治家だってそうでしょ。みつからなければいいってね。本気で宗教を考えてない。だからちょっと不幸せになったら、新興宗教がやってきて、悪霊をはらってあげるとかね、そういうことになるんです。

これも戦後教育と関係があると思いますよ。戦前は核家族ではなくて、家に老人がいましたからね。おじいさんやおばあさんが神棚の前で拍手を打ったり、ご飯を食べる前に拝んだりしていたじゃないですか。しかしいまは、おじいさんとおばあさんが家にいないし、お父さんお母さんがそういうことを教えられていない世代です。学校でも宗教はタブーみたいに扱ってきたでしょ。「教育勅語に返れ」というのとは違うんです。仏教でもいい教えがいろいろありますよ。我慢するとか、努力するとか、他人を思いやるとかね、仏教だけじゃなくていろんな宗教が教えていますよ。ところが、そういう人間の基本的なところをいまの子は教えられていませんからね。だからだめなんですよ。殺すなかれ殺させるなかれとお釈迦さんもいってますからね。自分にされていやなことを相手にするなともいっているんですよ。いまの人たちは、こんなことをしたら相手がいやだろうかなんて想像する力が足りないいんです。想像力イコール思いやりイコール愛なんですよ。もっと愛をもたなきゃね。

阿久悠

作詞家、詩人、小説家

あく・ゆう ◉ 1937（昭和12）年、兵庫県生まれ。明治大学文学部卒。広告代理店勤務後、作詞家・作家として幅広いジャンルで活躍。「また逢う日まで」「北の宿から」「勝手にしやがれ」「UFO」など多数のヒット曲を作詞。また映画化された「瀬戸内少年野球団」「殺人狂時代　ユリエ」など著作多数で、2000（平成12）年に「詩小説」で島清恋愛文学賞受賞、近著に「歌謡曲の時代」「犬猫太平記」がある。1997年菊池寛賞受賞、99年紫綬褒章受章。2007年逝去。

インタビュー　北陸の歌ごころ

重層的な四季のあいまいな美しさ

現代は歌を欲しがっていない？

（2005年「第23号」掲載）

作家の五木寛之さんが金沢を「歌のあふれる街」と称したように、北陸の地は、これまで多くの人々の歌ごころをくすぐり続けてきた。一方で、平成の世は、歌謡曲が振るわないと言われて久しい。現在まで5千曲以上を作詞し、数々のヒット曲を生み出した歌謡界の詩聖、阿久悠さんが、現代における北陸の歌ごころ、そして歌謡曲へのこだわりを語った。

今、使いづらい「北」

北陸、日本海と言うと、すぐに歌になりそうな魅力的な響きが本来あるんですが、作詞家という立場から見れば、ここ数年、事情が変わってきています。そのキーワードの一つとなる「北」という言葉が、使いづらくなっているんです。過去に多くのヒット曲の題名にも使われた「北」という言葉から、人々が拉致被害者の問題を想起せざるを得なくなっているからです。真っ先に心に抱くイメージ、気持ちがそこに向いてしまう。

これまで、題名に、歌詞に「北」という言葉を入れた場合、例えば、失恋、あるいは人生の悲しみを背負う人、荒々しい海を見つめながら内省する人の舞台になり得たし、もっと言えば「北」と書いただけで、送り手と受け手の、いわば暗黙の合意として、色彩から、景色の広さ、空の低さ、そして体感温度に至るまで実に多くのことを伝えられた。その上で、僕の目には、この土地はこう映る、という新しい視点をどう盛り込むか、それが作詞家としての勝負だったわけですが、この2、3年は、人々が思い描く順番が違う。まず、人々の意識が、あるべき景色に行かない。これも、歌は世につれ、ということなんでしょうが…。

これは、歌に込められた一つの言葉が時代によって、どんな情景を運んでくるかを端的に示す例ですが、仮に、拉致の問題を抜きにしても、「北陸」にせよ、「日本海」にせよ、以前と比べ、随分《ずいぶん》、人々の受け止めるイメージが変わり、歌詞の世界の大前提が崩れてきているのが現実です。例えば、かつては、東京から北陸に着くまでに、汽車で時間をかけて、山脈を越え、トンネルをくぐるなど、それなりに大変な思いをしましたが、そうした感覚が薄れてきた。石川さゆりが一流歌手の仲間入りを果たした曲となった「津軽海峡・冬景色」（1976年）は、『上野発の夜行列車　おりた時から　青森駅は　雪の中』と、出発点と到着点の劇的な違いに照準を置いて、たった2行で5百数十キロの大移動を表現したことが、僕の自慢なんです。しかし、今の世は飛行機に乗れば、ヘッドホンで音楽を聴いているうちに、いつの間にか北海道に着いてしまう。新幹線も、そう遠くない時期に北海道にまでつながる。社会の進歩というものは、人間にとって、つらい作業や、難儀《なんぎ》なことを省略してくれるわけですが、人間の心にとって本当は消してはいけないものまで消してしまう。五百数十キロという長い旅を、つらいなどと考えない時代になってしまった。

「能登半島」つくった、その理由

「津軽海峡・冬景色」の次に、石川さゆりのために書いたのが、ここ北陸の「能登半島」（1977年）でしたが、当時、国内で最も行きにくい土地、しかも歌の舞台になる土地はどこかと考えて、選んだのが能登でした。それが、今や東京から飛行機で1時間ですよ。もちろん、地元の方々にとって、便利になるのに越したことはないのですが、長い旅をするうちに、景色が変わり、それにつれて自分も内省的になり、物思いにふける、悲しみも込み上げてくるという旅のドラマの過程が生まれてこない。「津軽海峡・冬景色」に戻りますが、青函《せいかん》連絡船に乗れば哀感があり、歌詞が心にしみてくるが、青函トンネルだと、歌詞と自分の感情を重ねることが難しくなる、そんなことが人の心の中で起きている。

「能登半島」は、愛する男性からはがきをもらった大人に一歩手前の19歳の女の子が、最初こそ、はしゃいで能登に向かうが、だんだん物寂しく移り変わる景色を見るにつけ、不安になり、いろいろ自分を見つめるという内容なんですが、これが、1時間で飛行機に乗って能登に着けば、深く考えず、はしゃいだ状態のままで彼氏に会って、逆にひんしゅくを買うのではないかと心配してしまう(笑い)。きっと実際に、そんなことが起きているんじゃないか。情感も何もあったものじゃない。

心のひだを揺らす

ただし、だからと言って、昔は良かったと書くつもりはありません。僕の目には、こう見える。僕の心には、こう映ると書けばいいんです。人生の悲しさ、はかなさを感じるのは、やはり心のひだなんですよ。そのひだを持っているかどうかです。そういう意味では、北陸は、まだまだ歌になる情景、素材がたくさんあると思う。例えば、北陸の冬というのは、湿っぽい。北海道や東北のような乾いた、骨身を刺すような荒々しい寒さとは、また違う。新潟の地震が発生して、北海道と小千谷《おぢや》の雪の重さを比べる報道もありましたが、そんな比較をするまでもなく、北陸のしっとりした風情は、イメージとして強くあります。その湿気は、寒さを和らげ、人にとって優しさにもなる。そんな、いい意味でのあいまいさを文化の基盤として持っている地域というのは、歌心に通ずるものがありますよ。

あいまいさと言えば、四季の移ろいもそうです。そもそも、日本の四季は、単純に4つの季節に分けられるほど生易しいものではない。夏の上に秋、秋の上に冬、冬の上に春が重なっている時期があり、しかも実にさまざまな重なり方がある。特に北陸は、そういう、あいまいな四季の幅が大きいような気がします。「能登半島」も日本海側を描いた歌の中では珍しく、夏から秋へと変わりつつある季節を歌っている。だんだん物寂しくなってくる、そんな季節の日本海は、海面が一見、青く澄んでいるのに、なぜかしら底の方が冷たそうに見える。それが気のせいだけじゃない。何日か経つと、本当に海面が鉛色に近づいていく。そんな日本海、北陸を背景にしている。僕は瀬戸内海の淡路島生まれなんですが、冬は玄海灘の風が瀬戸内海をつっきって吹いてくるので、意外と寒い。海の色も季節の変わり目とともに微妙な変化を見せる。そのスケールを何倍も大きくしたのが日本海なんですね。こうした夏から秋へと心の物差しがマイナスに向かう、あるいは、冬から春へとプラスに向かう、そんな微妙な時期は、人の心のひだを揺らすので、われわれ作り手としても稼ぎ時なんです(笑い)。

石川県には何度か足を運んでいて、島清恋愛文学賞(2000年)をいただいたご縁で、主催する美川町(現白山市)にも行きましたが、「舟唄」(1979年、歌手八代亜紀)が似合う町ですね。能登は、珠洲市の「ランプの宿」に泊まったことがあるんですが、おぼろげな光だけを残した、何とも形容し難い、ほの暗い空間を効果的に生かした雰囲気は、ほかでは味わえませんね。能登の海辺だからこそ可能な演出でしょう。早寝の癖のない僕なんかには夜が一際長く感じるんですが(笑い)。川中美幸に能登の冬を題材にした「らんぷの宿で」(1993年)という歌を提供しました。日本海と冬という舞台設定は、いわば定番みたいなものですが、その意味では、夏から秋への「能登半島」は僕には珍しい、ご当地ソングでもあり、貴重な作品ですよ。

部屋から出ないラブソング

僕なりに気がついたのですが、最近の若い人たちの売れている歌は、よく聴いてみると、部屋から出ずに、自分のことを歌ったものが多いんですよ。「待ったけど、来ない」とか「メールを送ったけど、返事がない」とか。部屋という狭い空間の中での歌が多い。僕が若かったころは、部屋なんてものは、つまんなかったからね。テレビもないんだから。そうすると、部屋を出なかったとしても、いつも窓の外を見つめることになる。世間に目が行くんです。あの辺がいい暮らしをしているとか、どうすれば出世できるか、稼げるかとか。ところが、今の若者は、部屋にじっといる中での出来事や、感情を歌っていて、そのくせ、突然、日本を飛び越えて世界にまで内容が飛躍したりする。世界で一番とか、世界がこうあるべきだとか、世界の中心で愛を叫んだりとか(笑い)。あまり、でっかいものに目が行ってしまうと、内容は抽象的なものにならざるを得ない。身近な世の中と真剣に向き合っていないから、抽象的なことしか言えないし、歌えない。映画やドラマも恋愛モノが流行していますが、不思議と相手が幽霊というパターンが多い。死んだ人を相手にしないと、自分を表現できないというのは、ちょっと病んでいると思う。

今は歌を欲しがっているような風や、においをあまり感じませんね。しばらくの間、歌詞よりもサウンドばかりが先行していた感がありましたが、だんだんつまらなくなってきたことは、誰もが感じている。ただ、今の時代に、いい詞、いい言葉は何だろうというのが、いまひとつ、つかみ切れない。現代は、シンガー・ソングライター全盛の時代ですから、一人が作詞、作曲、編曲、場合によっては、プロダクションの社長までやってしまう。だから、歌手本人以外に当事者として作品をチェックする人がいないので、人気さえあれば、かなり幼稚なものが世に出てしまう。1970年代ごろの歌謡曲の全盛期は、どんな大物歌手であっても、作詞家、作曲家と組んで、その3人が3人とも納得しないと、作品に仕上がらなかった。バチバチやりながら、高いハードルを越えて、歌が世に出て行った。後世に残る仕事をするというのは、そういうことでしょうね。

言葉は考えるための道案内役

言葉は、思考回路の基本にあり、人の知性を鍛えるということを常々言ってきた。言葉は物事を考えるための道案内役なんです。若い人の感性は、その時代を反映したものとして大事なんですが、幅広い世代に訴える言葉の力を持たない人が多い。15、16歳の世代の人に爆発的に受ければ、それはそれで歌は売れるかもしれないが、その時代のヒットを飛ばしたという感じがしない。多くの世代に少しずつでいいから受け入れられれば、記憶に残るヒット曲になる。今の若い人たちの言葉は、隠語みたいになってしまい、自分たちだけが分かればいいと得意になっているところもある。世代ごとの「輪切りコミュニケーション」ではなく、世代をまたいで大勢に伝える言葉、もっと緊迫感がある言葉を使って、世の中に伝える努力が必要だと思う。

僕は、歌が持つ魔力を「リアクションの芸術」と表現しています。作り手が意図したものと違うところで共感、反響を呼び、歌や歌手が妖怪のように化けていくということがある。その代表例がピンク・レディーですよ。あんなに化けるとは夢にも思っていなかった。もちろん、時代は何を求めているか、どんな飢餓《きが》感を持っているか、そこにボールを投げ込み、まさに狙い通りだったという結果もあるんですが、一方で、意外なところからボールがはね返ってくることがある。そんな醍醐味《だいごみ》が歌謡曲にはある。

それは歌だけでなく、映画、ドラマも含めた文化全般に共通するパワーというか、魔力ですね。今で言えば、「冬のソナタ」に代表される韓流《はんりゅう》が代表的な例でしょう。なぜ、流行にまでなったのか、容易に説明できませんが、一つ言えるのは、韓国の俳優は、海の向こうということもあって、日本の女性たちには実像がつかみにくい分、スターがスターらしく輝いて見えるんじゃないか。日活全盛の昭和30年代に活躍した俳優たち、石原裕次郎、小林旭、赤木圭一郎らをほうふつさせるものがある。今の日本の俳優たちは、やれ不倫だの、別居だのとプライバシーがあまりにも露出し過ぎている。最近は、女優が不倫をきっかけに売れたりするほどだ。韓国はスキャンダルに関して、日本より潔癖なところがあるので、余計にスターはスターとしての矜持《きょうじ》があるのかもしれない。

北陸人のバランス感覚

北陸出身の歌手と言えば、五木ひろしをおいてほかにいない。実は、デビュー後しばらくは、僕と五木とは敵陣営にいた。五木が「よこはま・たそがれ」の大ヒットを飛ばしたころ、僕は尾崎紀世彦の「また逢う日まで」(1971年)を作って、レコード大賞をさらったほか、沢田研二や都はるみ、ピンク・レディーらと組んでは、五木の邪魔ばかりをしてきた。ところが、ある日、五木が一緒にやりませんかと言ってきて、現在の付き合いがある。僕はこだわらないんだが、この世界は、敵だとか味方だとかいうのがわりとあって、なかなか五木のようにはできない。不思議なバランス感覚を備えた人ですね。音楽の素養も豊かだし、演歌歌手としては稀有な存在ですよ。けっして都会人ではないが、モダニズムを感じさせるところもある。北陸だが、関西に近い嶺南地方の出身だからかな。今、北陸と言えば、石川県出身で大リーグ、ニューヨーク・ヤンキースの松井選手が一番の有名人でしょうが、松井選手も不思議な魅力がある。きれいごとを言って、きれいごとだと感じさせる人はたくさんいるんだが、松井選手の場合、本心のように聞こえてくる。こちらもバランスがいいというか、北陸の人の魅力なんでしょうか。

僕も今の時代を静観しているわけにはいかない。だんだん年をとって、時間がなくなってきているわけですから、北陸は歌景色がまだまだ、たくさんある。そこに似合う現代の人物をどう見つけ、どう物語にするか。それをやらなくてはいけない。

永六輔

随筆家、タレント、ラジオ番組パーソナリティ

えい・ろくすけ ◉ 1933（昭和8）年、東京・浅草生まれ。早稲田大学文学部在学中にラジオやテレビ番組の構成にかかわり、以来、放送作家、作詞家、語り手など多方面で活躍している。著書に『芸人　その世界』『遠くへ行きたい』『六・八・九の九』『無名人名語録』『もっとしっかり日本人』『職人』『大往生』『二度目の大往生』ほか多数。2016年逝去。

特別インタビュー

職人と日本人のこころ

―ものをつくる喜び、ものに感謝する気持ちを―

（2001年「第9号」掲載）

ものをつくる人が大好きだった

僕の考えている職人というのは、いわゆる「職人気質《かたぎ》」という言い方をするときの、職業としての職人とはちょっと違うんですね。もっと広い意味で考えていて、つまり、農業をしている人は、僕に言わせると、お米をつくる職人だし、野菜をつくる職人だということです。多くの人は農家の人を職人とは言いませんが、僕は、ものをつくるというのは、その上手《うま》い下手《へた》で職人と言えると思っています。米づくりは職人でなければいけないし、野菜づくりも職人でなければいけないと思っているんです。ゼロから始めて手仕事でものをつくり、それを食べてもらう、あるいは着てもらう、住んでもらう。そういうものづくりにかかわっている人は、僕にとっては全部、職人なんです。宇宙工学や宇宙科学の分野で働いている人たちの中にも、職人と言える人たちがいます。

僕は、手仕事でものをつくっている人たちの中で育ってきました。東京の浅草は職人の町ですから、僕の生まれた寺は職人の皆さんに囲まれているような寺でした。とにかく、ものをつくる人たちが大好きだったんです。そういう手仕事の人たちから、礼儀やいろいろな知識をどれだけ教えてもらったか分かりません。だから、いつも「ありがとうございます」という気持ちがあったんですね。それは、その人たちがつくったものを使うからというのではなくて、そういう環境で育ててもらったということに対する感謝の気持ちです。僕が『職人』という本を書いたのも、「ありがとう」という気持ちからなんです。

だから、僕が言う職人というのは職業としての職人ではありません。生き方と言えばいいんでしょうか。職人の気骨や職人の心構え、あるいは職人の心遣いというものにあふれている人は、その生き方が職人であると考えています。昔は、みんな、ものをつくっていたじゃないですか。昔の女の人たちは、自分で糸を紡《つむ》いで、染めて、織って、縫《ぬ》って、全部一人でやっていたでしょう。料理にしてもそうだったわけですが、最近は何でもできたものを買ってすませるようになっています。そういう経済社会だから批判するわけではないけれど、もう一度、ものをつくる喜び、ものに感謝する気持ちを日々の暮らしの中に持ち込まないといけないんじゃないですか。それがないから危ないことがいろいろ起きていると思うんです。

いろいろな職人大学がある

金沢には職人大学校がありますが、日本各地には、あまりPRされていないけれど職人大学校に近いものはあるんですよ。大工の棟梁《とうりょう》が若い人たちを集めているとか、あるいは染物関係の人たちが集まっているとか、形はいろいろですが、そういう職人大学のようなものは結構あるんです。

北海道の小樽の職人大学というのは、その中身がとても優れています。小樽という町は明治以降、急激に膨張した町で、日本中から腕のいい職人たちが集まり、あらゆる職域の人たちが共同作業をしながら町をつくっていったわけです。その伝統がいまも残っていて、行政があまり構わなくても職人たちが集まって若

金沢市が開設した金沢職人大学校

い人を育てるということをしています。金沢は行政が職人大学校をつくったわけですが、小樽は民間の職人大学と言えるでしょうね。どちらが好みかは別の問題ですが、ただ小樽の人たちから見れば、金沢のように施設があって、いろいろなことができるというのは羨《うらや》ましいと思います。

それから、僕が昔から好きだったのが名金線《めいきんせん》の沿線です。金沢と名古屋をバスで結んだ路線ですが、沿線はいい職人がいっぱい育っているところなんですよ。金沢はもちろんですが、井波の木工、城端《じょうはな》の石、美濃の和紙、関の刃物と、それこそひしめき合うように職人がいたところです。僕は、そういう町は全部、一種の職人大学だと思います。別に大学をつくらなくても、町が職人に支えられて、職人の仕事と人々の暮らしが深く結び付いている。そうした中で、ものづくりが受け継がれていけば、それは立派な職人大学です。

ほかにも、佐渡の鼓童《こどう》という太鼓のグループや飛騨高山のオークビレッジなど、いろいろな職種の人たちが集まってものづくりをする動きはあります。だから、金沢だけがユニークというわけではないんです。もちろん、藩政期以来の伝統工芸の土壌を背景に、行政が土地と建物を提供し、職人たらんとする人たちを育てるシステムを整えた金沢は見事だと思いますよ。

京都は伝統工芸士の数が日本で一番多いところですが、職人たちがお公家さんやお殿様に直接つながっていた歴史があるから、一緒に集まるということが難しいんです。我々は普通、「何々流」と言うと、お花やお茶などを想像しますが、大工の仕事にもお流儀があって、一緒に集まるにも「お流儀が違います」ということになってしまうんです。だから、外国の若い人が日本建築を学びに京都に行っても、京都には受け皿がありません。芸大はありますが、そこでは建築学や日本建築の知識は学ぶことができても、実際に道具を使ってつくるということは学べません。残念なことだと思います。

京都の次に伝統工芸士が多いのが金沢ですが、もう一つ、沖縄もそうなんですね。僕は、沖縄でも職人大学校のようなものをつくらなければいけないと思っているんです。伝えていってほしい職人仕事が沖縄にはたくさんありますが、残念ながら、沖縄はまだそこまでいっていません。

金沢の職人大学校には、「金沢の行政に学べ」と言われるようなものになってほしいと思います。どういうことかと言うと、行政の組織だと曲尺《かねじゃく》や鯨尺《くじらじゃく》を使えませんが、金沢の職人大学校では使ってしまうというふうになってほしい。行政がつくった大学校ではあるけれども、行政とは距離を置ける大学校であってほしいと思います。何よりも職人の感性や考え方が優先される大学校であってこそ、さすが金沢ということになるんじゃないですか。

公開してこそ生かされる百工比照

加賀藩の「百工比照《※ひゃっこうひしょう》」について言うと、僕の言う広い意味での職人の仕事とはちょっとずれるんですが、しかし、あれだけのものを集めた殿様は大したものだと思いますよ。僕も美術館で展示されたものを見ましたが、感動しました。あれを集めた前田綱紀《つなのり》は、プロデューサーというか、コーディネーターというか、素晴らしい発想の持ち主です。いまで言えば、ナショナルやサンヨー、日立なんかもやらなければいけないことだと思います。つまり、中小企業や零細企業が大手を支えているわけだから、大企業の経営者は中小・零細企業の人たちに常に思いを致さなければいけないということです。

ただ残念なのは、普段は公開されていないということです。せっかくのコレクションが生かされていないと思いますよ。百工比照というのは、たくさんの職人たちから部品やサンプルを集めてまとめたものでしょう。だったら、そのお返しをしなければいけない。現代の職人たちの中には、百工比照を参考にして同じものをつくりたいと思っている人は大勢いると思うんですね。一種の教材なんですから、公開して見てもらわなければ意味がないじゃないですか。前田育徳会で公開するのが難しければ、例えば石川県の

美術館などに寄託して、みんなが見られるようにしてほしいと思います。〔編注〕

それともう一つ、百工比照というのは殿様の声がかかった職人たちの仕事を集めたものので、それ以外の職人仕事は含まれていません。例えば、藁細工《わらざいく》なんて入っていないし、藍木綿《あいもめん》の刺し子なんていうのも入っていません。その部分は、いまから我々がつくっていかなければならないと思います。江戸庶民の手仕事、あるいはもっと時代をさかのぼってもいいんですが、百工比照を中心にして、日本人のものづくりのサンプルを一堂に集めることができれば、本当に素晴らしいものになるんじゃないでしょうか。

使い込めば職人の気持ちが伝わる

いま、手仕事が見直されているように言われていますが、一方で現代は「捨てる時代」であり「壊《こわ》す時代」です。手仕事はそれとは正反対のところにあるわけで、大量生産・大量消費という状況の中で、一つしかない手仕事が大事にされるのは分かります。でも、一品ものというのは食べていけませんから、どうしても一つでも多く売りたいという気持ちになる。そうなると、手仕事が難しくなるんです。そんなにつくるな、売るなとは言えませんし、行政が予算をつけてこれだけのものをつくってくださいと言うのもおかしい。そんなことをすれば、保護されるものと、保護されないものの不公平が出てきます。手仕事には大変厳しい時代であることは間違いないですね。

僕は、手仕事というものが本当に大事にされるようになっているのかというと、そうではないと思っています。本当に手仕事を大事にしよう、ものを無駄《むだ》にしないで使おうという気持ちがあるのなら、こんなにゴミが出るはずはありません。電化製品だけでなく、いい手仕事のテーブルでも椅子《いす》でも、どんどん捨てられてしまう時代です。大量生産・大量消費の中で大量にゴミを出している一方で、こんなことじゃいけないなあという気分が手仕事に目を向けさせているにすぎないんじゃないですか。だから、決して本物ではないという思いがあります。

手仕事には2つのプロセスがあって、一つはものができるまでのプロセス、もう一つはできあがったものを使い込んでいくプロセスがあるわけです。その両方のプロセスがあって初めて、手仕事というものが成り立つんです。手仕事でつくられたものは使い込んでいってこそ、そのよさが出てくるものです。ちょっと

金沢職人大学校での左官技術の指導風景

傷《いた》んだり壊れたりしても修理して使い込んでいく。そうすると、つくった職人たちの気持ちが伝わってくるんです。でも、いまは、ちょっと傷んでも簡単に捨てられてしまう時代です。

最近、僕は秋田の刺し子を着ていますが、暑いときは涼しいし、寒いときは暖かいいし、一度着てしまうと手放せません。どういう人がつくったのかは知りませんが、本当にいつも感謝しています。ですから、どこへ行くにも、どんな席に出るにも、刺し子の半纏《はんてん》一つ持って行っています。分かる人は手仕事の魅力をちゃんと感じ取ってくれますよ。ただ、感じとってくれる人がいるうちはいいけれど、いずれいなくなってしまうんでしょうね。

徒弟制度のよさを見直すべき

職人というか、手仕事は、だんだん消えていくでしょうね。消えていくと言うより、質が変わっていくと言ったほうがいいかもしれませんが、それを受け継いでいくためには、僕は、徒弟《とてい》制度を見直すべきだと思っているんです。

いまの日本では、徒弟制度は労働基準法などで完全に壊されています。焼物を焼くのに三日三晩起きて窯を見るのは、労働基準法から言えばとんでもないということになってしまいます。職人仕事というのは、いい師匠がいて、いい弟子がいて、その人間的なつながりの中で受け継がれていくものでしょう。それが、時間がきたから「はい、お疲れさま」というのでは、職人仕事は残れませんよ。給料はいらないから働かせてください、仕事を学ばせてください、というような徒弟制度は、いまは成立しないんです。

ドイツにマイスター制度というのがありますが、これは職人を育てるシステムです。ものづくりを目指す人たちがマイスターの道へ進んでいくわけですが、日本はそういうシステムがなくなってしまいました。僕は、このマイスター制度に学ぼうと言っているんです。理工系、文系という分け方ではなく、ものづくりに頑張りたい子と、ものごとを考えるほうに進みたい子とを、それぞれに育てていくシステムをつくるということです。それができると、この国も変わるんじゃないかという気がしますが、現実には夢みたいな話ですね。

一つには、日本では、ものごとを考える人のほうが偉くて、ものをつくる人を一段下に見てきたところがあります。「職人ふぜいが」という言い方がそうでしょう。これは江戸時代の「士農工商」にまでさかのぼるんですが、何も生産しない侍《さむらい》が一番威張っていた時代があって、それが明治以降ずっと尾を引いてきたところがあります。明治になると侍に代わって威張ってきたのが軍人で、戦後は役人です。職人たちは戦後、その役人に管理されてきたわけで、僕は官僚制度というものを壊さないと、いい意味での徒弟制度がもう一度できてくることはないと思っています。最近の外務省の問題を見ても分かるように、官僚制度というものは滅茶苦茶になっているのが見えてきたわけですから、ここらあたりで考え直さないといけないんじゃないですか。

「だって職人ですから」の気骨

職人と作家というと、何となく作家のほうが偉いという風潮がありますね。確かに、多くの職人は作家になることを憧《あこが》れているところがあります。でも、作家と言われている人の中にも職人に憧れている人はたくさんいますよ。僕に言わせると、職人でも作家でもどちらでもいいんで、要はその人の仕事の中身です。職人というのはつくったものに名前を入れたりはしませんが、名前が入っていなくてもいいものはいいし、逆に、作家として名前が入っていてもひどいものはあります。職人であろうが作家であろうが、いいものはいいし、ひどいものはひどい。

だけど、何となく作家が偉いみたいなところがあって、例えば、優れた職人が「私は職人です」と言っているのに、世間が作家として遇する場合もあります。藍染めで片野元彦さんという職人さんがいて、「職人の仕事は使ってもらえりゃいいんで、褒《ほ》めてもらったり飾ってもらったりするもんじゃありません」と言い通した人です。表彰もお断り、勲章もお断りなんですね。「だって職人ですから」と言うわけです。これが「だって作家ですから」と言っても、あまり言葉として生きてこないですよね。

職人の仕事というのは、その人が生きているうちは誰がつくったか分かりますが、たいていは何百年も使われるものですから、何百年後には誰がつくったかなんていうのは分からなくなってしまいます。そのときに「誰がつくったか分からないけど、いいものですね」と言われることを誇りにしている、そんな生き方をしている人が職人なんですね。ただ、世の中には名前が欲しくて買っている人もいますから、作家の世界では、はたから指図しているだけなのに、世に出るとその人の作品になるということがあります。とくに、焼物の世界では結構あるという話です。買うほうにしても、それを承知で買うんでしょうが、全然知らないで買った人には詐欺《さぎ》にあうようなものです。

定年後の人を職人に育てる

職人の世界も難しいところはあって、男女の問題が一つあります。棟梁になりたくて一生懸命に大工の修業をしている女性がいて、実は僕の知っている棟梁のところにもいるんですが、いまの日本では女性の棟梁というのはまだまだ無理です。棟上式《むねあげしき》には女性は上げないというように、職人の側から規制をつくっているところがあります。全体に女性に対する差別はとても強い世界ですね。どうしても女性が入っていける分野は限られてきて、例えば刃物の分野はまず女性はいません。ですから、職人の世界は確かに日本のいいところを受け継いでいるけれど、一方で悪い面を引きずっているところがあるのです。「あの棟梁は女だけど腕がいいから家を一軒任せてみよう」というふうになってくればいいなと思っているんです。

後継者について言うと、僕は定年後の人を職人に育てればいいと思っています。もちろん、若い人の中にも職人に憧れて入ってくる人はいます。でも、そんな人は圧倒的に少ないでしょう。だから、後継者は減る一方です。それなら、定年を迎えた人たちに受け継いでいってもらえばいい。定年と言っても60歳そこそこですから、まだまだ若い。10年かけて育てても、まだ70歳そこそこじゃないですか。それからいい職人になれる職域はいっぱいあります。これからは、そういうところから新しい職人が生まれてくると思います。

本物を見分けにくい時代

職人仕事と言っても、何百年も前と同じやり方でものづくりをするのは、これは不可能です。一例を挙げると、カンナやノコギリといった大工道具は室町時代以降にならないと出てきません。奈良時代の大工さんが何を使って建物を建てていたかというと、ほとんどチョウナしか使っていないんですね。四角だろうが丸だろうが、ほとんどチョウナひとつで仕上げていたわけです。そんなこと、いまの大工さんにやれと言っても、それは無理というものです。「最後の宮大工」と言われた西岡常一さんという棟梁は、頑張ってそれをしていたけれど、その西岡さんも亡くなってしまいました。だから、宮大工にしても昔つくっていたようにはつくれないんです。

京都に「一澤《いちざわ》帆布《はんぷ》」というカバン屋さんがあって、このお店は創業してから２００年経《た》っています。ここではミシンを使っているんですが、そのために伝統工芸として認めてもらえないんですね。本当は１００年以上経っているから、伝統工芸としての資格はあるんですが、ミシンを使っているから手仕事ではないというわけです。だけど、ミシンの踏み方にしても針の刺し方にしても、これは立派な手仕事なんですね。金沢の金箔にしても、機械を使っているから伝統工芸じゃないとなったらおかしいでしょう。確かに道具は大事だけれど、現実には昔とすべて同じというのはできません。

いまの時代は、本物と偽物《にせもの》を見分けることがだんだん難しくなっている時代です。平安時代につくられたものでも、材質などを調べ上げて同じものをつくることができます。

あるいは、おばあちゃんがつくった紬《つむぎ》と工場でつくられた紬を並べても、簡単には見分けがつきません。つくっている現場を見ていればともかく、できあがったものを並べられただけでは、どっちが本物と決められません。着物なら着てみなければ分からないし、茶碗なら使ってみなければ分からない状況です。

自分でつくれば愛着がわく

こういう時代に日本が日本たりうる文化としての手づくりのもの、職人がつくったものを世界に向かって発信していくということは非常に難しくなっていくと思います。それを変えるには、何度も言いますが、やはり徒弟制度というものをもう一度見直す必要があるんじゃないですか。古いシステムだと言って捨て去ってしまうのではなく、徒弟制度のいいところを取り入れていくべきです。そうでなければ、世界に負けない職人は、これから出てこないんじゃないかと思います。

我々の生活も、もう一回、見直していかなければならないですね。僕らの世代で言うと、お爺《じい》さん、お婆《ばあ》さんが自分たちでつくっていたものというのはいっぱいありました。親父《おやじ》たちや、お袋たちもそうです。いまは、それがなくなったわけでしょう。親から子へ、自分でつくって渡してきたものを、ここらでもう一回、全部チェックしたほうがいい。そして、自分でつくれるものがあったら、つくってみることです。自分でつくれば愛着がわくし、愛着がわけば簡単には捨てられません。そうやって、ものを大事にする心を取り戻していくしかないんじゃないでしょうか。

（談）

※百工比照は1993（平成5）年、石川県立美術館の開館10周年を記念した「前田育徳会の名宝　百工比照」で一堂に展示されたことがある。同美術館は前田育徳会から尊経閣文庫所蔵品の一部の保管委託を受け、テーマごとに常設展示しているが、この中に百工比照は含まれていない。

三國連太郎

俳優

みくに・れんたろう ◉ 1923(大正12)年群馬県生まれ。50(昭和25)年松竹大船に研究生として入り、51年『善魔』(木下恵介監督)でデビュー。その時の役名「三國連太郎」を芸名にする。同年、稲垣浩監督の『稲妻草紙』でブルーリボン賞新人賞を受賞。『ビルマの竪琴』『大いなる旅路』(ブルーリボン賞主演男優賞)『飢餓海峡』『復讐するは我にあり』『利休』など出演作多数。84年に紫綬褒章、93(平成5)年に勲四等旭日小綬章を受章。2013年逝去。

親鸞750回忌に寄せて

魂を揺さぶる一途な生きざま

（2011年「第46号」掲載）

親鸞さんに関する本を書き、映画も製作した私の思いを語るには、その前に中東を放浪した旅について話さなければなりません。50歳前後のころでした。役者としてある程度の地位や名声を得た私でしたが、何不自由なく漫然と生きていることに、果たしてこのままでよいのだろうかと心の中がざわめき始め、とうとう無性に自分が嫌でしょうがなくなってしまったのです。

何もかも捨ててゼロの状態に立ち返ってみよう。スタートから出発し直してみれば、これから自分がどう生きていくべきなのか、何か手がかりのようなものが見つかるかもしれない。そんなふうな思いに至り、女房とも別れて家を出たのです。

アフガニスタンの旅へ

気がつくとアフガニスタンに向かっていました。なぜアフガンだったか。今考えると、おそらくその数年前にイランのパーレビ国王に招待されて中近東を回ったことが大きく影響していたように思います。そこで5千年、6千年という気の遠くなるような遺跡群を目の当たりにし、驚くと同時に、その大きな人間の歴史の営みの向こう側に何か自分の求めているものがあるような不思議な感覚を抱いたのです。それが心の中に残っていたのでしょう。

旅は親しいスタッフも一緒でした。さすらう私を主人公にして映画を撮ろうとしたのです。パキスタンの平野をインダス川に沿って上り、カイバル峠を越えてアフガンに入りました。パキスタンは治安が悪く、途中、暴動に出くわしたり、強盗団に捕らえられたり、かなり危険な目にも遭ったのですが、どこかでのたれ死んでもいいと本気で思っていたので、慌てることもありませんでした。ですが、なかなか死ねないものです。いつの間にか、バーミヤンにまでたどり着いていました。

反対押し切り断崖を上る

そこには、山の崖面を削り込んで造った高さ50メートルほどある巨大な石仏がそびえ立っていました。すべて手彫りで造ったものです。ただただ圧倒されるばかりで、時の経つのも忘れて見入っていました。ふと、これを映像に収めよう。今、私がやらなければならない。そんな衝動にかられたのです。そして、仏像の顔のところにまで上って、その顔を接写し、さらに頂上まで上り切って、そこから俯瞰《ふかん》した映像を撮ろう、と思いました。

危ないからやめた方がいいと言う現地の人々の反対を押し切り、無理をお願いして、はしごをかけてもらい、断崖をつたって、はい上っていきました。はしごから足を踏みはずしたり、はしごが崩れれば、助からなかったでしょう。スタッフもよく一緒に上ったと思います。仏像の顔は回教徒によって既に削り取られていたのですが、私にはそんなことは問題でなく、顔のところに到達せねばならないという一念のみでした。

なぜそうまでして撮らなければならなかったのか、今もって分かりません。ただ、壮大な仏像を前にして、山肌にへばりついてはしごを一つひとつ上っていくことによって、私がこれまで日本で感覚的にとらえていた仏教とは全然違う仏教の本質的な世界に近づくことができるような気がしたのです。それにしても人類の掛け替えのない遺産というべきあの仏像が破壊されてしまったのは本当に残念でなりません。

仏教を一から学び始める

3カ月ほどその辺りにとどまったのち、日本に戻りました。それから仏教を一から学び始めたのです。言うまでもなく、ずぶの素人ですから、いろんな方々が書かれた解説書や注釈書を読むことしかできません。初めは果てしない大海に向かって小さな笹舟で漕ぎ出したような心境でしたが、ひたすら読みこんでいきました。そして、我流ながら少しずつ私なりに納得のいくもの、確信らしきものをつなぎ合わせて構築していくと、鎌倉仏教に関心が向き、その中でも親鸞さんに行き着いたのです。

よく講演会の後に聴衆の方から、なぜ親鸞だったのか、と尋ねられます。それに対して、なかなか理路整然と説明することができません。こう言うと、門徒の皆さんからお叱《しか》りを受けるかもしれませんが、自分とどこか似ているところを親鸞さんに感じ取ったのだと思います。親鸞さんを追い求め、親鸞さんの生きざまを知れば知るほど、私自身がつくりものでない本当の自分を取り戻せるような気持ちになれたのです。封じ込めた過去から自由になれる解放感、そこから得る心の安寧《あんねい》に身をおくことができたのです。

「四角くて大きい」イメージ

書物は随分と読みました。親鸞さんに関するものだけで5、600冊は下らないでしょう。

もとより専門家の方々には及びもしない浅学ではありますが、親鸞さんを神格化して超越的な存在にしてしまうのはいかがなものか、親鸞さんも私たちと同じ人間であり、変革期の鎌倉時代に念仏の実践者として生きた人としてとらえるべきだという考えになっていきました。

私が親鸞聖人と呼ばずに、親鸞さんという言い方をしているのも雲上人でなく、もっと身近な存在に感じているからです。だからこそ、すさまじい弾圧を受けながらも、人はみなすべて平等に救われることを毅然と説き、身を削ることを惜しまなかった一途な生きざまに心を打たれるのです。

たくさんの学者さんにも会い、お話をうかがいました。一番影響を受けたのは宗教学者の丸山照雄さんです。丸山さんとのやりとりの中で、私なりの親鸞さんのイメージがほぼ出来上がっていきました。体が四角くて大きい。これが私の持つ親鸞像です。1987(昭和62)年に私の原作、監督で製作した映画『親鸞　白い道』のキャスティングにあたっても主役にはこの条件を何よりも優先させました。

加えて、強靭《きょうじん》な精神、民衆に寄り添う親近感を持ち合わせていること。既成のイメージがなく清新さを持っていること。それらの要件を満たす役者を、小さな劇団をいくつも回って探しました。100人近くの候補の中から2人まで絞り込み、最後は演技が上手でなかった方を選びました。

同じ地平に立ち分かち合う

まっさらな人に演じてほしかったのです。演技指導はかなり苦労しましたが、彼もよくついてきてくれました。「もっと普通に」「もっと自然に」と何度もやり直しが続きました。私の中にある親鸞さんは、何人であろうと同じ地平に立ち、ともに悩みを分かち合える存在なのです。教えも民衆に相対して平易に語りかけるものであり、情にあふれる人間味が民衆をひきつけたのだと思います。

そうでなければ、親鸞さんが新潟へ行っても、関東に行っても、受け入れられなかったのではないでしょうか。その土地、その人々の中に溶け込んで、親鸞という人間をもって民衆救済を説いていったのでしょう。現代でさえ、東北や九州の奥地に行くと、地域独特の言葉があり、なかなか話が通じないことがあります。800年前ならより顕著であり、そんな時代に教義中心に教えを説いても民衆の心が動くわけがないと思うのです。

雪が胸の高さまである山で撮影

映画を撮る前、実際に親鸞さんがたどった道をすべて回ってみました。山越えもしました。車が上ることができない急峻《きゅうしゅん》な道でしたので歩いて越えました。そうやって全身で感じ取ってみて、やはり親鸞さんは「四角くて大きな体」だったと確信しました。

映画では、あの時代の厳しさ、緊迫感を出すために無理なお願いもいろいろしました。役者の方々には日常でも室内では裸足で生活することや、服装もできるだけ演じる時に使う服を着てもらいました。

冬の山越えのシーンでは、実際に雪が胸の高さまである山に入り、雪を体で押し分けながら歩いてもらいました。長い時間、素足の演技のため皆さん、足の何カ所も切れて血がにじみ出していましたが、そういう一つひとつがあの時代に近づくことになるのです。私も必死、役者も必死でした。納得するまで撮り直すため、1日1カットしか撮れない日もたびたびで、通常の映画2本分を超えるフィルムを使いました。

なるべく伝承などはそぎ落とし、親鸞さんの実像に迫る映画にしたいと思っていました。おかげさまで、カンヌ映画祭で審査員特別賞をいただくこともできました。

「死骸《しがい》は鴨川に捨てて魚に食わせよ」

映画で、私は監督のほかに、親鸞さんを監視する宝来という役も演じました。そして最後、その宝来が野犬に食われ、死骸から蛆《うじ》虫がいっぱいわいているところを描きました。あれは私なりの浄土をイメージしたものです。親鸞さんは、自分の死骸《しがい》は鴨川に捨てて魚に食わせよ、というふうにおっしゃっています。そういう親鸞さんが行きついた最期の世界を描くとすると、私にはあの映像しか思い浮かばなかったのです。

アフガニスタンを旅した時、何度も危険な目に遭遇しましたが、もし、あの時、命を落としていれば、同じようにハゲタカか何かの餌になって腐敗し、土に帰っていたことでしょう。あの旅は、やはり自分とは何か、どこから来てどこへ行こうとしているのか、根源的なものを探す旅だったのです。50歳前後にしてなぜ、そのような心境に至ったかを考えると、私の生い立ちが影響しているのかもしれません。

中2で退学、翌年家出

私の父は電気工事の職人でした。苦労人だった父は、何がなんでも私を旧制中学校に入れようとしたのです。勉強が好きでない私は嫌でたまらなかったのですが、「親の言うことが聞けんのか」となぐられました。それもペンチで。その時の傷跡は今でも残っています。火ばしで太ももを刺されたこともあります。

どうにも抵抗できず、やむなく入った中学校でしたが、周りから疎外され、そんな中で勉強なんかしてられないと、中学2年の時に退学したのです。父からは「おまえだけは人なみに教育を受けて普通に生きてほしかった」と泣きながら何度もなぐられました。そのころは父の心情に思いがいかず、ただ反発心だけが高じて翌年、家出をしました。

住んでいた静岡の土肥《とい》(現在の伊豆市)を離れ、何のあてもなく東京へ行きました。体が大きい方だったので、日雇いのいろんな仕事に就き、その日暮らしの生活を続けていました。

母の手紙の中に召集令状

そのうち、外国にでも行こうと港に停泊している船に忍び込み、大陸へ渡って4カ月ほど暮らし、また日本に舞い戻ってきました。銭湯の燃料の木くずを材木屋から集めて回ったり、船のさび落とし、映画の看板書きなど、ありとあらゆることをやって食いつないでいました。既に太平洋戦争が始まっており、軍靴《ぐんか》の足音が日ごとに高まっていく世の中でしたが、自分にはまったく関係のないことのように思っていました。
ある日のことです。アパートに突然、刑事がきて、逮捕されたのです。1943(昭和18)年の冬でした。罪状を告げられましたが、何がなんだか分かりません。留置所をたらい回しにされ、3カ月ほど経ったころ、刑事が母親から届いた手紙を見せてくれました。そこには、「お前も親不孝をしたが、ようやくお国のために役立つことができるので、しっかり奉公しなさい」とつづった便せんと召集令状が入っていました。その瞬間、

戦争なんかに行きたくない。

人を殺すのも嫌だ、殺されるのも嫌だ。

と心の中で叫んでいました。刑事に連れられ、大阪駅まで行ったのは覚えていますが、気がつくと家とは反対の西へ向かう列車に乗っていました。逃げよう、日本を出てしまえば戦争へ行かずに済むと考え、唐津(佐賀県)まで行きました。船に潜り込んで大陸へ渡ろうと思ったのです。

刑事につかまり、戦地へ

最後に親不孝を詫びる手紙を書いて出し、2、3日かけて渡航の準備をしていたとこ

ろ、刑事に見つかってしまい、家に連れ戻されました。私が出した手紙の消印から居場所が判明したようです。即刻、静岡34連隊に入隊させられ、宇品《うじな》から釜山に渡り、満州(現在の中国東北部)を経て南京へ行きました。

出征前、面会に来てくれた母はなぜか後ろめたそうでした。そしてこう言いました。

「家族みんなが生きていくためには、戦争に行ってもらわなきゃならなかったんだよ」

その時、分かったのです。母が私の出した手紙を警察に渡したんだと。裏切られた、と反射的に思いました。

後年、母が死ぬ前の何年間を一緒に暮らしたのですが、結局、お互い抱えたわだかまりにひと言も触れずじまいでした。あの時、私がそのまま逃避行を続けていれば、家族みんな非国民扱いだったでしょう。母も苦渋の選択をしなければならなかった被害者だった。そのことは十分わかっているつもりなのですが、最後まで心の溝を埋めることはできませんでした。

木銃で顔をなぐられ

そうやって入った軍隊でしたが、人を殺したくないという気持ちは全く変わりません。ですから、銃を撃つ訓練をしても少しも身が入らず、弾《たま》がどこに飛ぶやら分からない危なっかしさです。一つでも階級を上げたいと懸命な周りと、そんな気持ちが微塵《みじん》もない私とでは士気がまるで違います。

軍隊は明確な階級制で、上官の命令は絶対服従です。それはどこの国の軍隊でも同じなのでしょうが、とりわけ「神」を頂点とする日本の軍隊は特別だったように思います。そんな集団を生理的に受け入れられない私がどうして兵隊らしい行動をとれるでしょうか。

「きさま、たるんどるぞ」と怒鳴られ、しょっちゅう、なぐられました。鉄拳ならまだいい方です。木銃で顔をなぐられるのです。口にたまった血をはき出すと、抜けた歯がバラバラと落ちたことも一度や二度ではありません。のちに役者になって、映画『異母兄弟』に出演する時、老け役に徹するため前歯を抜いたことが雑誌に書かれて話題になりましたが、私にとって役作りで歯を抜くことなど、あの軍隊生活に比べれば、どうってことなかったのです。

空に向かって銃を撃っていた

そんな私でしたが、前線にも何度か出ました。それでも人を殺すと思うと、どうしても銃が撃てませんでした。ただし、銃を撃たないで戻ってきて、上官に銃口を見られるとすぐにバレてしまいます。どうしようかと考えた末、空に向かって撃っていました。ですから兵隊としては最低の兵隊だったのです。要するに度胸のない、臆病者なのです。思うに私にとって祖国というものは茫漠《ぼうばく》とした存在に過ぎなかったのかもしれません。樹木には根を張る大地が不可欠なように、人にとっても家、故郷、祖国という土台となるべきものが本来必要なのでしょうが、私にはそれがなかったに等しい。その空虚さが、自分は一体何者なのかという旅に向かわせたように思えてなりません。その旅の果てに親鸞さんと出遭《あ》ったのです。

自力と思っていることが他力

「他力」を教えてくれたのも親鸞さんです。時々、この他力が間違ったとらえ方で使われていますので、誤解のないように私なりに少し説明させてもらいます。

親鸞さんは「末燈鈔《まっとうしょう》」の中で「他力と申し候は、とかくのはからひなきを申し候なり」とおっしゃっています。つまり、これが自力、あれが他力と区別して考えるのがそもそも間違いのもとだということです。他力とは一人の力ではなくて、真実の力ということなのです。

たとえば、農家が田を耕し、苗を植え、稲を育てるのは自力です。しかし、苗に育つ力がなかったり、土が肥えてなかったり、日照時間が不足したりしたら、どれだけ農家の人が自力で頑張ってもよいおコメは穫れないのです。農家の人が自力だと思っていることは実は他力であり、自然の法則にのっとっておコメを作っているにすぎないのです。

このように私たちの生活は何から何まで他力で支えられていることに気付かねばなりません。だから私は、自分以外のものに尽くさずして、どうして自分の幸せを知ることができるのかと言いたいのです。

乗りそこねた飛行機が墜落

私自身、今こうして生きていることが不思議なくらいです。アフガンでのことはさきほどお話ししましたが、そのほかにも静岡34連隊に入隊させられ、戦地に向かう途中、熱病にかかって意識不明に陥りました。10日もそんな状態が続いたため、死んだと思われ、むしろを掛けられて工場の隅に放置されたのです。そして、焼却するため焼き場へ運ばれ、火の中に放り込まれる寸前、ハッと目を覚まして助かったのです。

こんなこともありました。中東へ向かうためビザをとろうとした時、かつて雑誌のインタビューで相手国に対して批判的なコメントをしたとかの理由でなかなかビザが下りなかったのです。結局、予定していた飛行機に乗りそこねてしまったのですが、その飛行機がインドへ向かう途中、墜落したのです。

そもそも、戦争で生き残ったこと自体が奇跡のようなものです。戦地にいた千何百人の部隊の中で生存者は1割も満たなかったのですから。そうやって何度も命拾いをして、87年間生きているのです。大きな力で、生かされていると思わずにはいられません。

悩み、迷い続けるのが人間

親鸞さんは生きることの中にある悪に気付けというようなことをおっしゃっています。悪というのは善悪の悪ではありません。自分であり続けようとする人間の本性をいいます。食べ物一つとっても私たちは自分が生きるために自分以外の命を奪っているのです。その悪をまず自覚するところから始まるのです。悩み多き現代社会ですが、それは今の時代に限ったことでなく、悩み、迷い続けるのが人間であり、人間である以上、煩悩《ぼんのう》から逃れることはできないのです。

私は著書『白い道』終章の中でこう書きました。

「弥陀《みだ》はすべてを包む自然と申しても過言でないでしょう。その恵みと営みの中に私たちは生きさせてもらうのです。しかも火宅無常の世に不安と絶望が人というものを生への確かな存在へと導いてくれるものだと知りました。そこに峻険《しゅんけん》な弥陀の姿を求めることです。その一点に念仏はあると申せましょう」

悪人正機《しょうき》にしても、他力にしても、親鸞さんがいう本当の意味するところは教養だけではとらえられない世界なのではないでしょうか。比叡山《ひえいざん》を下りて社会の底辺で生きる弱者たちと交わり、また越後へ流され、関東にも移り住み、虐《しいた》げられた人々と向き合った。そうしたさまざまな体験の中で現実にぶちあたり、苦悶《くもん》し、それを克服していきながら練り上げていった思想なのだと思います。

そして私は、その思想以上に、その思想にたどり着くまでの親鸞さんの血まみれの歩みに魂が揺さぶられるのです。そして、今もって親鸞さんを追い求めているのです。

（談）

特別対談

立松 和平
小説家

板橋 興宗
曹洞宗僧侶

たてまつ・わへい◉1947（昭和22）年、栃木県生まれ。早稲田大学政経学部卒業。在学中に『自転車』で早稲田文学新人賞、80年『遠雷』で野間文芸新人賞、93年『卵洗い』で坪田譲治文学賞、97年『毒―風聞田中正造』で毎日出版文化賞、2007年『道元禅師』（上・下）で泉鏡花文学賞と2008年親鸞賞受賞。著書多数。2010年逝去。没後「立松和平 全小説」30巻などが出版される。

いたばし・こうしゅう◉1927（昭和2）年、宮城県生まれ。旧海軍兵学校を経て、終戦後、東北大学文学部宗教学科卒業。曹洞宗大本山總持寺貫首の渡辺玄宗禅師に就いて得度。81年から17年間、大乗寺住職を務め、98（平成10）年から4年9ヵ月大本山總持寺貫首・曹洞宗管長。02年に越前市に御誕生寺を復興し住職となる。著書に『興宗和尚の人生問答』（北國新聞社）のほか『良寛さんと道元禅師』など。

曹洞禅と日本人のこころ
―宗教が渇望される時代―

（2001年「第6号」掲載）

ものが満ちあふれ、物質的な豊かさを享受した20世紀の日本。その日本で、いま、宗教が渇望《かつぼう》されているという。我々は何を失い、宗教に何を求めるのか。板橋興宗禅師《ぜんじ》と立松和平氏の対談は、曹洞禅を育《はぐく》んだ北陸の風土に始まり、日本人のこころ、宗教のあるべき姿に及んだ。

立松　板橋禅師さまは、金沢の大乗寺で修行されてこられたわけですが、大乗寺時代は、やはりお懐かしいですか。

板橋　私の坊さんとしての師匠にあたる方が大乗寺の住職を務めておられて、修行というよりも師匠のそばで若い時代にしばらくおりました。その後、ここ横浜の大本山總持寺の住職に来るまで、大乗寺の住職として17年間おりました。そういう意味では金沢は大変、懐かしいところです。

立松　道元禅師《どうげんぜんじ》が開かれた越前の永平寺もそうですが、金沢というと、冬は北陸特有の暗鬱《あんうつ》なる寒さというものがありますね。

板橋　禅の修行と寒さということは、我々はあまり意識しません。それに、北陸の冬は、寒さそのものは大したことはありません。雪が降る分、非常に湿っぽくて、日照時間が短いということはありますが、寒さはそうでもないですよ。

立松　確かに、僕はしょっちゅう北海道の知床《しれとこ》に行っていますが、北海道に比べれば北陸の冬の寒さは大したことはありませんね。

板橋　寒さというより雪でしょうね。雪も最近は随分と少なくなりましたが、よく「雪国」というふうに呼ばれますね。私は、雪国の人の性格や性質、あるいは人情というのでしょうか、ほかのところとは絶対に違うと思います。ドライという言葉があって、ドライな人間というふうに使いますが、英語ではその逆はウエットですね。湿っぽいとか、潤いがあるという感じでしょうか。そういう趣が雪国の人にはあります。田舎と都会の人情の違いのようなものです。それでは都会の人はカラッとしていて人情が薄いのかと、思われると差し障りがありますけれども、人の情にはやはり風土の違いというものがあると思います。

立松　そういう雪国の大乗寺にいらっしゃった時は居心地がよかったですか。

板橋　大乗寺時代と、ここの大本山の生活とは対比できないんです。なぜならば、大乗寺はお店でいうなら、まあ、ちょっとした老舗《しにせ》の普通のお店です。しかし、ここは大本山という大企業です。私が檀家《だんか》の人と一対一でお話をすることはないし、私が檀家の方々のところに行ってお経を読むこともありません。というより、できないのです。大乗寺時代とは生活の質がまるっきり違います。あまりに開きがありすぎて、比べることができません。

「純金」を求めた道元禅師

立松　北陸は、新潟まで含めて、人が粘り強く、結論を急がずに見守ってくれるところがあるんじゃないですか。良寛さんもそうですね。曹洞宗《そうとうしゅう》のお坊さんですが、雪深くて人が粘り強い新潟でなければ良寛さんも現れなかったように思います。明るくて、いつも開けっぱなしで暖かな風が吹き渡っていくような、例えば瀬戸内海のようなところでは良寛さんは出てこなかったのではないでしょうか。修行という点では、雪は似合うように思います。閉じ込められるというのがいい。雪に閉じ込められて、こもっていると、精神性が複雑に変わっていくのではないでしょうか。

板橋　道元禅師は、なぜ、越前の山の中に入られたか。同じ禅であっても、臨済宗《りんざいしゅう》のほうは、傾向として朝廷とか、その当時の権力者、権威者と深く交わっていました。また、曹洞宗に比べて禅らしかったですね。そうした、いかにも禅らしい気風、宗風をいまだに持っておられます。それがために、ひとことで禅文化といわれるものは、ほとんど臨済禅から発展しています。臨済宗は鎌倉幕府に召されたのでしょうが、お互いに親近感を持って交わっていたということでしょう。そういう宗風は今でも持っておられて、たとえば財界の大物が参禅するというと、大概は臨済宗のお寺です。それに対して、曹洞宗の道元禅師は、京都の非常に高貴な家の出で、多くのお公家さんたちが寄ってきたのに、越前の、しかもあんなに雪深いところへ入られた。なぜかというと、私はたった一つだと思うんです。そこには道元禅師の願いがあったのだろうと思います。私なりの比喩《ひゆ》で申し上げますと、切り花はどれほど豪華なものを集めていけても、いずれは必ず枯れてしまいます。ところが、道元禅師は「一箇半箇《いっこはんこ》」という言葉を使われているように、半分でもいいから本物の根を育てようとされた。我々は「一箇二箇」といいますが、「一箇半箇」といわれたところに味があります。本物を育てるには人々が近づいたり、守ってくれるようなところではなく、とにかく山へ入ろうとされたわけですね。

立松　波多野義重《はたのよしげ》が招いてくれた、そこが越前だったわけですが、むしろ道元禅師は自ら求めて山深い越前に入られたということですね。

板橋　もちろん、いろいろ因縁はあります。波多野氏がお導きになったことも確かにあります。でも、わざわざ、あそこへ行かなくてもいい。私だったら、同じ越前でも越前海岸のほうへ移りなおしますね(笑)。つまり、道元禅師は、金属でいうと、あくまで純金を求められたのだと思います。ところが、純金は実用には向かないんですね。眼鏡《めがね》の縁や万年筆のペン先、金歯にしても合金にしなければ実用にはならないでしょう。合金というと偽物《にせもの》という印象がありますが、私はそうではないと思います。純金の入れ歯を入れてごらんなさい、とても使えません(笑)。しかし、道元禅師は、親孝行のためにお経を読む暇があったら、その分、坐禅をしなさいという方です。道元禅師に限らず、宗祖といわれる方は、そういう純粋さを持っているんですね。

自然の力に閉じ込められて

立松　道元禅師がなぜ北陸に行ったのかと考えると、これは僕のイメージですが、冬になると坐禅をするしかない、自然の力に閉じ込められて煩悩《ぼんのう》が消えていくようなところがあるのではないかと思うのです。また、道元禅師は自然に対して研《と》ぎすまされた感覚を持ち敏感な方ですから、季節のはっきりした北陸、自然の力がよく見えるところを選ばれたのではないかと思います。雪が降り積もっても、たまに晴れたりすると陽光がキラキラ光って、とても美しい。そういう自然との交感も道元禅師にとっては大切なことだったのではないでしょうか。いろいろな意味で北陸の風土が道元禅師にあっていたように思います。一度だけ鎌倉に行かれて、あとは亡くなるときに京都に行かれていますが、それ以外はほとんど越前にいらっしゃったというのですね。

板橋　宗祖が純粋である宗派は後の世まで生きるんです。初めから不純だと、純金ではない、あやふやなものにまた合金しますから、もう金ではなくなってしまいます。ただ、人間というのは、たとえば親が亡くなったり、子供が亡くなれば嘆き悲しむ、あるいは、いろいろな不安や心配事があるときに、ただ坐禅しなさいといわれても、これは難しい。こういう言葉が適当かどうかわかりませんが、「応病与薬《おうびょうよやく》」といいますね。病に応じて薬を与える。あるいは「善巧方便《ぜんぎょうほうべん》」、よろしく巧みな方便です。方便という言葉は悪いものだという印象がありますが、私は方便がなかったら人間は生きていかれないと思っています。宗派も同じです。純粋なものだけでは人の用に立たず、宗派として残っていくことはできない。両々あいまって宗団として伸びていく。曹洞宗でいえば、道元禅師の純粋さに、実用というか、人々の要求にこたえるものを加え、宗団として組織されたのが能登に總持寺を開かれた瑩山禅師《けいざんぜんじ》です。それで、曹洞宗の大本山が期せずして永平寺と總持寺の二つになった。

立松 今日の曹洞宗が大宗団になった、その隆盛のもとをつくられたのは瑩山禅師ですね。道元禅師はもっぱら修行をして、宗派をつくろうなどとは思ってもいなかった。自分の身の回りに弟子はいましたが、一人でも多く弟子をつくろうというのではありません。来る者には教えるが、積極的に宗団を大きくしていこうという思いはなかった。祖師というのは、そういうものなのですね。

花に惹かれ水に惹かれるように

立松 僕が道元禅師に惹《ひ》かれるのは、生意気なことを言わせてもらってすみませんが、花に惹かれて、水の流れに惹かれて歩いていたらそこにきた、という感じなのです。何かがあったから、AだからB、BだからCになったというように論理的に来ているわけではありません。僕はいま、永平寺の機関誌「傘松《さんしょう》」に道元禅師の御一代記を書いていますが、たとえば僕が書きたいと思っても、書かせてくれる場所がないと書けないのです。原稿用紙で月に20枚ですが、毎月坐禅をしているような気持ちで書かせてもらっています。修行をしているような感じですね。いわば僕は迷っている鳥で、追い詰められて懐《ふところ》に飛び込むような気持ちで書かせていただいているのです。もちろん、苦しいことはあります。どう調べてもわからないということもあります。では、なぜ書くのかと問われれば、僕にとっては行《ぎょう》なんですが、花に導かれ、鳥に導かれて、そこに至ったという感じです。そして気がついたらペンを持って紙に字を書いていた、道元禅師の御一代記を書いていたということなんです。もっと具体的に言えば、書きなさいといわれたから書いている。それは御縁ということだと思います。僕は小説家だけれど、その僕に書かせなさいといってくださる御縁というのはとても大きいと思っています。

板橋　道元禅師の小説を書くというのは、なかなか大変でしょうな。

立松　いま、ようやく中国に渡るところにかかっているのですが、たとえば博多へ行くのにも船で行ったのか陸路で行ったのか、諸説ふんぷんですね。でも、２年間すぎてようやくドラマチックに動き出したところです。道元禅師という方はじっと動かなかったというイメージがありましたが、周囲にはたくさんのドラマがあるんですね。そうしたドラマを丹念に拾っていけば小説は完成すると思っています。ただ、小説の場合は、どこかでボタンを掛け違えると、ずっと最後まで掛け違ったままでいってしまうので注意しています。途中で訂正することはできませんから。

きわどかった中国での修行

板橋　道元禅師は中国に渡られて各地を回りますが、自分に本当の安心《あんじん》を与えてくれるようなお師匠さんはいないではないかということで日本に帰ろうとされますね。まさにそのときに、一人の老僧と出会う。その老僧が道元禅師に「天童山《てんどうざん》の住職になられた如《にょ》浄禅師《じょうぜんじ》にお会いなさい。前にも行かれたでしょうが、もう一度、行ってみなさい」というわけです。これも御縁ですね。その人にふさわしい御縁というものがあるんです。そして、道元禅師は如浄禅師に会われた瞬間に「この人あり」と感激し、如浄禅師もまた「外国の好青年よ」と叫ばれる。ここから道元禅師の納得のいく修行が始まり、ついに「一生参学《いっしょうさんがく》の大事は終わった」という心境に至ります。一生のうちに学ぶことがみな終わったといわれるのですが、その結論は「目は横に鼻は縦についている自分に気がついた」ということです。これまで自分が尋ねていた仏法には一つも仏法らしいものはなかった、ありのままの自分でよかった、ということに気づかれた。迷いの根源が、何かをよそに求めていたことだ、ということに気づかれたわけです。

立松　まさにドラマですね。

板橋　一方、道元禅師とともに中国に渡った師匠格の明全《みょうぜん》さんは天童山で亡くなります。道元禅師は、その御遺骨を抱いて日本に帰られるわけですが、もしも明全さんが道元禅師と同じように「一生参学の大事終わりぬ」という解脱《げだつ》の人となって日本に帰っていたら、その後の日本の仏教界は全く変わっていたでしょう。その逆に、道元禅師が如浄禅師にお会いにならなかったら、あるいはお目にかかっていても「一生参学の大事終わりぬ」という痛快なる叫びを発するまでに至らなかったら、今日の曹洞宗はもちろんなかったでしょう。道元禅師の中国での修行には、きわどい場面、立松さんのおっしゃるドラマがいくつもあったと私は思っています。

立松　本当にきわどかったと思います。道元禅師に天童山へ行くことを勧めた老僧は異《い》形《ぎょう》の僧だったということです。要するに変わった格好をした僧からいわれたわけですが、道元禅師も半信半疑だったのではないですか。

板橋　半信半疑だったでしょうね。ただ、一つ思うのは、老僧がそういってくれたというのは、道元禅師に絶えず何かを求めるものがあったからでしょう。響かない者には、どれだけいっても響かない。道元禅師だからこそ老僧も天童山へ行くことを勧めたし、道元禅師も響くものがあったのだと思います。

満たされているのに足りない

立松　いまの時代、禅に限ったことではありませんが、宗教というものが渇望されている感じを受けるのですが、いかがですか。

板橋　敗戦後、ものがない時代には、誰《だれ》もが食うものがあったり、住まいがあったり、あるいは福祉が進んだり、いろいろなことが便利になって快適な生活ができるようになれば、人間は満たされるものだと信じていたのです。口には出さなくても、そう信じていたわけです。そして、いざ満たされてみたら、まだ足りないんですね。満たされるということには際限がありませんから。客観的に見れば満たされているのに、まだ足りない、足りないといっている。そんな中から何が出てきたかというと、犯罪です。あるいは道徳心がなくなった。個人主義、利己主義というものが頭をもたげてきた。言葉に出すときは自由とか基本的人権とかいっていますが、その中身は気まま、わがままを育てているにすぎません。そこで、一部の人たちは「ものだけではないのではないか。心の癒《いや》しが必要だ」というようになって、最近ようやく、心が満たされることが大事ではないかということに気づいてきたのです。敗戦から50年たってようやく気づいたわけですが、私は昭和27、28年ごろ、坊さんになって初めて郷里へ帰ったときに直感として思ったことがあります。敗戦から10年足らずでしたが、田舎では槌音《つちおと》高く建設工事が進み、自動車が行き交っていました。それを見て、何を思ったか。「ああ、これからは精神科の病院がはやるぞ」と、そう直感したのです。それから、警察も忙しくなるぞと。そして、もう一つ、どちらの世話にもならずに禅寺に入ってくる者が増えるぞと、そう直感しました。

立松　昭和27、28年に直感されましたか。

板橋　いま、禅寺ははやっているんですよ。なぜなら、私のところに出版社などが取材に来るでしょう。これ、はやっている一つの証拠なのです(笑)。

立松　なるほど、僕が板橋禅師さまとお会いできるというのも一つの表れなわけですね。僕の場合、仏教をとにかく学びたいのです。良寛さんの本も読めば、日蓮上人や弘法大師空海の本も読むし、法然上人も親鸞聖人にも惹かれます。僕も大衆の一人ですから、おそらくみんなもそういう気持ちになっているのでしょうね。小説を書くという僕の仕事も大きく宗教に傾いています。僕の場合は仏教ですが、これも一つの社会の要請なのでしょう。もちろん僕自身の要請でもあって、それが一番強いのですが。

板橋　精神科にしても、今の時代はある意味でほとんどの人が、潜在的な精神的患者のようなものです。ストレスとかノイローゼといった言葉が普通に出てくること自体、そういうことではないですか。昔は、たとえば敗戦後の日本では、きょう一日どう食うか、ということが目標だったから迷いようがなかった。いまはどうです。スーパーで何かを盗むといっても、本当にそれが欲しいからというのではなく、一種のゲームです。スリルを求めて盗みをする、そんな時代になっている。そして、まだ足りない足りない、といっているんですね。こうした風潮は、ますます進むと思います。だから精神科の病院と警察は、ますます忙しくなる(笑)。

立松　禅寺はどうですか。

板橋　精神科と警察が忙しくなるのに応じて、数は少ないけれども、禅寺志向の人も増えてくると思います。禅寺というより、宗教といいましょうか。心の癒《いや》しといったほうが一般の人にはわかりますね。癒しを求める人たちも、ますます増えてきます。ものが豊かになって快適な生活になったが、心のだらけを覚えている、食うこともコントロールできない自分をわかっている人は、これではいけないと、宗教などに救いを求めてくるのです。落ちていく者がたくさんになると、これじゃいかんと上にあがろうとする者が多くなるのは当然だと思いますね。物質的に豊かになればなったで、そこから逃げ出そうとする人たちも出てくる。そういう人たちが心の癒しを求め、そして、ある人たちはそれを宗教に求めるのでしょう。立松さんが、いまの時代に重用されるのも、そういうことです。

胃袋に負けている日本人

立松　僕は、宗教というより、宗教性を回復したらいいと思うのです。宗教性というものを持てば山河に対して優しくなるし、悪いこともしないでしょう。仏さまが見ているからと、少し前までの日本人はそういう気持ちを持っていました。宗教性を持つということは、どこかで自分の行動を規制していくような感覚を持つということです。敗戦後間もなくは、みんな胃袋でものを考えていたように思います。今の世の中、胃袋でものを考えるということがなくなりましたね。

板橋　胃袋で考えるというより、みんな胃袋に負けているんじゃないですか。若い人でも肥満の多いこと。それは、やはり胃袋に負けているんです。アルコールも胃袋に負けています。みんな、それに負けていて、そこから立ち上がれないでいる。そのうち性格も根気がなくなってきて、だけど胃袋だけは元気だから、最後はものを盗むとか人を殺すとか、世の中が荒れてくるんです。まあ、胃袋に負けるというのはいつの時代でも同じなのでしょうが、ただ昔は胃袋を満たすにも程度というものがありました。

立松　一時期、アジアの国々からたくさんの労働者が日本に出稼ぎにきていましたが、彼らは自分だけじゃなく、家族の胃袋を満たすために、懸命に稼いでいたわけです。別にダイヤモンドを買おうとして稼いでいたわけではない。純粋に胃袋の問題だったわけですが、今の日本は飽食の時代といわれているのに、まだ胃袋に負けている。

板橋 胃袋に負けて、自分でコントロールしたり、セーブしたりできなくなっている。日本人全体が肥満の傾向にあるのは、その象徴ですよ。

立松 總持寺のような禅寺では、道元禅師が最初に伝えた形で食事をとっているわけですね。以前、禅のお坊さんから聞いたことがありますが、その程度の食べ物でも体には十分だそうですね。ところが、若い人が寺に入ってくると、みんな脚気《かっけ》になるという。それはなぜかというと、僕なんかもそうですが、ふだんは俗世にあっておいしいものをたくさん食べていて、それを全部消化、吸収すると栄養過多になってしまうから、胃や腸が吸収しないようになってしまったというんです。だから、本来は禅寺の質素な食事でも十分なのに、胃や腸が吸収しなくなっているから、それで脚気になる。そして、一度脚気になって苦しむと本来の消化吸収能力が甦《よみがえ》って、ちゃんとした禅寺のお坊さんになるんだというようなことを聞いたことがあります。

煩悩も欲望も、みんな胃袋

板橋　そうですか。それは大変にありがたい理解ですが、現実は別なこともあると思います。それはともかく、確かに修行僧がここに入ると、外のものはいっさい食べられません。その一方で運動量がすごい。ですから、だいたい20キロは痩《や》せるのが普通です。

立松　20キロもですか。

板橋　私の弟子で110キロから55キロに痩せた者もおります。さすがに私も病院に入れましたが、どこを診ても悪くないというんですね。その後、少し増えて、今は60何キロかになりました。永平寺でもそうですが、修行僧時代の顔が一生のうちで一番いい顔をしています。修行を終えて寺を出ると胃袋に負けてしまうから、普通人なみになる。

立松　僕のように4、5日の間、参禅するというのなら実に爽快《そうかい》なんですが、それをずっと続けるとなると、これは大変です。江戸時代の作仏聖木喰行道《さぶつひじりもくじきぎょうどう》は、米や麦、粟《あわ》、稗《ひえ》、豆の類は食べず、もちろん動物性のものもいっさい食べずに、蕎麦《そば》や草の実といったものを食べて、それで90幾つまで元気に仏さまを千数百体彫りました。これは特別なんでしょうが、今の俗世ではグルメなどといって高カロリーで高タンパクのものをばくばく食べて、その結果、人間の生理を壊しているようなところがあります。

板橋　それが胃袋に負けているということですね。煩悩に負けるとか欲望に負けるとかいいますが、私なりにいうと、みんな胃袋ですね。

立松　僕も胃袋には弱いですよ(笑)。アイヌ民族の文化の伝承者に萱野《かやの》茂さんという方がいますが、萱野さんは「昭和30年代の生活に戻すと、日本はずっといい国になる。というより、戻さなければいけない」とよくおっしゃっています。僕らの子供の頃《ころ》ですね。この何十年か合理的な生活というものを追い求めてきた結果、非合理的な生活になってしまったというのが現代です。バブル以降、それこそ胃袋に負けてしまって、粗食に戻すことを胃袋が受けつけなくなっていますが、昔の生活というものを取り戻すことを真剣に考えなければいけないような気がします。

社会全体が間延びした日本

板橋　以前、大乗寺の住職が何歳で亡くなっているか、わかる範囲で調べたことがあります。御開祖の徹通義介《てつつうぎかい》禅師が亡くなられたのは確か91歳です。歴代住職の平均は60幾つでしたかね。

立松　人生50年といわれた時代ですから、ずば抜けて長生きですね。

板橋　もちろん、大乗寺の住職というのは、昔は位人臣《くらいじんしん》を極めるような立場でしたから、長生きしなければ、なれないということもあったと思います。ただ、一つのバロメーターではあります。大乗寺の住職でもあった私の得度の師匠は、魚ものはいっさい食べませんでした。魚でダシをとったものでも後で気持ちが悪くなるというほどで、いわば菜食主義者でしたが、この方も95歳まで生きられましたからね。だから、肉食をとらなければいけないというのは、医学的な見地からいえばそうかもしれませんが、実際はそうでもなさそうです。

立松　僕はいま、松尾芭蕉のことをいろいろと調べていますが、芭蕉は46歳で旅に出て、51歳で亡くなっているんですね。人生50年の時代ですから、46歳というのは一般的にいっても晩年です。晩年にすべてを放下《ほうげ》して旅に出たのが芭蕉だったと僕は思っているのですが、考えてみると短命な時代には一国一城の主《あるじ》でも商家の主人でも、みんな20歳ぐらいには一人前なんですね。短命な時代には、人はどんどん成熟していったという思いがしています。

板橋　やっぱり寿命が長いとね(笑)。

立松　だらっとしますか(笑)。

板橋　昔は15で元服です。もう大人としての教育をするわけです。そういう立場の人は、それなりに成熟するんじゃないですか。いまは、20歳でも周囲は大人とは認めないし、本人もそんな気持ちでいる。結婚にしても、以前は20歳そこそこまでにしたけれど、今は20歳で結婚なんてアホくさいといっているわけでしょう。30歳ぐらいになって少しあわてて、それを過ぎたらもう結婚しないという時代です。いうならば、昔は社会全体が凝縮されていたんでしょうね。中学まで行けばいいほうでしたから、みんな十五、六歳で社会に出て、20歳になれば一人前だった。その逆に、いまは、社会全体が間延びしているんですね。「20歳？まだまだ若い」といわれて、本人もその気になって、だらっとしている(笑)。

立松 そうですね。いまは40歳になっても、へたをすると50歳になっても自立していない人がいますからね。個人の勝手かもしれないけれど、昔は50歳になったら死んでしまう。短命の時代の充実感といったものがあったように思います。昔の人は一分一秒が惜しいという、そういう思いを持っていたんでしょうね。

板橋 ノーベル賞級の研究というのは、みんな30代のものだそうです。人間の脳の働きや、あるいは体力にしても、30代がピークなんでしょうね。ところが、そのあとの余命が長くなってしまった。

立松 そうなんです。余命が長いから、結局、何もしないで、そのうちに終わってしまう(笑)。

板橋　一日の時間が間延びしてごらんなさい。いつまでたっても、まだ午前中だから大丈夫ということになる。

純粋なるものを求めよ

立松　そうした時代の宗教とは、どうあるべきなのでしょう。

板橋　これからの時代、宗教ももっとちゃんとしなければなりません。先ほど「応病与薬」ということをいいましたが、ボランティアなど宗教活動を広くやることもいいですよ。宗教の「宗」の字も知らない人もいるし、困っている人もいますから、それも大事なことです。ただ、これからの時代、もし宗教家に求められるとすれば、それは純金を求めるということです。道元禅師は「一箇半箇」といわれましたが、純金を求める人が一人でも半分でも多くなることが宗教全体の裾野《すその》を広げることになります。道元禅師や、あるいは鎌倉時代の祖師たちのように純粋に求める方が少なくなっていることが、今日の宗教界の大きな問題ではないでしょうか。言葉や掛け声では布教、布教といっていますが、私にいわせると何を布教するかについて自分で探求することが少なくて、布教の技術や量、数、あるいは効果を狙うことに陥っているのではないですか。

立松　確かに宗教も変わらなくてはいけないし、どの宗派も例外なく、みんな変わろうとしているんでしょうね。葬式仏教という言葉はおかしいけれど、江戸時代以降、そこに基盤を置いてきましたから宗教は生活の中に密着していったわけです。しかし、きちんと葬送するということは技術的に完成されていますが、いま生きている人をどう救うかという課題が大きく残っているように思います。

板橋 たとえば、芸術家が本当にいい作品を残そうとしたら売れる作品は作っておられません。しかし、たとえ1点でも2点でも、本当にいい芸術作品は、どれほど人々の心をとらえるか。宗教家も同じでしょう。本当の純粋さを求める人が少なくなったことが一番の憂いです。しかし、いつの世でも時代が要求するときは、それなりの人が育つのです。たとえば、明治維新の時に志士といわれた人たちが数多く出たように、あるいは鎌倉時代、本当の仏法が求められたときに期せずして各宗派の祖師たちが出たように。

実は私は、敗戦後がその時期だと思っていました。ところが、敗戦後はとにかく、みんなが食うことに精一杯だった。それで出てきたのが現世利益《げんぜりやく》、いかに快適に生活を満たしてくれるかという、救いのほうの宗教がはやったんです。ところが、それだけでは物足りない。本当の心の癒しは何なのかということが、50年たってようやく時代の要請になった。これが時代の要請である限り、これから10年、20年の間に道元禅師やほかの祖師たちに匹敵するような、純粋なものを求める宗教家が出ると思いますし、出なければ駄目《だめ》だと思います。出なかったら困ります。

立松　本当にそう思います。僕は道元禅師の小説を書くために鎌倉時代のいろいろな文献を読んでいるのですが、あの頃は地震が多発しているんですね。大雨が降ると、たちまち水が出る。そして旱魃《かんばつ》、戦乱でしょう。そういうときに道元禅師や日蓮上人、親鸞聖人といった鎌倉の祖師たちが出てきて、それぞれの立場から人々を救おうとされた。鎌倉時代というのは、本当にいまの時代と似ているように思います。火山が噴火する、地震が頻発《ひんぱつ》する。そういうときに一番大切なのは人の心を扱う宗教です。いまは宗教のルネッサンスのための地ならしの時代ではないでしょうか。もしかしたら僕も板橋禅師さまもこの世にいなくなったときに蓮《はす》の花が咲くのかもしれません。

国難が日本人を奮起させる

板橋　いま、日本はものに満たされていますが、一方で日本の文化というものがなくなってきています。日本の文化というのは「日本人としてのこころ」と言い換えてもいいでしょう。謙譲の美徳とか、あるいは恥じらいとか。そして日本人が日本人であることの誇りを持てなくなっています。しかし、日本人がこのまま堕落しきってしまうかというと、私はそうではないと思っています。そのきっかけが何かというと、非常に嫌な言葉ですが、何かの国難に遭ったら日本人はまだ奮起します。その国難が何かは私にもわかりません。いまの程度の国難では日本人はまだまだ眠っている。

立松　国難というと、鎌倉時代にあった元寇《げんこう》のようなものですか。

板橋　そういうと差し障りがありますから国難とだけいっておきましょう。阪神大震災がありましたが、あれが東京のど真ん中であったらどうなるか。自然の国難もあるし、人的な国難もあるでしょうが、そういう国難に向かって立ち上がるときの日本人はまだ期待できると私は思っています。ただ、それも今の50代以上の人たちが元気な間でないとね。30代ぐらいになると、私もちょっと保証できない（笑）。

立松　30代以下の世代ではちょっと弱いですね。

板橋　30代の人たちにも我々が気づかないところがあるのかもしれません。たとえば、ボランティア。神戸の震災のときや、北陸の海に重油が流れ着いたときには、若い人たちも大勢出かけていきましたからね。日本人にはまだ、そういうところが残っている。だから期待はしています。人間、だらけているときには、痛い目に遭わないと奮起しないでしょう。国全体もそうではないですか。その痛い目が何であるのか、私にはいえないし、予測もつかない。ただ、そのときには日本人は奮起するだろうと、この年寄り僧は思っています（笑）。

立松　板橋禅師さまはある程度、国難を予想されているのですね。

板橋　天変地異は間違いないですね。なにしろ地球は動いているのですから。

立松　大地震ですか。

板橋　地震もあるでしょうね。それと人的なこと、たとえば国際的なこともあるでしょう。具体的にはいいにくいのですが、日本人が日本人であることに目覚めるきっかけとでもいっておきましょうか。いまの世の中、何か平均化された国際人みたいになることが理想のように思われていますが、本当にそうなんでしょうか。オリンピックで日章旗が上がるのを見て拍手するのさえ、やめろというのは不自然ですね。祖国愛がどうしていけないのでしょうか。まず日本人が日本人であることへの誇りを持たなければ、国難にも立ち向かえません。

山折 哲雄

宗教学者、評論家

やまおり・てつお ◉ 1931（昭和6）年米サンフランシスコ生まれ、6歳で帰国、岩手県花巻市へ。東北大文学部印度哲学科卒。白鳳女子短大学長、国際日本文化研究センター所長など歴任。国立歴史民俗博物館名誉教授。南方熊楠賞受賞。京都在住。

大拙とひばり、意外な共通点

言葉を超えた歌唱力と意訳で魅了

（2016年「第69号」掲載）

いつごろからか、美空ひばりの歌をきくのがとにかく好きだった。好きが高じて、昭和の終わりごろには『美空ひばりと日本人』（PHP研究所）という本まで書いた。だから、かの女の公演はどこであろうと、いそいそ出かけて行って、かぶりつきできいていた。新宿や大阪梅田のコマ劇場、丸の内の帝劇でもきいた。今でもそのときの情景が眼前に浮かぶ。

英語の魅力あますところなく

そんなひばり遍歴のなかで、1990（平成2）年に発売された『ジャズ・アンド・スタンダード』のひばり版CD（日本コロムビア）をきいた時の衝撃は特に忘れられない。

驚天動地《きょうてんどうち》というか、本当にびっくり仰天《ぎょうてん》した。

いきなり「ラヴァー・カム・バック・トゥー・ミー」の英語の声がきこえてきて、全身を惹《ひ》きこまれた。「スターダスト」「愛のタンゴ」に息をのみ、「ラ・ヴィ・アン・ローズ」に酔い痴《し》れた。文字通り、その英語の魅力に言葉を失ったのだ。

美空ひばりは五線譜が読めない、英語を知らなかった、そんなことをよく聞く。真偽のほどはわからない。けれども、もしもそうだとしても、かの女なら、たちまちマスターしてしまうだろうと思っていた。何しろ、3歳で百人一首をそらんじていた、という人さえいる。

日本のひばりはオペラのマリア・カラスに引けをとらない、といった偉いミュージシャンがいた。あの野坂昭如も、20代のひばりがそのまま歌手に徹し、よき導き手を得ていたら、世界に名をとどろかせただろうと断言している。

その通りだろうと私も思う。かの女のうたうジャズの調べは、フランク・シナトラやイヴ・モンタンのそれに決して劣るものではないからだ。

それだけではない。かの女のうたは、戦後の昭和における日本人の喜怒哀楽の心情をすくいあげ、それぞれの時代に刻まれた危機と快楽をあふれんばかりの思いを込めてうたいあげていた。

その勢いと力強さが、『ジャズ・アンド・スタンダード』に登場するかの女の英語の歌にもみなぎっていた。英語を話すとか、知っているとかいったレベルの話ではない。英語というコトバの持つ強烈なリズムと力を、あますところなく表現しきっていた。英語の持つ国際語としての魅力を、かの女ほど巧みに歌の調べにのせることのできた日本人はほかにいなかったのではないかとさえ思う。

誰も真似のできない英語の達人

ところがそれとほとんど同じようなことを、当時、まったく別の分野でやっていたのが、驚かないでほしいのだが、鈴木大拙だったのではないかと私は思う。

彼は禅の思想家である前に、誰も真似のできない英語の達人だった。それはもちろん単に英語を知り、話し、英語の文章を解し書くというレベルの話としていっているのではない。

彼は英語という国際語の魅力をその言葉から最大限に引き出し、その言葉のエッセンスを誰にもわかる形で表現しようと四苦八苦していた。その言葉としての英語に対する態度が、英語の文法のブの字も知らない美空ひばりの場合と寸分異ならないように私の目には映っていたのだ。

1897(明治30)年にアメリカに渡り、10年以上にわたる苦学の時代が始まる。そのあとヨーロッパ滞在をへて、1909(明治42)年に帰国、39歳になっていた。

やがて学習院大学の教授になるが、まもなくアメリカで知りあったビアトリス・レーンが追いかけてきて来日、結婚する。森鷗外の『舞姫』では、主人公の帰国を追って恋人・エリスが日本までやってくるが、このときは鷗外一族によってかの女はドイツに追い返されてしまう。

鷗外の恋はこうして悲劇に終わるが、大拙の愛はビアトリスの死まで続いた。大拙は鷗外とは異なり、ロマンティック・ラブの信奉者だったのかもしれない。

そのビアトリスが大拙の人間に惹きつけられたのは、彼の話す英語の魅力によってではなかったのかと今にして思う。

バリトンの声音の魅力

私は、1958(昭和33)年にマサチューセッツで英語で行われた講演「禅の哲学について」をCD(アートデイズ社)できいたことがあるが、大拙の腹の底からわき出るバリトンの声音に思わず身を乗り出していたことを思いだす。

ゆっくりしたテンポ、一語一語を明瞭に発音し、聴く者の耳にとどける技、に息をのんだ。それが英語であることを忘れさせるほどの、美しいなめらかな旋律を奏でていた。その澄んだ、美しい言葉の変幻自在がほとんど、「ラブ・レター」や「スターダスト」をうたう美空ひばりの声と重なってきこえていたのだ。

たとえば

パースナリティー（personality）

イクスピアリアンス（experience）

マハーヤーナ・ブディスツ（Mahayana Buddhists）

など、ソフトで、性的な匂いさえ立ちのぼる声音の感触が蘇《よみがえ》る。多くのソプラノの女性歌手がしばしばバリトン歌手の声に魅了されてその誘いの手に落ちるという話をきいたことがあるが、大拙とビアトリス・レーンの間にもそのような出会いがあったのかもしれない。

夫人は熱心な動物愛護者としても知られるが、同時にかの女のロマンティック・ラブの感情をいやが上にも刺激したのもこのような大拙が発するバリトンの性的魅力だったのだろう。

もう一つ、大拙の文章を読んでいて気がつくことがある。禅や仏教について論ずるような時、日本語と英語で語り方、表現の仕方を使い分けているということだ。

この工夫は先の講演などでもいかんなく発揮されていて、アインシュタインの難解な理論を手玉にとって聴衆の笑いをとり、人間心理の二面性を衝いて哄笑《こうしょう》を巻き起こす。その話術は禅に固有のものといえばいえるが、すべての秩序を瞬時にひっくり返す遊びの精神に満ち満ちていた。

要するに、英語という言葉を自在に操り、あっというまに解体させてしまう。堅苦しい「意味」の世界から、歌いあげるような「声」の世界への転入であり解放である。それは美空ひばりがやっていたこととほとんど変わらない。

ベートーベンとひばり

私は以前、調査や研究のためにインドに行くことが多かった。その長い旅のなかで、仕事の合間には日本から持っていった音楽テープをよくきいていた。朝はクラシック、昼は外国の映画音楽などがピッタリくる。

しかし、夜になってホテルの部屋でひとりチビリチビリやるときは、これはもうひばり演歌にかぎると思っていた。かの女の声が流れてくると、気持ちが和み、酒もすすみ、心地よい眠気がさしてくる。酔っぱらって寝入るころには、その歌はもう子守唄になっているのだ。

ある年の年末。このときもインドのベナレスに滞在していた私は、夜、例によって美空ひばりのテープと、年末ということもあってベートーベンの「第九交響曲」のテープを取りだして、交互にきいていた。

そして第九の最終章、あの合唱の部分にきき入っているとき、ふとドイツ語の合唱のうしろの方から美空ひばりの歌がきこえてくるような気がした。やがてそのベートーベンの合唱のメロディーとひばりの歌が溶け合い、重なり合って、同じように心に響いてきたのである。私はわけもなく感動し、思わず涙をこぼしそうになっていた。

不思議な体験だった。鈴木大拙のいう、自分自身の「イクスピアリアンス(体験)」である。ドイツ人のベートーベンと日本人のひばりの音楽がまったく別物であることは、今さらいうまでもない自明のことであるはずだった。それが私の頭の中では、たしかに重なり合っていたのである。

少し冷静になってから、これをどう解釈するかを考えてみた。そして出した結論は、もしかすると自分のベートーベンの聴き方は、ひばりの演歌をきく時のきき方とまったく同じだったのかもしれない、という反省である。

もっといえば、自分はベートーベンを聴く時はいつのまにか自分流のメロディーに置きかえて聴いているのかもしれない。自分流に編曲して聴いていたのかもしれない、そう思ったのである。そうであるなら、西洋人のベートーベンの聴き方と、日本人の私が聴くベートーベンの聴き方は違って当たり前ではないか、と。

日本に帰った私は、ある著名な音楽家に私のインドでの体験を話し、ベートーベンと美空ひばりの演歌が重なって聞こえるような聴き方というものがありうるものなのかどうか、おそるおそる尋ねてみた。

すると、その音楽家は「こんにちは赤ちゃん」や「上を向いて歩こう」の作曲者の中村八大さんだったのだが、言下にそういうことは十分にありえます、同じ音楽でも西洋人の聴き方と日本人の聴き方は基本的に違うはずです、と断言されたのである。

どうやら私は、クラシックを演歌のように聴いていたようである。しかしこれはどうやら私だけのことではなく、どうも日本人には多かれ少なかれその傾向があるのではないか。

翻訳市場を乗り越えた2人

そしてもちろん、ここが大事な点であるのだが、このようなことは何も日本人に限らない。それぞれの民族には、それぞれの音楽の聴き方があり、文学や芸術の解釈の仕方、鑑賞の仕方があるだろうということにもつながっていく。

そして哲学や宗教の理解の仕方にも、それぞれの民族や文化の違いによって、聴き方や読み方や解釈の仕方に相違が生まれる。もちろん禅の解釈や理解のあり方にもそれが及ぶだろう。こうして、そもそも文化の翻訳という事柄自体が、そのような根本的な課題を抱えているはずだというところまでいく。

カント、シェークスピア、ドストエフスキー、サルトル、スタインベック…　みんなそうではないか。聖書も論語もそうだ。われわれは自分たちの言葉理解の文法にもとづいて、「原文」と称するものに接し「翻訳」という仕事に夢中になってきたのである。専門家がこうして生まれ、専門書がこうして書かれ、それぞれのコトバ、コトバが難しい言葉に置きかえられ書き下ろされ、厖大《ぼうだい》な数の「翻訳書」の山が専門市場を中心に流通するようになったのだ。

このような「コトバ」の市場、「コトバ」の壁と行き来する翻訳市場を一挙に乗り越えてしまったのが「歌」の世界の美空ひばりであり、「ZEN」の世界の鈴木大拙だったと思う。英語を知らないひばりは「コトバ」そのものの力を通して、そして英語に通達する大拙は自分自身の「経験」を通して、文化の翻訳市場をあっさり乗り越え、ついに言葉そのものが持つ壁を突き破ってしまったといっていいのだ。

「山姥《やまんば》」の本質を照らし出す

さきほど、青春の大拙とビアトリス・レーンの間にロマンティック・ラブの芽生えがあったのではないかといったが、最後にやはりそのことに触れておこう。そもそも文化の翻訳とは何か、という問題にもそれはかかわる。

鈴木大拙には『禅と日本文化』という作品があるが、その中に「禅と能」という一章がでてくる。謡曲『山姥』について禅的な立場から評釈を加えている。この作品はもと英文で書かれ、のちに北川桃雄氏によって翻訳され、岩波新書に収められた。大拙はそこで「山姥」の荒筋《あらすじ》を外国の読者にもわかるように再現している。物語の背景に禅の考えが流れていることにも触れている。

が、ここではそれには触れない。それより私が心を動かされたのは大拙の新鮮な発想だった。「山姥」の本質を照らし出そうとする意表をつく見方だった。

「山姥」にはもともと深い禅の思想がしみこんでいるが、しかしそれは誤解されていて、多くの能の愛好者もそのことに気がついていない。そしてこのようにいう。

能の舞台にあらわれる山姥は、よく働く農婦のようにやつれている。長年の苦労のために皺《しわ》だらけになり、髪も真白になっている。が、そこに目を留めてはいけない。そもそも愛は、農婦のように人の目に留まらない形で惜しみなく働いているものだからだ。やつれ果てた姿をしているけれども、そこには誰の心にもひそかに動いている愛の働きがあらわれている。そのことを外国の読者も日本の能の愛好者も知らないでいる、誤解をしている、といっている。

この説明のなかには、明らかにキリスト教国の人々が念頭におかれているが、しかし私の目にはその意図の奥にビアトリス夫人への愛のメッセージがこめられていたように映る。たくさんある能の演目の中から、とくに「山姥」を選び出した目的もそこにあったのではないだろうか。

鈴木アランの成功とスキャンダル

鈴木大拙はビアトリス・レーンと結婚してまもなくスコットランド人の血を引くアランを誕生と同時に養子にしている。夫人の要請を入れてのことだったのではないだろうか。アランは勝《まさる》の名を与えられ、鈴木アラン勝として成長するが、のちに音楽の才能をもとに詩人、ジャーナリストとして活動する。だが、女性関係で問題をおこし、スキャンダルの渦に巻き込まれていった。

1947(昭和22)年にアランは「東京ブギウギ」を作詞し、これを個性豊かに歌って踊った笠置シヅ子のパフォーマンスが一世を風靡《ふうび》する。「東京ブギウギ　わくわく…」のあの歌詞が街頭を流れ、「ブギ」ブームの時代が始まる。

そしてちょうどこの時、天才少女美空ひばりも「ヘイヘイブギ」を歌って流行の波に乗ろうとしていた。ところがそこへ、この歌を持ち歌とする笠置シヅ子からクレイムをつけられ、歌うことを断念する、そういう一幕があった。ひばりがデビューを果たした1948(昭和23)年のことだ。

一方、アランは「東京ブギウギ」の成功により芸能界で知られるようになり、この年の11月に池真理子と鎌倉の円覚寺で結婚式をあげている。その池真理子がやがてアランの訳詞「ボタンとリボン」を歌って世に出る。その間、アランは離婚、再婚をくり返し、次第に世間の信用を失っていった。

そのいきさつを、すでにビアトリス夫人に先立たれていた大拙がどのように受け止めていたのか、よくはわからない。しかしここではそのことの詮索はおくとして、それよりもその後、大拙の説くZENの思想がアメリカの若者たちの心をとらえるようになったことの方が、時代の熱気を映し出しているようで面白い。

新世代の芸術運動に影響

アメリカにおける鈴木大拙とビート世代の出会いである。1950年代に入って、ケルアック、ギンズバーグ、ゲイリー・スナイダーなどの文学グループ、そして新世代の芸術集団が大拙のZENに興味を示し、「日本」への関心をかき立てていく。そのころ、コロンビア大学で禅や仏教について魅力的な講義を続けていたのが大拙で、ジャーナリズムも注目し始めていた。

鈴木大拙の「英語」が不思議な威力を発揮するのがそのころのことだ。そのビート世代の突発的な動きは、今日の目から眺めると、あの英国のビートルズが世界の若者たちの心を鷲掴《わしづか》みしていく先駆的な芸術運動の第一波だったのかもしれない。

そして奇しくも、美空ひばりが念願の華々しいデビューを果たして、ハワイ、アメリカへの巡業の旅に出るのが、1950(昭和25)年だった。大拙のZENがアメリカの若者たちの心をつかんでいく同じ時代の波に、かの女も乗っていたということになるだろう。

金沢の「鈴木大拙館」には、晩年の鈴木大拙の姿を映す1枚の写真が残されている。

眼前に、大海原が広がっている。その海岸の砂浜に大拙がひとりで立っている。孤独なシルエットのようにも映る。ラフなセーターに、ゆったりしたズボンをはいている。横顔をみせ、背中に光をあてている。

首筋から背中に、そして下肢へ、ゆるやかな曲線を描くようなからだの線が浮かび上がってみえる。

今にも屈身運動を始めそうな俊敏な動きから、見る者の眼差しを誘い込むようなエロティックな香りが立っている。

ああ、それだ、そこだ、大拙さん…。

日野原 重明

医師

ひのはら・しげあき ◉ 1911（明治44）年山口県生まれ、東京都在住。京都帝国大学大学院卒。現・聖路加国際病院理事長。早くから末期医療や介護の充実を提唱、54（昭和29）年には民間病院として初めて聖路加国際病院に人間ドックを開設、94（平成6）年には日本で初めての独立型ホスピスを開設した。2000年には75歳以上の元気なお年寄りのために「新老人運動」を提唱した。05年に文化勲章を受章。07年から日本ユニセフ協会大使を務める。2017年逝去。

世界の禅者　鈴木大拙の最期を看取って

動じない平常心を教わった

（2011年「第49号」掲載）

1983（昭和58）年に、「死をどう生きたか─私の心に残る人びと」（中公新書）という本を出しました。発行以来、毎年1万部ずつ増刷され、これまでに21万部以上売れています。医師になって約70年が過ぎ、その本では22人の方を取り上げましたが、その中には鈴木大拙先生をはじめ、私が政治家で最も尊敬する石橋湛山《たんざん》先生、そして主治医を務めた山田耕筰《こうさく》先生についても触れております。私の父と母の死のことも書きました。しかし、一番目に書いたのは16歳の少女のことでした。

私が1937（昭和12）年に京都大学医学部を卒業し、医師になって最初の患者です。結核《けっかく》で腹膜炎《ふくまくえん》を患っていました。滋賀県の紡績工場に勤めていた娘さんだったのですが、お母さんも工場勤めで、貧しいがゆえに娘が京都大学病院に入院しても見舞いに来ることもできませんでした。

この娘さんが亡くなるその日、「先生、私はとっても苦しいから死ぬような気がします。私がお母さんにどんなにお世話になったか感謝の気持ちを伝えることができないから、どうか私の代わりにこの気持ちをお母さんに伝えて下さい」と言ったのです。

死を目前にしても「頑張れ」

その時、私は「ばかなこと言うな。頑張れ、頑張れ。そんなことで死ぬはずはないよ」と励ましました。そして看護婦さんに血圧計と強心剤を持って来てもらい、彼女に強心剤を打って「頑張れ、頑張れ」となおも声をかけました。しかし、彼女の血圧は下がり、茶褐色《ちゃかっしょく》の胆汁《たんじゅう》を吐《は》いて大きく息をしてから亡くなりました。仏教心のあつい娘さんでした。当時は結核性腹膜炎《けっかくせいふくまくえん》に対して化学療法はなく、口から食べ物をとれなくなった患者には、生理食塩液の皮下注射をするくらいしか方法はありませんでした。

それなのに私は、彼女の耳元で「頑張れ、頑張れ」と言ったのです。それを私は非常に後悔《こうかい》しました。「お母さんには、あなたの気持ちを十分に伝えてあげますよ。だからどうか安心して成仏して下さい」と、どうして言えなかったのでしょう。

そのころは、がんや治らない病気の場合には、病名は本人には伝えないことになっていました。病名を告知することはよくない、全部隠せと教えられ、私たち医師は患者にずっとうそをついてきたのです。ですから彼女に対しても「お母さんに伝えてあげますよ」と優しく言うことができませんでした。医師になってからの私はいつもこのことが頭にあったので、「死をどう生きたか」という本の冒頭に彼女のことを書いたのです。

秘書に血圧の測り方を教える

さて、鈴木大拙先生との出会いですが、先生と初めて出会ったのは今から50年前、1960（昭和35）年6月のことでした。私が48歳、先生は90歳でした。先生は何回もアメリカに渡られ、仏教や東洋の宗教、ことに禅や華厳経《けごんきょう》のことなどをコロンビア大学で詳しく講義されていました。

その時に岡村美穂子さんという当時16歳、まだハイスクールからカレッジに入るような年齢でしたが、彼女がニューヨークで先生の禅の講義を聞いて胸を打たれたそうです。彼女は「もう少し禅を勉強したい。私はアメリカで生まれた2世だけれど、日本の文化を勉強したい」と、コロンビア大学での鈴木先生の講義をずっと聞いているうちに、ますます先生に心をとらえられるようになっていきました。

先生がいよいよ日本に帰ることを決心した時に、岡村さんは「秘書として私を日本に連れて行って下さい」と願い出て、20歳の若さで日本にやって来ました。そして鎌倉の松ヶ岡《まつがおか》文庫に住居を構えられた大拙先生の秘書として、そして先生の身の回りの世話をして14年間、先生の傍《かたわ》らで生活を共にされました。岡村さんと先生とは英語で話をしていたようです。

先生は90歳の時に聖路加《せいるか》国際病院（東京）で人間ドックを受けられたのですが、血圧が高く月に1回、私が診察をすることになりました。その間の血圧の変動を知るために、私は美穂子さんに先生の血圧を毎日朝と夕方に測って、その値を私に知らせてほしいと頼み、自宅で血圧を測るやり方を教えました。そのデータを私が聞いて、お薬はこうして、こういう食べ物をとって、こういう運動をしてほしいと指示します。先生がその通りになさるようにと、私が美穂子さんに頼みます。

当時、血圧は医者以外には測ってはいけないとされていたのですが、美穂子さんに聴診器と水銀血圧計を渡し、どのように測ればよいかを教え、彼女は正確に測れるようになりました。美穂子さんは熱心に最後まで先生のお世話をされました。大拙先生が口述される英語の文章を筆記したり、仰向《あおむ》けになって書かれた原稿を清書し、それを印刷所へ送ったりという仕事もされていました。

耐え難い痛みを我慢されて

大拙先生が亡くなられた時のことは今でもはっきりと覚えています。1966（昭和41）年7月11日、外来診療の始まる前に電話がありました。先生がとてもお腹が痛いと言っておられるので、鎌倉の病院で診てもらったら「腸閉塞《ちょうへいそく》のような状態だから本当は手術をしたいのだが、90歳を超える高齢だから麻酔がかけられずどうしようもない。聖路加国際病院で診てもらってほしい」と言われたとのことでした。

すぐに若い医師を鎌倉のお宅に派遣しました。その医師から先生を動かしてもいいという報告を受け、当時まだ高速道路のない道を救急車で鎌倉から3時間もかけて聖路加《せいるか》国際病院に来てもらいました。意識ははっきりしておられましたが、測れないほど血圧が下がってしまい、麻酔《ますい》もかけられない状態で入院されたのです。開腹手術をするのはとうてい無理と思われました。

禁じられていたモルヒネ使う

病院でできることといえば、お腹の痛みを止めるための処置や酸素吸入などをするしかありませんでした。私は「先生の病気は非常に重いのです」と率直に申し上げました。

先生は耐《た》え難《がた》いほど痛いはずなのに、我慢されてかあまり痛いとは言われなかったので、私が「苦しいでしょうね」と聞くと、うなずかれました。そこで私は、「痛みをとるためにモルヒネを使いますから」と先生にお話して、それを使いました。

そのころは血圧の下がった患者にモルヒネを使うことは禁じられていました。医学が発達した今では、ホスピスの末期がん患者の痛みを和らげるために、肉体的な苦痛を取り除き、その人らしさを保つためにもモルヒネは効果的だとされています。しかし、あのころは血圧が下がっている人、痛みがある人に対してモルヒネを使うことは、もしかすると死につながるのではないかという危険性が指摘されていたのです。

私は、禅を研究しておられる大拙先生が静かな気持ちでなく、「痛い、痛い」という思いで最期を迎えられるようなことになれば、先生がこれまでやってこられたことが無駄になってしまうと思いました。血圧が下がってもいいから、先生が禅の悟りのような気持ちになるようにしてさしあげたいと思ったのです。

あの病気がなかったら、先生は100歳を超えて生きておられたと思います。今は高血圧にも糖尿《とうにょう》病にも良い薬があります。医療が進んできましたので、心臓病や心筋梗《しんきんこう》塞《そく》では死ななくなりました。死ぬのはがんくらいですが、これも早く発見すれば長命も可能です。大拙先生は腸閉塞《ちょうへいそく》で腸が腐ってしまったような状態でした。開腹して腸のねじれをとって腸をつなぎ合わせれば助かったのですが、手遅れだったのです。先生がもし鎌倉ではなく東京に住んでおられたら、と思うと残念でなりません。

東洋的な「良い生き方」を伝えた

それでも、大拙先生の95年9カ月という生涯は、たいへん充実しておられました。禅というのは生き方です。生き方というのは呼吸の仕方にもつながっていて、「生きる」という言葉は「息をする」という言葉からきているのです。大拙先生は、西洋にはない東洋的な「良い生き方」を世界中の人々に知ってもらうために、東洋の哲学を教えるためにアメリカに行かれたのです。先生の業績は大変なものです。この度金沢市に鈴木大拙館ができることは金沢の誇りというべきです。

医者というのは、患者を治すだけではなく、患者から学ぶことも多いのです。私たちが患者を癒《い》やすというよりも、患者がどのように死を迎えるかというその態度によって、私たちの方が教えられます。

私は医者として、患者はある意味で先生でもあると思っています。今は医療の現場が忙しくて患者と会話する時間がとれなくなり、患者さんは医師に言いたいことも言えなくなっていますが、良い関係を保つためには良い主治医を持つことが非常に大切です。

大学病院の医者が一番良い医師だと思われがちですが、そうとも言いきれません。大病院や大学病院ではいよいよ悪くなった時に診てもらうので、当然いろいろな症状がはっきりと出ています。開業医や家庭医は、熱も出るか出ないかというほとんど症状が出ていないときに診るのですから、これが本当は至難《しなん》の業《わざ》なのです。大学病院の医師が開業医のように診断をつけることはなかなか難しいことなのです。

まずはそういう良い家庭医を持ちながら、難しい病気にかかったら大学病院や、その他の大病院、専門病院で診てもらうのが良いと思います。石川県は、医学部がある大学が二つある上に看護大学もあります。いろいろな意味で医学のレベルが高い地域だといえましょう。

90歳を過ぎても「まだ仕事がある」

大拙先生は、終戦の4年後には渡米してハワイ大学、コロンビア大学などいろいろなところで東洋の哲学を約10年間にわたり教え、90歳近くになって帰国して日本に住まれることになりました。そのころから「教行信証《きょうぎょうしんしょう》」という経典《きょうてん》の英訳を始められました。90歳を過ぎてもまだ仕事があると言い、秘書の岡村美穂子さんに「君も長生きしたまえ。90歳をとらないと分からないことがたくさんあるからね」とおっしゃったそうです。

私は現在99歳。この年齢にならないと分からないことがたくさんあるものだと実感しています。長生きするものです。長生きをするためには食事が一番大切です。メタボリック症候群になっていてはいけません。体重が増えてお腹周りが大きくなって、そのせいで糖尿病や心臓病や高血圧になったりしますから、ウエイトコントロールをして、できるだけ30歳の時の体重に近づけるようにして下さい。食事に気をつけるとともに、運動をするようにして下さい。運動をすればエネルギーが消費されます。私のように忙しくて運動ができない方は、食事を減らすしかないですね。

よど号ハイジャック事件に遭遇《そうぐう》

ある時、私が大拙先生に「先生、何か書を書いて下さい」とお願いしましたところ、「無事」の字を書いて下さいました。禅では「ぶじ」とも「むじ」とも読みます。「無事」とは「何も事がないこと」ではなく、どんなことがあっても動じない「平常心」を表しているそうです。

私がこれを強く感じたのは、1970(昭和45)年に日航機のよど号ハイジャック事件に遭遇《そうぐう》した時でした。3月の終わりに福岡で日本内科学会があり、私はちょうど、そのよど号に乗ったのです。赤軍の9人の若者によって飛行機が乗っ取られました。

日本刀とダイナマイトを持った彼らは「この飛行機でこれから北朝鮮のピョンヤンに行き、それから革命のための戦術を学ぶためにキューバに行く」と言いました。ところが日本と韓国の政府がよど号の操縦士を通じて、彼らに「ここがピョンヤンだ」と偽って韓国の金浦《きんぽ》国際空港に着陸させたのです。

だまされたことを知った彼らはダイナマイトを爆発させると脅《おど》したので、私たち乗客100人は「大変なことになるから、日本の政府も韓国の政府や軍隊も彼らの言う通りにしてほしい」と訴えました。そこへ日本の山村新治郎衆院議員が「私が身代わりになる」と言って金浦空港に来たため、私たち乗客は飛行機から降ろされることになったのです。

「もし、韓国の軍隊がこの飛行機に乗り込んできたら、ダイナマイトを爆発させる」と彼らは言っていました。私たちも「彼らの言う通りにしないと乗客は皆死ぬことになる」と思っていました。この時、私たちはハイジャック犯と一心同体の気持ちでした。いわゆる〝ストックホルム症候群《しょうこうぐん》〟です。ストックホルムであった事件に由来するもので、敵も味方も一体感を感じる心理状態のことを言います。

「私の命は与えられたもの」

そんな状況の中、いよいよ明日には私たち乗客は降ろされ、犯人たちはピョンヤンに行くという前夜に「聞きたいことは何でも全部聞いて下さい」と彼らが言いました。そこで乗客のひとりが「ハイジャックというのは何ですか？ どこの言葉ですか？」と聞いたのですが、彼ら赤軍の田宮代表さえその質問に答えられませんでした。それで私が「両手の拘束をといて、マイクを貸して下さい」と言って前に出て、「ハイジャックをする人たちがハイジャックという言葉の意味を知らないなんておかしいですね」と言うと、乗客の皆さんがワーッと笑いました。

それで敵も味方も一緒になって、とてもなごやかな雰囲気になり、彼らが革命歌を歌うと乗客も歌いました。これに対して乗客のひとりが別れの詩吟「北帰行」をうたいました。

そんな体験をし、翌日、私が飛行機のタラップを降りて金浦《きんぽ》空港の地面を踏んだ時、「これからの私の命は与えられたものだ」という思いが込み上げてきました。アポロ号で月に行った宇宙飛行士が無事にアメリカの基地に帰還《きかん》した時、「あの青くきれいな地球上で、どうしてみな戦争をしているのだろう。どうしてひとつになれないのだろう」と感じ、飛行士をやめて宣教師《せんきょうし》になった方がいます。

それと同じように、あの時の私も宗教的な気持ちになり、「これからの日野原は与えられた命なのだから、誰かのためにどこかでこの命を捧げたい」と思うようになりました。それが現在続けている小学校での「いのちの授業」や平和運動につながっているのです。「新老人の会」を2000年につくったのも同じ思いで、私の生活はすっかり変わってしまったのです。

平常心、これは「びょうじょうしん」とも読むそうです。禅の根本の一つで南泉和尚《なんせんおしょう》が使った言葉です。平常心は大拙先生が私に書いて下さった「無事」と全く同じ意味です。どんな時にもこの平常心を持つことができれば、私たちはいろいろなことから心が解放されます。そのために座禅《ざぜん》を組み修行をするのだというのが禅の根本的な思想です。

「何もいらない、ありがとう」

もう少し大拙先生の最期の様子を続けましょう。血圧が下がる中、モルヒネを使って苦しみを和らげようとしている時、秘書の岡村美穂子さんが英語で「先生、何かしてほしいですか」と聞くと、先生も英語で「何もいらない、ありがとう。誰にも会わなくていい、私はひとりでいい」とおっしゃいました。私も先生に「大切な人が鎌倉から来られているし、どなたか会いたい人はいらっしゃいますか」と聞きましたが、「私はもうひとりでいい。誰にも会わなくてもいい」とおっしゃいました。

先生は酸素テントには入っていましたが、心臓マッサージも何もせず、自然にだんだんと血圧が下がっていくのを待ちました。岡村さんはずっとそばにおられたのですが、先生がいつ死なれたか分からなかったそうです。

1分間に2、3回息をするような程度で、まるで生と死がひとつになった状態がしばらく続いたので、私自身も先生の生と死の境はなかったように思います。先生は、「このままでよい」というまったくの平常心を持ちながら最期を迎えられたのです。先生は自らの死に方によってその生き方を具現化されました。

私は今から10年前に「生きかた上手」（当時・ユーリーグ社）という本を出版し、120万部を超すベストセラーとなりました。最初は「死にかた上手」というタイトルで出したいと言ったのですが、出版社から「先生、それでは売れませんよ」と言われたので、タイトルを変えたのです。生き方は同時に死に方でもあるので、「死に方」と言わなくても生き方を書くことによって私の思いを伝えることができました。

生も死もひとつで一線上にあり、境はないというのが禅の思想であり、それが「無事」

ということではないかと思います。

年をとったらシンプルに生きよう

私は、年をとってどういう健やかな生き方をすればよいかを考えました。年をとればとるほど、できるだけ質素なシンプルライフをするべきです。そして志は高く持つべきです。しかし、シンプルというのは何も装いをしないという意味ではありません。シンプルというのは装飾過多にはしないということであって、おしゃれをしないということではありません。つまり、シンプルなおしゃれをしましょうということです。私もジャケットのポケットにはネクタイとコーディネートしたハンカチをさし、若者のようなメガネをしています。

私は、歌手の坂本九さんの歌のように「上を向いて歩こう」をいつも目標にしています。年をとった人はどうしてもスリッパを履《は》いてすり足で歩くような感じになりがちですから、両肩甲骨《けんこうこつ》を近づけて、歩幅を広くとり、つま先を持ち上げてかかとから歩くようにすることで、年齢も10歳や20歳は若く見えるようになります。人が見ても「あの方の歩き方はさっそうとしていて格好がいいなあ」と思うくらいの行動をとるようにすることが大事だと思います。

遺伝子より環境や生活習慣

どのようによい遺伝子を伸ばし、よくない遺伝子をどのように眠らせるかというのは、これからの医学がもっと研究していくことになるでしょう。ですから、どのような文化的または自然環境、人間的環境に身を置くかというのは私たち一人ひとりが考えていくべきことです。どのような宗教や哲学や信念を持つかも考える必要があります。

そして年寄り同士ばかりではなく、できるだけ子供や若い人と接することが大切です。私がつくった「新老人の会」では、75歳以上のシニア、60歳から74歳のジュニア会員、20歳から59歳のサポート会員がいて、互いに交流します。人生の各ステージで目指すことは、潜在的なよい遺伝子を発掘するために、よい環境をつくることです。

なぜなら、若さに遺伝子がどう関係するかということをアメリカで研究された方が「遺伝子よりも環境や生活習慣の方が重要だ」と言っているのです。年を重ねるにつれて遺伝子の影響力が低下し、環境の重要性が増してくるそうです。マウスやアカザルを使った実験では、摂取《せっしゅ》するカロリーを低くするとみな長寿で、食べ過ぎの動物はみな短命だということが証明されています。ですから、食事を上手にコントロールすることが長寿に欠かせません。

与えられた命に感謝

繰り返しになりますが、私は大拙先生によって非常に大切なことを教わりました。「無事」というのは、ただ事がない、平穏であるということではなく、嵐の中にあっても心を動じさせず、平常心を持つことであるということ。そして自分に与えられている命に感謝することが大切だということです。

感謝することによって幸福感を得られます。幸福感というのは物を所持したり、勲章を頂いたりすることによって得られるものではなく、貧しくても心が満たされた時に得られるものです。そういう意味での幸福感を持つと日本人はもっともっと幸せになるのではないでしょうか。それはたとえ病気を持っていても心は健やかに生きることができるということです。この年齢になって、大拙先生の胸の内がよく分かるようになってきました。

（談）

次代を拓く

李登輝

台湾元総統

り・とうき ◉ 日本統治下の1923（大正12）年、台北県に生まれ、台北高校を経て京都帝大に学ぶ。日本陸軍に入隊し、少尉見習士官として終戦を迎えた。46年、台湾に戻り、台湾大を卒業。米国留学を2度経験している。蒋介石の長男、蒋経国総統の目に留まり、71年、国民党に入党。84年、副総統に抜擢された。88年、蒋総統の死去に伴い、台湾出身者として初の総統に就任。中国が威嚇を続ける中、台湾の民主化を進めた。96年、初の総統直接選挙でも当選を果たすが、総統退任後の2000年、総統選挙で国民党候補が民進党の陳水扁氏に破れたことで、国民党主席を辞任。台湾独立派の政党、台湾団結連盟の指導者となり、国民党籍を剥奪された。

わが心のふるさと石川

「金沢は文化の中心として命を持っている」

（2006年「第27号」掲載）

2004（平成16）年12月、台湾前総統の李登輝氏は石川県を訪れ、鈴木大拙、西田幾多郎、八田與一という石川が生んだ偉人の足跡をたどった。その李氏は2006年1月、台湾を訪れた石川県議会アジア行政視察団（団長・長井賢誓県議）と会談。大拙、西田、八田が自身の人間形成に及ぼした影響の大きさを語った。熱弁は3人が体現した「日本精神」から、政治、文化、指導者論にまで及んだ。（文責・編集部）

今年は「奥の細道」を歩く

一昨年の12月、石川県で皆さんのお世話になった。いろいろとありがとうございました。あの時は、ちょうど雪でした。西田幾多郎先生や八田與一さんのゆかりのものを見たし、「誠」という字を彫った茶碗も作った。茶碗は石原東京都知事のもとにいっています。いろんな場所を訪れましたが、実はもう少し、石川県を見たかった。

今年の5月に「奥の細道」を歩く予定です。全行程を一度に歩くのは、ちょっと体に障りがあるんじゃないかということで、2回に分けて、春は新潟の高田まで行く。その後、石川県に行きますよ。石川は今年の秋ごろの予定です。まだ外交的なけじめをつけていませんが、おおよそ、こんな計画です。その時には、もう一度、石川県を勉強させてもらいます。

鈴木大拙の言葉とか、寸心《すんしん》(西田幾多郎)の語ったことが書物として出ました。その本を私にも送っていただきまして、お礼を申し上げます。石川って面白い、本当に見る価値があるところだ。

私が知る限りでは、台湾から北陸に向けて今のところ、チャーター便が週に二、三回ぐらい飛んでいる。チャーターに関しては、北陸も台湾も一生懸命やっていますが、定期便になるためには、もう少し努力が必要でしょう。

国の基礎は文化なんだ

私は台北で音楽会を開いたことがあります。計画を立てた人たちや参加者に感謝したのですが、最後に私はこう言ったんです。結局、国にとって最も大事なのは文化だ。文化というものが人間の生活の基礎であり、最も価値あるものだと。

日本固有の文化を保持してきたのが金沢であり、石川県なんです。なぜアメリカは京都や金沢、奈良を爆撃しなかったのか。やはり日本の文化を何とかして残そうという気持ちがあったんだと思います。

ガルブレイスという、戦後、日本の経済復興に尽力した人がいます。今、90歳代で、駐インド大使も務め、私と同じように農業経済などを研究した人です。彼は、日本に求められているものが何かを知りたければ、「金沢を見よ」と言った。

金沢には大規模な産業はない。大きな工場もなければ、大きな会社もない。しかし、金沢は文化を保持しながらやっている。それでいいんだ。金沢は文化の中心として生命を持っている。ここに価値があるんです。

国に文化がなければ、なにもないのと同じだ。空っぽな国になる。国の基礎は文化なんだ。その基礎に立って、人々が強く団結してやっていく。それが基本なんです。

ITだとか、新しい産業だとか、いろんなことを言っても、基本的な精神が違っていたら困る。金沢は文化的な面で、やっていく必要があるんです。金沢には東京とか名古屋みたいな華やかさはないが、日本の文化を保っている。これが金沢ですよ。非常に大切なことだと思いますね。

西田、鈴木、八田は宝物

兼六園だけじゃなくて、西田幾多郎先生にしても、鈴木大拙先生にしても、こういう人たちは石川にとって宝物なんです。そして嘉南平原にダムと水路を造った八田與一さんもいる。こういう人たちの仕事ぶりには学ぶべきところがある。真剣に、国のために、日本の精神を発揮して一生懸命、仕事をやった。

八田さんも、実際、石川県にとって名誉ですよ。八田さんの奥さんもそうです。皆さん長い間、知らなかったがね。今度、八田さんの奥さんのドラマが出ますよ。それに、石川県は禅が始まったところだと言える。禅はインドから中国大陸へ伝わり、日本に渡った。その禅を世界に広めたのが鈴木大拙なんだ。

禅は、武士道と結びついている。禅と日本の武士道というのは切り離せないんです。禅には日本の武士階級、指導者階級の考え方が強く残っている。中国の仏教と日本の仏教は違いますよ、考え方が。日本仏教では、親鸞が始めた浄土真宗が北陸で勢いを伸ばした。

私はだいたい十五、六歳のころから、鈴木大拙先生の「禅と日本文化」について学びながら、彼の著作を読んで、坐禅を組んだり、苦行をしたり、いろいろまねをしてきました。若い時にね。私はクリスチャンですが、鈴木大拙の禅から学んだところはたくさんある。

負けたらやり直せ

（昨年12月の台湾統一地方選で与党民進党が大敗したが）負けたら、しっかりやり直すことが大切だ。政治をどうやるか知らないから、やられてしまった。こんなのはいい経験だ。台湾も、もっと広くものを考える政治家をつくらないといけない。

日本の政治が心強くなると、今度は台湾が心もとなくなったような気がする。だから、われわれは努力しなければならない。私も年だけど、これから（台湾総統選の行われる）2008年に向けてシナリオをつくります。今の民進党の人たちだけでは、選挙はできても、国を治めることはできない。経験がありませんから、どうしていいか分からないんです。

今の（陳水扁）総統はグラグラしている。今日はこう言ったり、明日はこう言ったり。態度がグラグラしているんだ。もっと国の理想を貫くことができる人物をつくらなくてはいけない。

日本の小泉首相みたいな指導者がほしいんですよ。やるべき時はきちんとやる。今の政治家はあいまいだ。それから派閥が多すぎて、ちょっとゴタゴタしている。

（台湾の野党党首が中国と接近しているが）野党は、共産党の力を借りて選挙で勝てやしないかと思っているだけの話で、まあ民衆は、はっきり知っています。

総統、総理ぐらいになったら、公のため、国のために尽くさなくてはいけないんです。最近は、日本でも例えば麻生さんにしても、安倍さんにしても、はっきり言っている。

会社の利益を考え過ぎたらだめだ。国の利益を優先しろ。これは当たり前ですよ。台湾も同じなんです。商売ばかり考えていてはだめです。農民、労働者、学校の先生、公務員、いろんな人がいる。そういう人たちのことを頭の中に入れて、やらなければならない。

国を治めるということは、商売人のためにやっているのではなくて、国全体の人々の生活をよりよくしていくのが目的ですよ。金は儲ける、商売もやる、ビジネスもよくする。それも国のため。そういうことをやらなくてはいけない。

日本は徐々にそういう方向に変わりつつある。非常にいいことだと思う。九月に小泉首相が退陣する前に、総裁候補と言われている3人が、どのように皆さんの支持を得ていくか。非常に見ものだと思います。

日本人は「誠」を忘れるな

小泉首相は、靖国神社の参拝について、国のために亡くなった人をわれわれが慰霊するのは当たり前だと言っている。戦後、日本はアメリカ流に変えられたが、それは日本人が我慢強くなり過ぎると困ったからでしょう。もうそろそろ教育基本法を変えて、教育をきちっと戻し、今のゆとりある教育だとかよりも、本当に名誉ある日本的な精神を基礎とした教育をやり直すべきじゃないか。

「誠実自然」というのが、もともと日本人の心なんです。これが日本精神ですよ。日本人は世界で一番、誠をもつ民族だから、それを忘れたら困る。西田先生は、この誠をすべての中心として考えたんです。

明治時代、日本はいろんなことを外国から学んだ。夏目漱石はロンドンに西洋文学を学びにやらされたけど、西洋ばかり学んで何の役に立つのかということで「私の個人主義」を言い出した。私の個人主義、日本的なものを守れという考えから、さらに「則天《そくてん》去私《きょし》」に進んでいくわけだ。漱石が大正5年に亡くなる前に、「明暗」とか「道草」とかを書いたが、それらの小説はここから出てくる。初期の「坊っちゃん」とか、「吾輩は猫である」とかと全然、考え方が違うんだ。

「則天去私」は中国で魯迅《ろじん》に影響を及ぼし、台湾では李登輝に影響を与えた。結局、こういう大きな影響が、国のいろんなところで出てくる。中国は共産主義的、独裁主義的な考え方でやっているが、魯迅などの考え方は、やはり残っている。いつの日か、ひっくり返されますよ、その人たちによって。

無位真人《むいのしんにん》である

秋に金沢に行ったら、できれば「私は私でない私」ということについて話したいと思っている。私は私でない私。つまり、私はクリスチャンだから、結局、イエスが私の中にある私であると。これは禅で言えば、私は私ではなく、「無位真人」であるということ。毎日、坐禅を組んで、個人を脱する。これが無位真人なりと。これは鈴木先生の考え方の中心なんだ。

人間は肉体の寿命を延長することは不可能だが、生きている間、精神はいくらでも高められる。その精神を高めていくのが、結局、われわれの文化の問題なんです。

梅原 猛

哲学者

うめはら・たけし ◉ 1925（大正14）年、宮城県生まれ。京都大学文学部哲学科卒。立命館大学教授、京都市立芸術大学学長、国際日本文化研究センター所長を経て、現在、同センター顧問。99年、文化勲章受章。主著に「隠された十字架」「水底の歌」「京都発見」「親鸞『四つの謎』を解く」など。

北陸文化の視点

（1998年「第1号」掲載）

（本稿は、1997年11月7日、福井市で開催された「日本文化デザイン会議」の基調講演の内容をもとに加筆修正したものです）

恐竜の絶滅から学ぶこと

最近、福井県勝山市で、イグアノドン類の草食恐竜の骨が多数発見されました。北陸地方は古い地層に属しており、そのような恐竜の骨が採集されるのは、日本でも北陸地方くらいだと言われています。

今も恐竜ブームが続いていますが、私は、人間は恐竜に学ぶ必要があると考えています。なぜなら、6500万年前に絶滅した恐竜は、かつての中生代という時代の覇者であったからです。恐竜は、爬虫類《はちゅうるい》の時代から出てきて、世界を我が物顔で荒し回っていました。その恐竜が6500万年前に絶滅しました。このことは、これからの人類の運命を考える上で無視できません。

恐竜が滅んだあと、哺乳類《ほにゅうるい》の時代がやって来ます。哺乳類の最初はネズミのような生物ですが、その時は、爬虫類が我が物顔で地球上をのさばっていたので、哺乳類の祖先は夜ひそかに活動していました。恐竜が絶滅して、爬虫類の時代も終わると、哺乳類が、今度は自分たちの時代とのさばるようになりました。

その哺乳類の最後に人間が出てきます。人間は今まさに、地球の王者として我が物顔でのさばっています。私は、人間の時代がいつまで続くのか、心もとなく思っています。人間の滅びを避けるためにも、恐竜の滅びを考えなければならない時代に来ているのです。

恐竜はなぜ滅びたのかというと、体がどんどん大きくなって、莫大なエネルギーを消費するようになったからです。草食恐竜は1日に森の木を食べ尽くしてしまいます。そこに肉食恐竜が現れて、草食恐竜を殺して食べてしまう。恐竜はおそらく、そういった大量のエネルギー消費と殺し合いによって絶滅に向かっていったのでしょう。つまり、恐竜が森の木を食べることによって、森が破壊され、食べ物がなくなっていったのです。

そして、6500万年前に地球に巨大隕石が衝突したことによって、残っていた恐竜が一度に滅びました。恐竜ばかりか生物の半分ぐらいが死に絶えてしまいます。人間は大量のエネルギーを消費し、森を破壊し、そして弱肉強食で、殺し合いをしています。恐竜の絶滅を考えるにつけ、私はそういう人間の時代は長く続かないのではないかと思うのです。

今、残っているトカゲ、ヘビ、ワニ、カメなどの爬虫類はすべて変温動物で、体温調節機能がありません。しかし、恐竜は爬虫類でありながら、人間のように体温を調節できる恒温動物だったという説が最近では定説になってきています。

恐竜は、爬虫類には珍しい2本足で歩くものもいます。前足を手のように働かせ、特に肉食恐竜はツメの長い手で草食恐竜の首に食らいつくのです。2本足、恒温動物、そして肉食という点で、まさに恐竜は人間の先駆者ではなかろうかと思います。その恐竜が6500万年前に滅んだというのは、やはり人類に大きな教訓を与えているのではないかと思います。

北陸地方で見つかったこのような恐竜の骨は北陸の大切な文化遺産になるでしょう。これから人類の運命を考える上で重要な手掛かりにもなると思うからです。

永遠の循環表す縄文遺跡

さらにもう一つ指摘したいことがあります。以前から思っていることですが、北陸の地には一種独特な縄文文化があるのではないかということです。特に、能登半島で発掘された真脇遺跡は、縄文文化の意味を考える上で、有力なヒントを与えてくれます。

北陸の縄文遺跡の特徴は、ウッドサークルが多く発掘されていることです。直径1メートルもあるようなクリの木柱を縦に半分に割って、10本をサークル状に並べたものです。ここで柱建ての儀式が行われていたと思います。諏訪大社の御柱祭、また伊勢神宮の御遷宮は柱建ての儀式であり、日本の神道の中心的な儀式です。

柱とは何かと言うと、天と地を結び、神と人を結ぶものです。そしてそれがサークル状を成しているのは、

真脇遺跡のウッドサークル（復元）

循環の原理を表しているのです。

『古事記』にイザナギノミコトとイザナミノミコトが天の御柱《あめのみはしら》を立て、そこで「みとのまぐはひ」をした話がありますが、ウッドサークルの意味はそこから来ていると思います。天の御柱の周りを回って、女の神が男の神に「ああ、いい男だ」と言い、また男の神が女の神に「ああ、いい女だ」と言う。女から声を掛けるのはよろしくないということで、もう一度やり直し、男から声を掛けて「みとのまぐはひ」をしたといいます。

そのような天の御柱は「産み」「生産」の柱であると同時に、人生を終えて天に帰るための柱、すなわちウッドサークルは「産み」と「去る」という意味の聖なる場所でないかと思うのです。

ウッドサークルは不思議なことに北陸地方にしかありません。何か特殊な神秘主義が北陸にあったに違いないと考えざるを得ません。縄文時代の遺物についても、北陸にしか出土しないものがあります。その一つが御物石器《ぎょぶつせっき》です。考古学者によると、男性器と女性器の合体を表しているという説があります。この説が当たっているとしたら、生まれてきて死んで、また生まれ変わるという循環の原理を示すものでしょう。この循環の思想こそが縄文の宗教です。永遠の循環を表す不思議な縄文遺跡が北陸にあるのです。

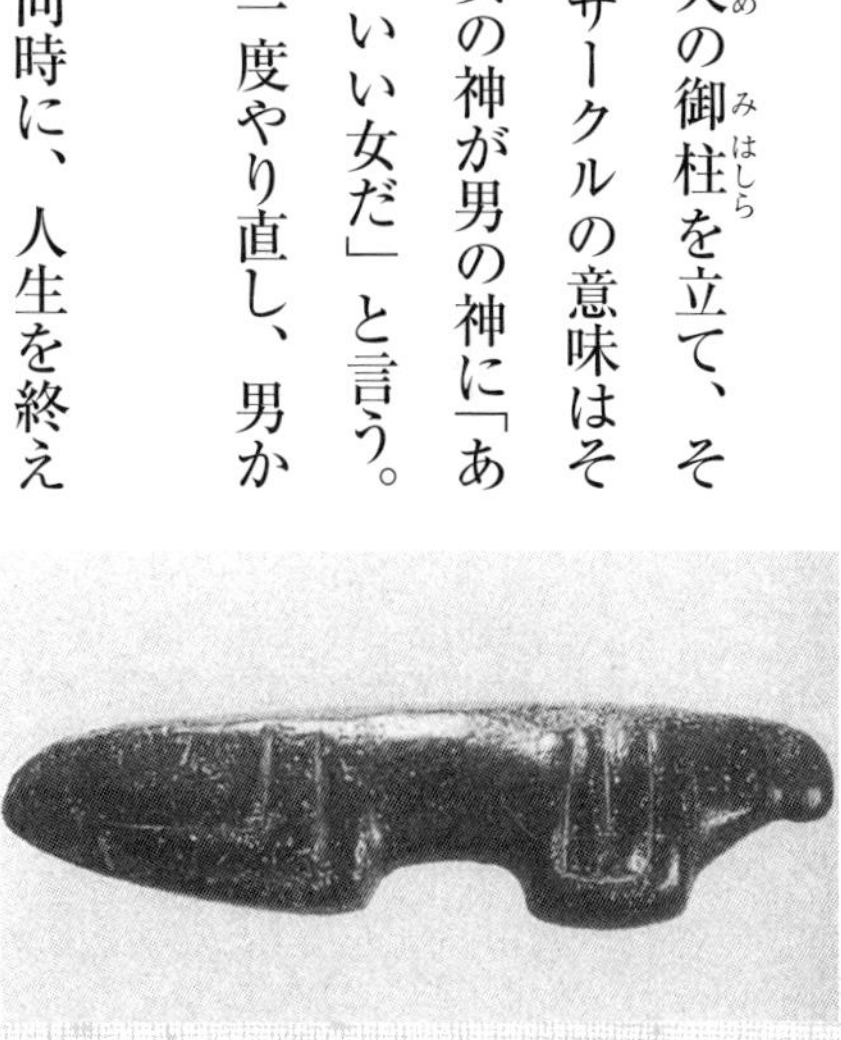
御物石器

能面に似た土面も北陸で出土しています。あれを見て私は、なぜ能面が小さいのかが分かりました。能面はもともと土面ではなかったか、と思うのです。

北陸を根拠地にした大伴氏

恐竜と縄文という古代文化が北陸にはありますが、歴史時代になると、北陸は『万葉集』の舞台として有名になります。大伴家持《おおとものやかもち》が越中守として赴任した時の歌が『万葉集』の中にあります。なぜ家持が越中に来たのか。東大寺の大仏建立の際に働いた政治家が橘諸兄《たちばなのもろえ》で、彼は天皇家の血筋を引く人です。その橘諸兄が藤原家の氏寺である興福寺以上の寺を建てることになりました。これは天皇の権威を示すためであり、さまざまな策略、政治的陰謀が渦巻くなかで、橘諸兄は東大寺建造に命を懸けたのです。

当時の聖武天皇はどちらかと言うと、藤原家に好感を持っていませんでした。聖武天皇を助ける橘諸兄が天皇の権威を確立しようと東大寺を建てた時、橘諸兄の一番の頼みとなったのが大伴氏です。この大伴氏を越中の国守として派遣して、東大寺の荘園の開拓に乗り出しました。

大伴家持の事績を調べると、越中の国守として歌ばかり作っているように見えますが、実は新田の開拓もしています。天皇派の大伴家持のような国守を派遣すると、東大寺の荘園がうんと増えるわけです。橘諸兄は特に越前、越中に目を付けて、ここを開拓して、東大寺建立の財政的基礎を固めようと考えました。その忠実な弟子として大伴家の大伴池主と大伴家持がこの地に赴任し、盛んに荘園作りをしたのです。

越《えつ》の国といえば、中国では浙江《せっこう》省の辺りにあった国です。呉越といわれますが、越の国のあった地は7000年前、中国の稲作文化が華咲いた場所です。私たちは今、この地の古代遺跡を調査していますが、稲作農業の王国である越の国が北から来た小麦農業の民族に滅ぼされて、征服されたらしいのです。

その民族の皇帝は黄帝と書かれるので、おそらく黄河流域の民族と思われます。稲作ではなく、小麦農業が行われる前の稗《ひえ》、粟《あわ》農業国の王様に越の国は征服されました。その後、越の民はあちらこちらに散らばり、中にはベトナムや四川省まで行った人々もいます。そのような越の人々が日本の北陸まで来たのではないでしょうか。だからこそ、北陸地方は越《こし》と名づけられたのではないかと思われてなりません。

家持は、おいしい米を作るのに適している北陸地方の開拓をしました。それには水利事業も必要ですが、家持にはその才能もありました。こうして、東大寺の荘園を増やし、同時に大伴氏の荘園も増やしたのです。後に伴大納言《とものだいなごん》が失脚した時に、それらの土地を政府に取られてしまいますが、北陸こそが大伴氏の本拠だったのです。その基礎は家持の時代にできたのだろうと思います。

家持が詠んだ歌はいつも悲しい歌です。ホトトギスの歌や橘の歌、藤の歌を詠んでいますが、橘は橘諸兄、藤は藤原氏をイメージしています。

天皇と藤原氏の争いは、東大寺の大仏開眼の日、女帝の孝謙天皇が藤原仲麻呂の家に泊まったことで勝負が明らかになります。時の女帝が男性の家に泊まるというのは非常に大きな意味を持ちます。結局、東大寺は藤原氏に取られてしまうのです。こういう一つの悲しい歴史が北陸にはあります。

聖徳太子と親鸞崇拝

それからの北陸の歴史で忘れてはいけないのが真宗王国の伝統です。法然の弟子、親《しん》鸞《らん》が越後に流されたことがきっかけで、越の国は浄土真宗との縁が深いのです。その後、北陸は一念義の源になっていきます。親鸞らしい人が北陸で邪義を広めているとのうわさが法然の耳に入り、法然が「邪義はいけない」と注意したとも言われます。

北陸には親鸞がいたために、法然の浄土教の教団においても、特に急進的な人々が北陸の地に向かったのです。一念義とは「南無阿弥陀仏」を唱えれば、何をしてもよいという非常に急進的で従来の慣行を無視した浄土教です。この浄土教が法然の時代に北陸で盛んになりました。

浄土真宗が興ると、北陸はその本拠地になります。後に蓮如《れんにょ》上人が出て、北陸を本拠に真宗王国を築きました。つまり、北陸の地にユートピアを実現しようという壮大な試みが行われたのです。

今もその痕跡が残るが、白山で一向一揆が起こるなど、一種の宗教的な熱狂がここで渦巻きました。こうして北陸は、浄土真宗のなかで最も熱烈な信仰が存在する地になったのです。

これをどう考えればよいのでしょうか。北陸の真宗教団は他の真宗教団と多少違うのではないかと思います。まだ詳しく調べていませんので、断言するにはいたりませんが、興味深いのは、北陸では聖徳太子崇拝と親鸞崇拝が重なっていると思われることです。

親鸞自身も聖徳太子崇拝が強かったらしく、その点が法然と違うところです。それはなぜかといえば、聖徳太子には妻も子もあり、俗人であったからだと思います。

聖徳太子は妻や子があるから、その妻や子のことでいろいろ悩みます。親鸞も妻や子をもうけ、しかも妻は一人ではなかったという説もありますが、いろいろ悩んでいました。そのような自分の悩む姿を先輩の聖徳太子と重ね合わせたのではないでしょうか。

親鸞は、出家してもなかなか煩悩が抜けませんでした。彼は身体強健な青年であり、特に性の欲望をどうすることもできなかったのです。そこで彼は聖徳太子が建立した京都・六角堂にこもりました。そして百日参籠《さんろう》の95日目の暁の夢のなかで、救世《ぐぜ》観音が親鸞にこう告げたそうです。

「法然の許へ行け」

こうして親鸞は法然の弟子となり、再び夢のなかで救世観音の声を聞くのです。

「もしおまえの業が深くて念仏に集中できないなら、私が女身になっておまえを一生守ってやろう」

そこで親鸞は妻帯を決意しました。親鸞に妻帯を決意させたのは、聖徳太子の化身といわれる救世観音だったのです。そのようなこともあり、親鸞は聖徳太子を崇拝するようになります。

親鸞の和讃《わさん》によると、親鸞が自分を聖徳太子の生まれ変わりであると考えている様子がなきにしもあらずです。それは中央の本願寺でははっきり語られませんが、北陸には、親鸞を聖徳太子の生まれ変わりとして、聖徳太子を崇拝する宗教があったようです。そこには深い神秘主義があるような気がします。北陸が真宗王国になった理由は、縄文時代以来の独特な文化がこの地に残っていたからだと思えてならないのです。

哀調のある不思議な神秘主義

北陸にはそのような文化的伝統が根付いていますが、明治以降も多くの文化人を輩出しています。

その中で私の人生に大きな影響を与えた人物が、哲学者の西田幾多郎です。仙台に生まれ、愛知県で育った私は高等学校時代に西田幾多郎の本を読み、深い感銘を受け、西田に憧《あこが》れて京大で哲学を学びました。西田幾多郎は素晴らしい哲学者で、東洋思想と西洋思想を総合し、新しい思想を打ち出したいと考え、独自の思想を展開しています。しかし、その思想は難解にして深遠です。もっとやさしい言葉で独創的な思想を語りたい、というのがその後の私の学問の一貫した方向になりました。

その西田の友人である鈴木大拙も西田と同じ石川県の出身で、明治以降の日本の仏教哲学者として最高の人だと思います。彼は禅を中心に仏教を西洋世界に知らせた人です。このように大思想家が二人も北陸から出ています。

作家では、泉鏡花や徳田秋声がいます。二人は「金色夜叉」を書いた尾崎紅葉の硯友《けんゆう》社《しゃ》出身で、紅葉門下四天王と呼ばれました。

四天王のほかの二人は小栗風葉と柳川春葉です。小栗風葉は愛知県半田市の出身で、私を育てた養母は風葉の妹でした。私が文学の道に入ったのも、子供のころに母から聞かされた紅葉門下の文人の話が、心のどこかに「私もそういう文学者になりたい」という気持ちを芽生えさせたからでしょう。

泉鏡花と徳田秋声の話は、小学生になる前に母の口から聞いていました。徳田秋声の小説の主人公は何気ない市井の人が多く、そのようなごく普通の人をモデルに人生の耐え難さ、苦労を描いています。冷酷に突き放していながら、どこか主人公に対する温かさがあります。徳田秋声は日本で一番偉大な作家といわれていました。川端康成、丹羽文雄などの作家は、徳田秋声の「縮図」が近代日本文学における最高の作品だと語っています。最近そういう評価はあまり聞かれませんが、自然主義文学の頂点に立つ優れた作家であることは間違いありません。

徳田秋声の反対側にいるのが泉鏡花です。徳田秋声は硯友社文学から自然主義文学に転じましたが、泉鏡花は、自然主義文学が流行しても、紅葉が設立した硯友社文学を描き続けました。

泉鏡花の作品は男女の愛の世界を描いています。しかも、生きている人間同士の愛ではなく、霊と人間との愛の世界を描いたのです。

泉鏡花の作品のなかに福井を舞台にした「夜叉ケ池」があります。それはこの世ならぬものと人間の不思議な愛を描いたものです。長い間、鏡花は忘れ去られたかのようでしたが、坂東玉三郎が「夜叉ケ池」や「天守物語」を上演して、再評価されるようになりました。

このように考えると、北陸は日本でも有数の古い文化を持っています。そしてそこには、どこか哀調のある不思議な神秘主義があり、その哀調は家持が越中で作った歌にも流れています。その北陸神秘主義は真宗王国という形で蘇《よみがえ》ります。そして、真宗王国は西田幾多郎、鈴木大拙という優れた思想家を生みました。

北陸文化の持つ哀調を受け継いだ作家が徳田秋声と泉鏡花です。特に泉鏡花の神秘主義は、縄文の神秘主義に相通ずるものがあるのではないでしょうか。高見順や中野重治も北陸が生んだ優れた文学者ですが、やはり共通する悲しみがあります。その純粋な悲しみが人の心を打つのです。

この地に住むみなさんが北陸の持つ文化的土壌の深みを自覚し、それをより豊かなものにして、この地にまた新しい文化を生み出すことを心から念じたいと思います。

竹内 宏

経済学者

たけうち・ひろし ◉ 1930（昭和5）年、静岡県清水市生まれ。東京大学経済学部卒業後、日本長期信用銀行入社、専務取締役調査部長などを経て、89（平成元）年、長銀総合研究所理事長、98年、竹内経済工房を設立。静岡総合研究機構理事長、静岡文化芸術大学教授などを務める。著書に「路地裏の経済学」「続・路地裏の経済学」「国際版路地裏の経済学」「父が子に語る日本経済」「金融敗戦」「長銀はなぜ敗れたか」「とげぬき地蔵経済学」など多数。2016年逝去。

我慢と誇りの文化を

（2002年「第11号」掲載）

都心の再生が叫ばれて久しい。再開発の名のもとに、歴史や文化によって培われてきた「顔」や「個性」がそぎ落とされていく一方で、にぎわいや消費文化を生む魅力ある街づくりへ向けた動きも出てきた。新しい時代にふさわしい「ハイカラな都心」をつくるため、その課題を考え、歴史ある都市の変容の過程を振り返り、さらに、再生を目指す取り組みを紹介する。

地域振興に濃淡出た歴史

北陸を訪れると、都市や農村のたたずまいに、今も驚きを覚えます。おおげさでなく、こんな美しい光景は、果たして日本のほかの地域にどれだけ残っているのだろう、と思います。ちいさな田舎の町にも、美しさがにじみでているのです。

それは、歴史から来るものだと思います。

例えば、東海道には幕府の直轄地《ちょっかつち》や譜代《ふだい》大名の領地が多くありました。そこを治めていた人たちは当然、江戸向きの行政をしていました。300年近く、代官たちはひたすら江戸に顔を向けて仕事を続け、地域振興ということにさほど思いをめぐらせなかったのが一般的だったのではないでしょうか。

地域振興で大切なのは教育です。幕府の直轄地の場合、藩校という教育機関はなく、寺子屋の数も少なかった。確かに税金は安かったでしょうが、その一方で教育水準は劣っていたに違いありません。小藩のなかには、たびたびお国替えがあって、為政者は地域振興にさほど力を入れないところが少なくなかったと思います。

江戸向きの政治ではなく

石川、富山の場合は、百万石の大大名が、お国替えもなく治めていて、さらに江戸向きの政治ではなく、地域振興に取り組んできました。これは、ほかにはない特徴で、いまに続く独自の文化を育ててきました。

近年、新幹線や高速道路などの整備によって、地方都市に「顔」がなくなり、地域独自の文化が失われようとしていると言われています。便利さと引き換えに、地域独自の大切なものが失われるという現象は、北陸でも例外ではないでしょうが、ほかに比べて、基層となる文化の厚みが違うということも言えると思います。

東京での都心再生

都心の再生ということについて、いま東京では面白いことが起きています。都心部では、高層マンションが続々と建設されており、価格はバブル期の5分の1にまでなっています。4000万円程度でサラリーマンも住めるようになって、これまで近郊へ向かう一方だった人の流れが都心へ戻り、お台場《だいば》や恵比寿《えびす》などに新しい街ができてきました。

そこに住む人はソフトウエアの開発者やデザイナー、ベンチャー企業の幹部などで、「職住近接」になって、フランスやイタリアのブランド店や専門店が進出し、新しい文化的な雰囲気を漂わせています。パリやニューヨークのような生活しやすい街、おそらく世界一きれいな街になろうとしています。

東京に人が集まり、都心再生が進む理由はいくつかあると思います。例えば、美術館の数やオーケストラの数が世界一であるといった文化が凝縮された都市であることも、その一つではないでしょうか。そういう所に人は集まり、喜んで住みます。

混在こそが新しい都心

金沢には、東京とは違った伝統文化の凝縮があります。そこに、世界の最先端の文化が入って、「金沢文化」と結合する、そういう都心がほしいと思います。

金沢は、いまも伝統的な街のたたずまいと「ミニ東京」のような光景とが混在していてもいいのです。混在していていいのです。中心部の武家屋敷や用水沿いの景観を楽しみ、そぞろ歩いていると、突然、有名ブランドのブティックの店に出くわすというような、新しい店も点在するような全体の都市像が望ましいということです。極端な例かもしれませんが、大きな梁《はり》が通っているような伝統的な建物に、有名ブランド店が入るといった試みも、金沢ならばできるかもしれません。

「せぬがよき」文化

日本の文化は「せぬがよき」という目立たないことをよしとする文化です。「せぬがよき」とは、能の世阿弥《ぜあみ》の思想で、達者な演技者が、あえてその達者な技巧を抑えて見せるということだそうです。金沢の茶屋街の建物が良い例です。外から見ただけでは、たいした建物という印象は受けないでしょうが、中に入ると美しい空間が広がっています。目立たせるのではなく、抑えるという文化ですが、しかし、いまはそれが希薄になってきて、目立たせることで競争に勝とうとしています。

北陸は「真宗王国」といわれ、かつて本山の別院や大きな寺院のあった街はにぎわっていました。いま、どこも難しい問題を抱えていると思いますが、ただ、真宗寺院などを核にした街は、にぎわい復興の可能性があると思います。門徒などの人々が寄り合える伝統を持つ地域は、旧来型のコミュニティーをうまく変えていくことができるのです。

滋賀県の長浜市がその良い例です。羽柴秀吉がつくった街の歴史を学んで、どうしたらいいかという議論を門徒の人々が中心になって重ね、城を作ろうということになりました。篤志家の寄付があったり、空いた店舗をデベロッパーが買ったり借りたりして、デザインした新しい店を作り、何人かの出資で運営を続けるという試みで、うつくしい街の景観を新たにつくり上げていっています。

発想とお金です。街全体でそのコンセンサスをつくりあげることが大事で、文化の厚みのあるところは、その可能性を持っているのです。

文化とは「我慢すること」

文化は、我慢であるとも思います。金沢では城の櫓《やぐら》の復元が始まっていますが、ほかの街のようにコンクリートでかためたような城をつくるわけにはいきません。相当の税金を30年も40年も、城をつくるのに費やそうという市民の合意と我慢とが必要です。さらには寄付も必要かもしれません。長い年月をかけて、市民が我慢しようという心意気で城をつくってはじめて、それが街に新たな風格を与えることになります。

兼六園を大切にすることもそうです。車は広い園内を迂回《うかい》した道路を走っています。兼六園がなければ、迂回しなくても済みます。どれだけ便利になるか分かりませんが、それでも、兼六園の中に道を通そうという議論が起きたりはしません。

都市機能という点から見れば、都心の公園は効率的ではありません。古い街並みを大切にしようということも、そこに暮らす人々にとって、我慢を強いることになります。昔の武家屋敷は、冬は寒いに決まっています。しかし、それを壊して心地よい住宅に変えるのは、文化ではありません。一軒一軒の家が公共物だという意識、全体の調和を大切にしたいから、庭にも塀にも心配りをしよう、と住む人たちがみんな我慢をし合うことが文化だと思います。

訓練することの大切さ

コミュニティーがないと、文化は生まれません。東京はそれがなくても、多くの教育機関や最先端の企業や研究施設、さらに優秀な人材が集まってきています。北陸の都市に、東京のようなことはできません。それならば、何を武器にするかといえば文化です。人をひきつける文化は訓練でもあると思います。小さいときからの教育が大切です。優れたものを小さい時から教えていかないと、高い文化は育ちません。

八尾町の「風の盆」がそうです。とりつかれたように教えている人と、習っている子供たちがたくさんいます。地元で子供のころからしっかり訓練がなされているから、地方文化が受け継がれているのです。

優れた職人がいる街もそうです。小さいころからいいものを見せることで「眼《め》」が育ちます。伝統工芸の盛んな北陸の都市では、優れた作品をちゃんと見せるという教育が大切です。美しいものを見る訓練を続けていれば、美しい作品をつくる人たちが出てくるはずです。北陸には、その蓄積があります。意図して育て、伝承することが大切です。

私の故郷の静岡県清水市は、サッカーの街といわれています。チームが500もあって、日本代表レベルの選手の半数が清水の出身か、清水でサッカーを学んだ人たちです。

サッカーが街の文化です。夕方まで子供たちが練習をしていて、7時までは父親のチーム、9時までは母親たちやお年寄りも練習をしています。一家でサッカーをしているという街ですから、世界に通じる選手たちがおのずと出てくるのです。

「次郎長翁をしのぶ会」

清水といえば、私は「次郎長翁《おう》をしのぶ会」の会長をしています。清水といえば次郎長が有名ですが、実を言うと、ここから出た知名人は次郎長ぐらいしかいないのです（笑）。いないから、「侠客《きょうかく》の親分」だけでない足跡について学んでいます。

明治維新の直前に、官軍が進撃してきて駿府《すんぷ》町奉行が消滅するという混乱が起き、次郎長は官軍から清水の警察署長の役に任命されました。駿河《するが》は幕府の直轄地でしたから「徳川シンパ」が多かったのですが、「幕府軍に味方するものは打ち首にする」というお触れが出されました。しかし、次郎長は、海に放置されていた幕府の軍艦「咸臨丸《かんりんまる》」の乗組員の遺体をたくさん収容し、手厚く葬りました。それで、幕府シンパの住民から信頼を得ることができ、治安が戻ったのです。晩年、英語塾、港の開発、富士のすそ野の開墾事業にも携わっています。

誇りを育てる市民運動

「次郎長翁をしのぶ会」の狙いは、「侠客の親分」が、これだけのことを行ったのだから、われわれも何かできるかもしれないという市民運動を展開することです。地域のことをもっと知って、誇りを持とうという市民運動です。

北陸の都市には、誇るべき人物が大勢います。金沢ならば、泉鏡花や室生犀星、徳田秋声とか、西田幾多郎もゆかりの人物です。犀星や幾多郎の研究だけではなくて、市民運動として取り組むことが大切です。

次郎長の方が一般には名が知られていますが、清水市民は優れた先人がいないので不幸です。北陸の人には誇るべき先人が大勢いるわけです。その歴史や業績を学ぶことが、街に誇りを持つことに通じるのです。そのために税金を使うことを良しとし、さらには寄付や奉仕をする気持ちを起こさせるということが大事です。

一種の思想運動でしょうが、それがある都市は、将来的に成長を遂げていくと思います。東京は、資本が集中し、大資本が主体となって街づくりを進めていますが、金沢のような規模の都市では、それは無理です。市民がこつこつやるしかないでしょう。そのためには、一種のシンボルというか、文化的な誇りを高めることが、非常に大切になってきます。

容易ではない都市再生

北陸にあるような中規模の都市の再生については、これから難しくなる都市と、そうでない都市とに分かれてくると思います。

例えば、静岡には徳川家康以来の伝統的な街並みの商店街が残っています。ここは車の乗り入れ規制をしていて、人がゆったりと歩ける街です。その中にしゃれたレストランや喫茶店が点在しています。郊外の店に比べて、商品は高い値段を付けていますが、街のたたずまいが人を呼んで、にぎわっています。

静岡の事例を見て、清水でも車の乗り入れ禁止を試みました。ところが、よけいに客が来なくなってしまいました(笑)。名古屋の街もそうです。道路が広すぎて、にぎわいは地下街へ移ってしまっています。

イタリアの都市が参考に

一般論として、道幅が6—8メートルで街並みに趣きのある都心が、にぎわいを取り戻していると言えます。車の規制も効果的です。

イタリアの都市が一番参考になります。ベニスとかアッシジ、フェラーラなど、人口10万人から50万人の町は、美しくて文化が根付いています。それで、トスカーナ地方などは、イタリア・ファッションの中心地になっています。文化とファッションとが表裏の関係になっていますが、それは地域の人たちの文化のレベルが高いからです。地域の人たちの需要を満たす品を作れば、それはそのまま世界のマーケットに通用するのです。金沢など北陸の都市も、街のたたずまいを研ぎ澄ませていれば、新しいものが生まれると思います。

車の規制にしても、伝統や文化に対する誇りが前提になっていないと、「なぜそんな不便なことをするのか」といった意見が出てきます。ある時間帯だけ規制しよう、といったような知恵も出てこないのではないでしょうか。

成功例乏しい国際会議場

私の経験ですが、たとえば金沢で国際的な学会の開催を提案しても、反対はほとんどありません。人口40万人程度の街で、大規模な会議を開いて、それが当然と思われるようなケースはめったにありません。金沢は例外です。それを生かすべきです。

ただし、それならすぐに国際会議場に飛びつくという発想は、いささか疑問です。各地でコンベンション都市なるプランが進んでいますが、成功した例はほとんどありません。静岡市でも大きな会議場を作りましたが、年間20億円の赤字を出しています。維持管理に大変な経費がかかります。加えて、自治体の運営の場合、夜の何時以降は食事を出さないなどといった制約がたくさんあって、よくもこんな使いにくいものを作ったと驚くばかりです。

ジャパンテントの工夫

4年前に、世界の留学生が金沢に集う「ジャパンテント」に招かれて、基調講演をしました。あのイベントはいかにも金沢らしいと思いました。誇るべき国際的なイベントですが、知名度は日本全体に広がってはいないようです。しかし、さほど広がらなくても、「通」の人は知っているという、いかにも金沢らしい文化の一つかもしれません。

それはともかく、留学生をホームステイさせたりして、言葉は悪いのですが、わりと「安上がり」にしていますが、望ましい「国際会議場構想」は、そのような工夫を生かすことだと思います。大きくて立派で、しかし、運営に膨大な金のかかる建物が果たして必要なのでしょうか。それこそ、方々に分散する「テント」でもいいのではないでしょうか。

インターネットの普及で、都市の機能自体がこれから大きく変わると思います。いろいろな手続きをする窓口を構えるために、大きな建物の役所が必要になるという時代ではありません。ダイナミックにシステムが変わっていく時代に、ことさら大きな建物を構えるという発想は決して好ましくないと思います。これも原則論ですが、都心に役所や博物館、劇場などがあっても、さほどにぎわいを生み出すことにはなりません。特定の時間だけ人がいて、劇場ならば夕方に人の流れがあっても、夜になったら終わりです。

アジアとの交流を課題に

国際会議での経験ですが、金沢で開催すると言うと、とりわけ韓国の人たちは喜びます。「よくぞ選んでくれた」と言われて、理由を尋ねたところ、加賀藩祖の前田利家が朝鮮出兵に加わっていないから、と言われたことがあります。「よく韓国の事情をご存知ですね」と言われて、驚いたことがあります。これも、北陸の持つ大切な歴史の遺産といえるかもしれません。

中国や韓国の人たちの所得が上がってきて、彼らとの交流がこれからの大きな課題になってきます。東京が求心力を持っていることは間違いありませんが、北陸の都市がもっと考えてもよい課題だと思います。人や物、情報が集まり、それが交わって新しい文化が生み出されます。新しい交流を生み出してこそ、都市が個性を磨くといえます。

目覚しい技術革新や経済成長の中で、伝統文化が軽視される風潮が続きましたが、これからは地方に根付く文化や習慣、生活に再び目を向ける時代になると思います。このごろのベストセラーに「声に出して読みたい日本語」がありますが、あの中に出てくる日本の情緒を味わえる場所は、ほとんどなくなってしまいました。

文化を育てるソフトづくり

北陸には、人をひきつけるものが多くあります。文化を育てるという地域のソフトづくりが、魅力ある都市や都心をつくるために求められていると思います。

かつて「江戸を向いて」仕事をしていた幕府直轄地のような発想は、中央政府が統率力を持って地方自治体を動かしているいまの機構に通じるのかもしれません。その結果、地域振興という名のもとに、似通った都市や都心のたたずまいを全国に出現させる結果になったと言えるのではないでしょうか。

地方分権が大切なことは言うまでもありません。そのためには、地域の歴史や文化に誇りを持つことです。江戸時代、江戸を向いた代官の支配やたびたびの国替えをさせられた地域の住民は、迷惑至極だったといえるかもしれません。それだけに、そんな歴史を免れた北陸は、歴史と文化を守り育て、新しい都市や都心をつくっていく責任があると思います。

特別対談

（平成11年11月8日　高輪プリンスホテルで）

渡部昇一

評論家、英語学者

佐伯彰一

文芸評論家、米文学者

わたなべ・しょういち◉1930（昭和5）年、山形県鶴岡市生まれ。上智大文学部大学院修士課程卒。西独ミュンスター大、英オクスフォード大に留学。Dr. phil. Dr. phil. h. c. フルブライト教授として米国各地の大学で講義し、69年上智大学文学部教授に就任。専攻、英語学、言語学。著書に「英文法史」「腐敗の時代」「知的生活の方法」など。2017年逝去。

さえき・しょういち◉1922（大正11）年、富山県立山町生まれ。東大文学部卒。富山大助教授、米ミシガン大学客員教授、東京都立大教授、東大教授などを歴任。現代アメリカ文学の研究、翻訳のかたわら文芸評論家として活躍。著書に「日本人の自伝」「評伝三島由紀夫」「日米関係の中の文学」など多数。2016年逝去。

20世紀の呪縛《じゅばく》と日本の未来

（2000年「第4号」掲載）

コミュニズムという妖怪《ようかい》に翻弄された20世紀日本。本家の崩壊にもかかわらず、そのマインドコントロールは、解けたようには思えない。日本を代表する碩学《せきがく》2人が痛憤の想いを込めて語り合う民族の100年と、新世紀への期待。

佐伯彰一・渡部昇一

ロシア革命の衝撃とスパイの暗躍

佐伯　渡部さんが『日本史から見た日本人』という非常に優れた日本史の通史を出版された。特に昭和史には一巻を充てられて、昭和史の動きが明晰《めいせき》にたどられていると思う。実は昨日拝読して感心し直した。僕が生まれたのは大正11年で、西暦で言うと1922年ですよね。現代史を振り返るときに自分の生まれた年にこだわるのはおかしなようだけど、1920年代初めが日本だけじゃなくて世界の大きな変わり目になるんじゃないかと思う。一つは第一次大戦で、日本がちゃっかり一役買って、世界の列強になった。自信もつけた。その後、いろいろなショックが続いた。ぼくはたまたま東京で生まれたもんだから、大震災の時は赤ん坊だった。うちのじいさんなんかびっくりして、ぼくを連れて富山へ帰っちゃった。疎開児童の草分けみたいなものなんです。

渡部 震災疎開児童だったんですね。

佐伯 それから間もなく、パリで第一次大戦の平和条約が締結された。もっと日本に身近なところでは、ワシントン会議があった。ワシントン会議がどういう影響を日本史や日本人に及ぼしたかというと、問題があるところだけれど、ぼくらの世代から言うと、あれが日本人にとっての一種のトローマ（トラウマ＝精神的外傷）になったように思う。同じことは渡部さんも書いているんだけど。ワシントン会議の結果、日英同盟がなくなって、何となくアメリカにこれから頭を押さえられていくぞというふうな気持ちが日本人の中で生まれたんじゃないかと思う。それは確か『諸君！』ではるか以前に渡部さんと対談した時に話題になったと思うけど、運の悪いことにアメリカでそのころ日本人排斥の波が高まったんですね。学童が隔離され、白人と一緒に教育してやらないというようなことまで起こった。

渡部 僕はね、今年の夏、3つの重大な記事を読んだ。それがみんな同じことを指す。それはね、日本は共産主義にたたられた国だったということなんです。というのは今年の夏ごろ発見されたアメリカの公文書から分かるんです。一つはハル・ノート。※1元来あのころは妥協案を出し合って、なんとか戦争を避けられるんじゃないかという希望があったんですけど、だめになった。それまでの交渉過程に関係なく、ポンと交渉無用のような状況をハル・ノートによって突きつけられたわけです。これについては東京裁判でインドのパル判事が、こんなもの突き付けられたら、モナコやルクセンブルクでも銃を持って立ち上がるだろうということを言ったアメリカ人の言葉を引用して日本を弁護していますがね。そのハル・ノートがどうしてできたかが、今年の夏、明らかになったんです。それは、ホワイトというソ連のスパイが、ソ連のパブロフという親玉の指令によって、起草したんです。ホワイトは財務省次官で、戦後はIMFのアメリカ理事を務めるなど、戦後の経済体制を作った人なんですけど、そんな人物が実はスパイだった。当時ソ連はドイツにえらい目にあっていますから、日本が無傷のままで背後に控えると大変困ったことになる。だからアメリカと戦争になるような文書を書かせた。もう一つは、昭和12年の9月に、ルーズベルト大統領が、シナ(中国)に150機のカーチス戦闘機とロッキード・ハドソン長距離爆撃機150機を送って、シナからアメリカのパイロットに操縦させて日本を爆撃させるという参謀本部の案にＯＫのサインをしたことなんです。参謀本部はいろんな可能性を考えて案を出しますから、案自体はプラスでもマイナスでもない。ところがそれに大統領がＧＯのサインをしたということは、黙っていれば昭和16年9月に日本が無差別、無警告で攻撃を受けることを意味する。たまたまそれが実現しなかったのは、ヨーロッパの事情が急迫したために、それだけの飛行機が使えなかったというだけなんですよ。日本を無差別・無警告で爆撃する案をだれが作ったかというと、これがやはりカリーというスパイなんです。この前の戦争が始まった基には、全部ロシアのスパイがいるんです。

佐伯　日本にもゾルゲっていうスパイがいて、なんか内閣にまでほとんど入り込んでいたようだった。

渡部　ルーズベルトが日本に敵意を持ったきっかけは、田中上奏文だと言われている。

佐伯　あれがまた、にせものでしょう。本当は存在しない。

渡部　にせものだと言うことは以前から言われていたんですが、それが今年の夏にはっきりした。トロツキー[※2]が、ロシアを逃げ出す前に読んだということを言っているんです。そのころトロツキーが読んだということは、田中が書きうる時期より前なんです。だから明らかにソ連共産党の制作なんです。

佐伯 いやあ、現代史は情報スパイの歴史を抜きにしては語れないというのは本当だね。

渡部 特に日本の場合はね。それからこのごろ僕が日本近代史で思うのは、戦前の右翼が共産党のせいでできたということなんです。共産革命でロマノフ王朝が倒れ、王族がみな殺されるという残酷なニュースが日本へ入ってきた。しかも、コミンテルン[※3]は、できたばかりの日本共産党に、皇室をなくせという司令を出す。これで危機感を持たなかったらおかしいですよ、日本は。それで加藤内閣が治安維持法を作るわけなんですけど、加藤内閣というのは別に反動的ではなくて、普通選挙法を通した民主的・自由主義的な内閣なんです。今までの収入に関係なく成年男子は投票権を持つという、もっとも進んだ選挙法を作った内閣が、同じ議会の中で治安維持法を作っている。これは作らざるを得ないんですよ。ところが、治安維持法よりも重要だったのは、それに危機感をあおられた連中が、対抗手段を考えたこと。しかし彼らには理論がない。そのうち、昭和5年の大不況がくる。すると、マルクスの予言が当たったんじゃないかと、ますます危機感を持つわけなんです。そこで、あらゆる日本の戦前右翼はほとんど共産党と同じような綱領を打ち出した。

佐伯 それはドイツ文学の竹山道雄さんも言っておられる。『昭和の精神史』という著書は、左翼からさんざん、貴族史観だとか悪口を言われたんだけど、その中で昭和史の動きにコミュニズム（共産主義）の大きな影があって、それにみんな踊らされたという面を見逃してはならないということをはっきりお書きになられた方だった。

渡部　先生が直感的に言われたことが、今、事実として裏付けられてきている感じですね。それでね、共産革命がなければ日本の右翼は起こらなかったんです。右翼が起こらないと、二・二六事件も五・一五事件も、何もなくなる。昭和史は――。

佐伯　変わっちゃうね、確かに。

渡部　日本が負けた時にスターリンが、日露戦争の復讐《ふくしゅう》だというんです。何か、日本が共産主義に呪《のろ》われて、この前の戦争に入ったような気がするんです。で、その反動として右翼ができたと。考えてみるとドイツは、共産党がいなかったらヒットラーも出なかったんですよね。イタリアにもムッソリーニは出なかったんですよ。

一大カルトの走りか

佐伯　今になってみると、20世紀のコミュニズムというものは、一大カルトの走りだと思う。

渡部　そう、大カルトですね。

佐伯　その前に、ニーチェみたいな半分狂ったような人が出て、神は死んだと叫んで、進化論も出てきたりした。19世紀後半から20世紀初めにかけて、キリスト教は大きな打撃を受けた。インテリの中に不可知論者が相当増えてきて、大宗教の持っている力が、急激に終わりかけてきた。そこへ、マルクス主義革命が起きた。

渡部 やはり、革命を起こした国の残虐さを見ると、オウムと同じでカルトですよ。

佐伯 そのカルトが世界に及んで、イギリスだって、ケンブリッジなんか共産主義者の巣になった。ぼくはロシア革命から逃げ出したナボコフ[※4]の自伝を読んでびっくりしたんだけど、彼は命からがらロシアから逃げ出して、ケンブリッジへ行って、レーニンがいかにひどい奴かってことを言ったんだけど全然相手にしてもらえなかった。冷笑されるばかりで、お前はとにかくそういうところから逃げ出してきた反動のやからだって、くさされた。その時さんざん嫌な思いをして、1930年代半ばにもう1回行ったら、左翼的雰囲気がまだ強くて閉口したって書いてある。ケンブリッジはご承知の通りイギリスの大スパイが続々とあそこから出てますから。

渡部 今から見ると、マッカーシズム[※5]は正しいことを言っていたんですね。

佐伯 実際にスパイがうようよしていたんだから。

渡部 ローゼンバーグ事件[※6]もそうだった。あの時も日本の左翼はでっちあげだ、みたいなことを言ったけど。それからハイエクっていう経済学者ですけどね、これもロンドン大に呼ばれたけど、結局同僚はほとんど全員社会主義者だったって書いてました。

佐伯　やはり共産主義という大カルトが世界史に巻き起こした波紋というか、あるいは被害というのは、もっと正確に論じられるべきです。ことに日本ではね。

渡部　うらみを持って思い起こされるべきだと思いますね。日露戦争以後、東北アジアの情勢は落ち着いていた。ところが、そのロシア革命以来、いろいろな問題が起きた。

佐伯　中国の動揺もロシア革命の余波ですから。

渡部　今から思うと、満洲国の騒ぎも、ロシア革命がなければ、危機感を持つ必要はなかった。ところが、山賊に思想と武器が渡ったんですよ。これでは危機感が起こります。

佐伯　ぼくは日本の多くの近代史家、現代史家の大きな弱点は、そういう背景というか事情にまったくうといってことだと思う。あきれるばかりに無知でしょう。外国の本なんか読まないで日本史だけやってるのは、愚かしい。この世界の中でね、隣国や、いくつかの国の情勢について、直接調べたり論じたりしないで、日本の歴史をやるってことは意味をなさないでしょう。

渡部　鎖国時代の日本ならともかく。

佐伯　鎖国の時でも、一生懸命ささやかな情報を得ようと頑張っていたんだけど、今はそういう努力さえしない。日本の近代史家、現代史家はこの際全部、総検討されるべきだと思います。

渡部 その通りだと思います。

共産主義の大攻勢で正気に

佐伯 すこし話題を変えて、戦後に飛びますけど、負けた時にぼくはちょうど20代の初めぐらいで、英文科出だったものだから、すぐまた呼び出されて、リエゾン・オフィサー(連絡将校)という資格になった。

渡部 それで先生の世代にしては、例外的に英会話がおじょうずなんですね。

佐伯 いやいや、あやしいものだけど。佐世保に行って、いろいろ臨時通訳をやらされた。だから、当時の占領軍の狙いはよく分かる。日本は農業を中心にさせて――差別用語になるかもしれないけど――アジアの三流国並みに工業能力を剥奪《はくだつ》するという方針だった。ひょっとしたら、大きな工場も壊しちゃうっていうぐらいの勢いだった。それが結局は朝鮮戦争――つまり共産主義の波がだんだん押し寄せてきて、アメリカは共産主義の大攻勢をひしひしと感じて。

渡部 それで正気に返ったんですよ。日本が明治以来やってきたことが筋が通っていたと分かったんですな。だから、たちまち講和条約を成立させる。それまでは、日本は講和条約なんかいつやるか分からない状況でしたよ。

佐伯　つまり、アメリカのアジア認識は、あれでやっと正常に返った。オーエン・ラティモアというアメリカのアジア学者がいて、本の中でアジアの悪者はただ一つ軍国主義日本であったと書いていた。日本がなくなればアジアには何の問題もない。平和で繁栄が来るだろうと書いていた。何とおろかなオプチミスト(楽観主義者)なんだろうと思いましたね。それが、しばらくしたらマッカーシーにやられたから、やられてもしかたないんじゃないのって思った。アメリカのアジア学者でさえ、この程度の認識ですからね。

渡部　イギリスのほうがまだましでした。サー・レジナルド・ジョンストンという、あの溥儀《ふぎ》(清朝最後の皇帝。1934年に満洲国皇帝となる)の先生。『紫禁城のたそがれ』を書いたあの人は、満洲国の成立を喜んで、死ぬまで自分の書斎に満洲の旗を掲げていたそうです。

佐伯　あの本の翻訳が岩波文庫で出た時、あなたはその翻訳のやり方について…。

渡部　満洲に関する記述のところだけ、虫食ったように省いてあった。それから、1章から10章までバサッと切ってあるしね。大変いんちきな翻訳だった。今、あの本が見つからないんです。20年間探して、日本で1冊、オーストラリアで1冊なんです。ところが最近、リプリントが出たんです。アメリカにおいてもね。

佐伯 調べ直そうという人が出た。

渡部 満洲というのはね、必然性のある国だったんだと思う。満洲族の満洲国皇帝ですからね。ようやくジョンストンの本が、焚書《ふんしょ》的な状況から抜け出したという感じがしました。元の本は不思議なことにイギリスの専門書屋にいってもないんです。

佐伯 レアブック(稀覯本《きこう》)の最たるものですか。

渡部 近代のものにしてはね。あんなレアなものはない。シェークスピアの初版より見つからないいんですから(笑)

佐伯 日本でも見つかったんですか。

渡部 1冊だけ、戦前に買った人がいたんですな。読んだ形跡はなかったけど。きれいなものでした。ジョンストンの本は東京裁判に証拠物件として出して却下されたんです。あの本を出せばね、東京裁判は成り立たないんですよ。満洲国は侵略にならなくなっちゃうんですから。満洲人の皇帝が「オレ皇帝になりたい」と言ったのを日本が助けただけですから。それで、これははじめから取り上げないと却下されたんです。

ベトナムで挫折したアメリカ

佐伯 歴史というものは、振り返ってみるとおかしいというか愉快というか。敗戦の日本も三流国だか四流国だか分からないけど、そういうところから抜け出すのに半世紀ぐらいかかったかもしれない。ある意味ではガラリと変わった。ぼくが最初にアメリカに行ったのは1950年。そのときは、アメリカ行くのも軍用機を使った。本当は汽船のはずだったんだけど、兵隊を送った飛行機が空いたので。ハワイで着陸したのは軍用の飛行場だった。真珠湾のすぐ近く。最初の晩は怖くて外が眺められないような気持ちだった。

渡部　50年に渡米されたのは幸せでしたね。もうあのころのアメリカを知っている人はいないでしょう。

佐伯　本当に輝いていた。素晴らしく明るい、オプチミズムにあふれていて、後から見てもあれはグングン成長するアメリカのゴールデンイヤーズみたいな時代で。それが60年代になると一変する。

渡部　ベトナム戦争からおかしくなって。はじめのうちはまだしも、大学紛争が始まりますよね、シカゴかどこかで、あれから大きく変わる。

佐伯　60年代後半ね。

渡部　ぼくが帰った翌年から大学紛争が起きた。だから最後のアメリカの輝きがあったころのキャンパスにおりました。

佐伯 アメリカも結局、日本に戦争で勝って、日本がアジアで引き受けていた役割を全部ひっかぶることになっちゃった。朝鮮戦争がまず第一歩でしょう。その次が、仏領インドシナでフランスの後がまを引き受けた。日本は戦前、そこを治めていたから。結局、勝者は敗者の責任を全部ひっかぶるもんだっていうことが、はっきり分かって、それでベトナムであれだけ手を焼いた。アメリカにとってもベトナムが相当なトローマだと思いますね。その後のアジア政策でいつもびくついているような感じっていうのは、トローマの名残でしょうか。

渡部 今のクリントン政権が北朝鮮に対する態度も同じ。あんなものはもう少し強く出れば、どうってことないと思うんですけど。

佐伯 ベトナム戦争以後、アメリカはアジアでは断固たる態度なんか取り得なくなったんですよ、心理的に。もっと冗談みたいなことを言えば、60年代の終わりごろ、アメリカでヘルスブームが起きた。バカみたいにジョギングするのね。あれが60年代の終わりごろ。

渡部 ぼくがいたとき、ジョギングという言葉がはやり出した。「ジョグ」というのは、「腹を揺する」っていう意味なんです。

佐伯 これも新しいカルトです。ベトナムトローマが起きて、ニクソンが、ある意味ではスケープゴート（責任を転嫁するための身代わり）にされた。悪いことは全部ニクソンが悪い、みたいにひっかぶせて、オレたちは悪くなかったんだ、という形で危機を切り抜けようとした。そんなバカなことはあるわけもないんだけど。それから、アメリカの精神状態がちょっとおかしくなって、いまだに引き続いて、クリントンにまで及んでいると思う。

渡部　アメリカがふらふらした間にね、今度は日本の経済がバカに強くなった。バブルの時期にロックフェラーセンターや大きな映画会社を買い始めたでしょう。あれがまたものすごくトローマだったんですよ。劣等感を誘った。ところが日本の大蔵省がね、これはマルキシズムの影響だと思うんですがね、（不動産業などへの融資を抑える）総量規制をやったんですよ。いきなり土地の値段を半分にするとか何とか言ってね。それ以来、日本は回復しない。そこにうまくつけいれられて、アメリカはウハウハしているわけですよ。ところが、そのウハウハの仕方が、昔のアメリカとは違う。劣等感にさいなまれたやつが、急にいい気分になったみたいな、安っぽい浮つき方だと思う。

佐伯　ぼくもそう思います。現代のアメリカを考えるには、やはり60年代の動揺、特にベトナムトローマがあるってことをはっきり見抜かないといけないんだけど、どうも日本のアメリカを見てる論者はその点をはっきりつかんでいないんじゃないかと。

渡部 クリントンなんか、まさにその代表じゃないか。逃げ出した人ですから。

佐伯 60年代アメリカを考えると、どうしてアメリカが急激に変わったのか、いろんな問題が考えられる。人種問題が燃え上がったり、アメリカの今までの歴史のひずみが、そこで一挙に爆発した。だから、アメリカの現代史家も、いまだにはっきりと60年代に立ち向かって、正面切って評価し得ていないと思う。それは、日本が敗戦した時期のアメリカ政府なり学者なりのアジア観という問題ともつながってくる。それこそ、ぼくたち日本の学者なり政治家なりが、アメリカ人との討論ではっきりと主張すべきことです。それなのに、僕の知っている限りそういうことを持ち出した人は、まずちょっといないんじゃないか。

戦前の右翼は社会主義的

渡部 今の世代の有力な政治家に、その認識がない。岸(信介)さんだとか、あの世代だとね、敗戦国ですから、言えないことがいっぱいあったけど、心の中ではそうじゃないぞっていうところがあったと思う。少なくとも韓国や中国には付け込まれなかったですね。ところが、昔のことを知らない世代の政治家が中心になるとね、昔を知らないものですから、韓国や中国にうそを言われてもあやまっちゃうんですよね。あれは珍現象ですよ。だって、角栄までは、そんなことないんですから。「何をいってるんだ」と、「確かに負けたけどもね」っていうような気骨があるんですよ。シナ事変(日中戦争)を知っている人には、シナ事変は向こうから始めたことは明らかなんですよ。

佐伯　あれもほとんどがコミュニスト(共産主義者)の陰謀に乗せられたっていう感じです。日本の軍人や政治家にも大戦略家がいれば、蒋介石《しょうかいせき》といたずらに争っては漁夫の利は中国共産党に行くってことを見抜けたんですけど。そこを見抜かなかったというか、まったく見落としたというか。

渡部　僕はその点についても共産主義にうらみがある。日本の右翼は共産主義のモデルをいただいちゃった。それでね、シナ事変のころにね、シナ事変をやめさせない努力というのが、軍部の一部にあったわけです。戦争中なら社会改革できると。社会改革のプランは社会主義改革ですから。シナ事変がなぜおさまらなかったか。いろんな理由はあるけど一番大きいのは、日本の首脳部に、進めろという勢力が強かったんです。

佐伯　なるほどね。それは考えたことがなかった。

渡部　何かに書いてありました。戦争中だから改革できるんだと。配給制度があったでしょう。まったく社会主義そのものですよね。生産手段を国家管理するんですから。

佐伯　国家総動員法なんかね、国家主義みたいだけど中身はどうだかわかんない。

渡部 要するに社会主義なんですよね。まあシナ事変を始めたのは向こうだけど、終えさせなかったのは日本の左翼。いや、左翼といっても右翼といっても同じですけど。

佐伯 ※7石原莞爾《いしはらかんじ》さんは、あなたと同じ町の出身ですね。僕はなかなか面白い人だと思う。結局あの人は、満洲国をある意味でアジアにおける第二のアメリカにしようとした。

渡部 第二のアメリカを作ろうとしたんですね。

佐伯 五族共和だしね。どこかが全部主権を握るのではなくて、五族が相和して新しい国を作ろうという構想というか、夢はあったと思うんです。指揮者の小沢征爾さんの父親が、そういう夢を持ったアジア浪人の一人でしょう。そういう人が息子にも、板垣征四郎の「征」と石原莞爾の「爾」をとって、名前を付けた。その人は戦後もお元気で、ベトナム戦争のころアメリカへ行くことがあったんです。その時息子に連絡して、「征爾、大統領に会わせろ」と言った(笑)。いくら有名なコンダクターでもいきなりは無理ですよ。はっきりしたことは分からないんだけど、とにかく、アメリカがこれ以上アジア人と闘うのはやめなきゃだめだっていうことを大統領に言いたかったらしい。ちょっとは会えたのかどうか、その点もよく知らないんですけど、そういう夢は持ち続けていた。満洲国建国の夢の動力ってものが、そういうことではっきり分かるっていう気がする。

渡部 ああいう夢を持った時代の日本人はある意味で幸せでしたね。雄大なる夢でしたもんね。

佐伯　そうですね。

渡部　ただね、石原莞爾が中心になってやって、満洲国を作ったのは素晴らしい夢でしたから、それをまねしたがる後輩が出たんですね。それがシナ事変を終わらせたがらなかった一つの動因になるんです。

佐伯　同じことを別の地域でやろうとしたってことでしょうか。

渡部　それはやっぱり、万里の長城の南でやっちゃいけませんよ。それで石原莞爾が止めたら、石原さんあなたはやったのに、なぜ僕たちを止めるのかって言ったとか。うそか本当か知りませんけど。

観念的な平等主義の悪影響

――先ほど、歴史認識の話があったが、これからの日本を作っていく子供たちに、どのような歴史観を伝えていく必要があるか。お聴きしたい。

佐伯　私も戦後すぐ教師になって、定年になるまで勤めさせていただいたんだから、責任があって、あまり根源的批判をする資格はないが。もともと東大の教育学科というところは、あまり頭の良い人が行くところではなかった。とにかく教員免状をもらうためには何科目か単位を取らないといけないんだけど、数時間聞いてあまりくだらないので行きたくなくて、出席をやめたら、うまいぐあいにあの当時、講義のノートが試験前に売りに出た。それを買って試験だけパスした覚えがある。教育学史とか教育史とか教育学原論とか、何とくだらないことをやっているんだと、僕ははっきり思った。それはそれとして、戦後、アメリカの教育使節団なんかが来たとき、それをまともに誉め上げたのが、東大の教育学部の人だった。それ以後、東大の教育学部はほとんど日教組の思想的支柱みたいになった。あれは今までの劣等感の裏返しというか、文学部の中でまともに相手にされなかった人が急に脚光を浴びて、日本の教育改革の総元締めみたいになった。それが日教組の末端にまで伝わって行った。共産党の勢力ということもあるし。

渡部 それに社会党左派ですね。

佐伯 それでいて、観念的な平等主義というか、共同主義で、「競争してはいけない、競争は悪だ」みたいなことを言ってみたり。

渡部 自分たちが競争できなかった人間だからね。

佐伯 運動会で一等に賞をあげてはけしからんみたいなね。優等生を誉めるのはよくないことだと。そういう一種の教条主義的な呪縛《じゅばく》がずっと後まで響いていって、それが主流のようになった。学校の先生のところへ何度か話に行ったことはあるけれど、反応がとっても悪かった。こちらの言うことを嘲笑したがるというか、反発したがるところがあって、こういう連中とはまともに話をすることはできないなあと感じたことが何度かあった。

渡部　校長先生とだけなら別ですが。

佐伯　みんながそうではないけれど、日教組の指令通り動く先生が主流をとっちゃって、そうじゃないとひどいめにあわされる。

渡部　さらに悪くなると、いわゆる教科書事件[※8]でね。あれは誤報から始まったわけだけど、誤報だってことを産経新聞が報じたら、北京のほうも抗議を降ろしたんです。その後で、当時の官房長官の宮沢(喜一)さんが、あやまったんです。

佐伯　あれがよくなかった。

渡部　あやまっただけじゃなくて、今後の教科書は周辺地域の国民の感情を顧慮させるという主旨のことを約束した。それまでの文部省の検定は多少日本のことを考えていた。ところが、検定基準がソウルと北京の都合に移るんです。

佐伯　あれはね、宮沢さんの大失敗ですよね。だから後で訂正するべきですよね。責任ある訂正を。

渡部　それをしないんですよね。

佐伯　日本はそういうことについての責任追及というのはほとんどどこでもないんですよね。学者にしてもそうだし、政治家の場合でも。後で悪い影響が出た場合には、当人が考えてみて、やっぱりそれでもよかったという場合には、なぜ良かったのかを表明すべきだし、変えるんならはっきり変えるべきだし。日本のジャーナリズムでも、そういうことをはっきりさせようという努力をほとんどやらない。

渡部　主要マスコミが向こう側だから(笑)

佐伯　中国の文化大革命のころのことだけど、外国人の特派員の人と集まってしゃべる会があった。その時ドイツ人特派員の話題が出た。ドイツの特派員が、何かの問題で北京から退去させられた。その時、外国の特派員が全部そろって、それならば自分たち全員が引き上げると言ったら、中国側が引っ込めて、何ともなかった。日本で一社か二社やられたでしょう。日本はね、なぜ皆そろって言わないんですか、って聞かれた。僕もやるべきだと思うが、なぜやらないのかね。日本の新聞社は他の一社がいなくなれば自分のところはウハウハだ、みたいなね。

渡部　戦前なら、やはり一緒に引き上げたと思いますね。

佐伯　そういう時の日本のマスコミの対応も、宮沢さん同様に、なってないですよ。そういう点では、国際的訓練がなさすぎて、驚かされる。みんなでどう対応するかという、予備訓練というかレクチャーも、全然やってないんじゃないかな。知らないのかもしれないけどね。

渡部　戦前の日本人なら、ある新聞社が差別待遇されたらみんなで引き上げるという、それぐらいの共同体制はあったと思う。戦後は、朝日新聞なんかもまったく向こうに取り込まれちゃっている。※9林彪《りんぴょう》が死んだと世界中が報道している時に、わざわざ死なないという報道をしたり。

佐伯　あの時の責任者は今からでも頭を丸刈りにして土下座すべきですね。産経新聞（北國・富山新聞にも転載）に『毛沢東秘録』というなかなか愉快な読み物が連載されていた。あれは何とか翻訳を出して世界に紹介するべきだと思うけども、あの連載を、当時の日本の新聞と照らし合わせるべきだと思う。いかに間違った報道を自分たちはしていたかということを知るべき。戦後総懺悔《ざんげ》なんて言ったけどね、マスコミはやっぱり、あの秘録と自分の情報とを比べ合わせてね、ほとんど総懺悔すべきだと私は思ったね。

渡部　単なるミステーク（まちがい）なら許せるけど、そうじゃないんですよ。

佐伯　ブルジョアマスコミの誤報だとか、インチキだとか言い立てたんだから。

渡部　みんな死んでると言っているけど、俺は林彪に会ったっていうんならいいんですよ。そうじゃないでしょう。

佐伯 写真でも見せれば大スクープでしょうけどね。ああいう特派員や、うかうかとそれを載せた新聞ってのは、それだけで名誉失墜だね。

渡部 新聞社の機構にも問題があると思う。外国には一生記者というものがあるでしょう。年をとっても記者。ところが日本だと、若いときは現場へ行くけど、年を取ったら管理職になるコースがある。管理職についていると、表に出ずに給料をもらう。でも本当に記者として食う人にはそんなことできないでしょう。日本には、一生記者でいるつもりのない人が多いんじゃないかな。

佐伯 お役人の場合と同じですね。

渡部 単なるサラリーマンになっちゃう。

佐伯 責任もなるべく負いたくないし、負わない。

プロ野球と似たアメリカの大学

渡部 ぼくは新聞社でも大学でもそうだけどね、芸能会社と芸人の関係みたいなものがもっと作られるべきだと思うんです。新聞社でも、会社関係のことをやる人と、実際に舞台で書く人は契約制度にしてね。大学でもね、給料の計算をする人はいいんだけど、教授というのは芸能人と同じで舞台に立つんだから、生徒が来ない教授はクビにするとか、研究しない人はダメだとかね。

佐伯 アメリカはいくらか、それに近い。

渡部 日本ならもう予備校。

佐伯 何度かアメリカへ行って、びっくりしたことの一つは、学部長の権限の強さ。プロ野球のオーナーみたいな感じ。ディーン（dean：学部長）に気にいられないと、もうそこにいられない。ディーンを感心させるような業績を挙げなきゃいられないということですよね。

渡部 そのディーンもまた、いい先生を集めないとダメ。学生が来なくなるから。

佐伯 プロ野球に比べるとよく分かる。評判がよくなれば予算もたくさんもらえ、学生がどんどん集まってくるし、いい先生もスカウトできる。その上がり下がりがかなり厳しくてね。

渡部 活力の基ですよね。

佐伯 そうなんですよ。去年優勝したから今年も優勝ってわけには絶対いかないんですよね。

渡部 ぼくはハリウッドが極端だと思う。映画が当たった人たちは、ものすごくお金をもらうでしょう。ただ、女優や俳優にはたくさん出すけど、映画会社の社長自身は俳優よりたくさんもらうわけじゃない。それと同じシステムでいいと思う。日本でそれをやっているのは保険会社。保険の勧誘のおばちゃんには、年収1億円以上の人がいるんですよ。ミリオン・ダラー・クラブという年収1億円以上の勧誘員の世界的な集まりで講演したことがあった。日本の代表が非常に感じのいい中年のおばはんでね、「失礼ですけど去年いくらもらいましたか」って聞いたら3億何千万円って言ってましたよ。これは、社長より高い。

佐伯 本当に実力主義だ。

渡部 それでいい。ところが、その要素が、日本の新聞社にも大学にもない。

佐伯 その点はアメリカの実力主義がアッパレだ。ただし、能力主義が高じると、クーデターが起きる。ぼくがいったアメリカの大学では、六、七割は何らかのクーデターが起こってます。不成功もあるが。不成功のひどい場合は――トロントの大学のサンスクリットか何かインド関係でしたけど――もう総員ぶっつぶれちゃって、戦国時代のつぶされた国みたいに、家来（教授）たちはほうぼうに散らばっちゃいました。学生が集まんなくてもつぶされちゃうけど、クーデター失敗してぶっとばされるってことも起こる。アメリカってのは面白いことに学部で成績上がらないと、クビにはしないけど、これ以上新規は取らない。いなくなったら補充しないというのもある。日本だったら、そういう時に出ていくのに忍びないですよ。ほかからいかに良い条件を出されても。ところがアメリカ人は呼ばれたら平気で出ていく。しかも、感心したのは、ほかのやつがその人の悪口を言わない。当然と見る。僕らだったらね、てめえだけがいい目にあいやがって、おめえはいいかもしれないけど…。義理人情に忍びないってことがある。それはないけど悪口も言わないんで、敵ながらアッパレと思った。

渡部　アメリカにいるとファカルティ（faculty＝大学などの教職員、能力）という言葉を使うでしょう。意味を調べてみたら、別の言葉で言うとタレントなんですね。だから大学をアドミニストレーション（administration＝経営当局、行政機関）っていうのは芸能会社の意味でね、教授というのはタレントだって。これで納得しました。

佐伯　そういう面はあります。よく業績審査で、何回あなたの論文が引用されましたっていう数字が基準になる。引用されないものは書いてもダメだっていうことだから、全部機械的に打率から出塁率まで評価される感じでね。

渡部　自然科学なら分かるけど人文学なんかおかしいんじゃないかって気はする。国柄ですね。

佐伯　活性化していい面もあるが。最近のアメリカの文芸研究なんかあまり感心しないんだけど、引用されるためには、その時のジャーゴン（jargon＝特殊用語）をたくさん使わないとだめ。だんだん文芸評論が仲間内的になって、仲間を批判すれば、反対批判も戻ってくる。自分独自の考えを言うよりも、仲間内の批判をしたほうが、ある種成績が良くなる。

渡部　反論されたのも引用になりますからね。

佐伯　だから、どうにも最近のアメリカの文芸評論はあまりにも仲間内的で、ジャーゴンばっかりいっぱい言って、アカデミック・ジャーゴンのやりとりみたいでね、僕らが読んでもさっぱり面白くないっていう弊害もそことつながっている。

渡部　オールドスクールの先生と話をすると、やはり文芸評論は読んで、いいなという部分がないとね。

佐伯　最近は変にテクニカル・ジャーゴンでね。ポスト・モダンって言うと、ポスト・モダンで使ってるターミノロジー（特定分野の専門用語）を使わないとだれも相手にしない。そうするともう、ファッションの世界とかね、自動車のニューモデルをだれが出すかという世界になってきている。アメリカの文学研究は、僕ら古風な人間に言わせると面白くなくなった。

分数のできない大学生

渡部　「学力崩壊」という言葉も聞かれるが、ぼくは幸いにしてあまりできない学生が来ないうちにやめた。僕のところに来る大学院生は、まあ、できなかったら嫌なことを言われるだろうっていう覚悟で来ている。だから、まあまあ、できる。私よりできるのもいました。

佐伯　一般論でいえば、学生ってのは、どこでも1割はとてもいい人がいる。アメリカだろうがカナダだろうが日本だろうが。後のはそれぞれで、いい人、悪い人、あるんだけど、ぼくはアメリカ、カナダと教えてみて、困るのはやっぱり日本の大学院学生で成績のいい人はリポートをさせると、満遍のないことを言いたがるわけです。いろいろ良く調べて、Aという説もある、Bという説もある…だいたい、その中のあれがいいんじゃないかという報告をしたがる人が多くて、優等生的です。すると、突っ込まれないですけど、何の衝撃も生まないから、生きた討論が起こらない。その点アメリカ人の学生は一方的だけど強烈な主張をするから、「何だ」っていうんでね、こっちが矛《ほこ》を収めるのが難しいぐらいに議論が沸騰する。日本じゃ、たまたま風変わりな学生がいればそんなふうになるけど。普通の優等生だと、可もなく不可もなくといった感じのことを言いたがる。お役人の答弁と同じで、突っ込まれなきゃ能吏だと思っているようだ。突っ込まれてもいいから、強烈に一つ自分の言いたいことを言って、たたかれることでもう一回訂正して、弱点を補う。それが学問だってことが常識だと思うけど、なかなか日本では通用させにくい。

渡部 先生が批判されることをいやがるから。

佐伯 先生も悪いんだ。質問すると怒ったり、機嫌が悪くなる先生がいるって聞いた。冗談じゃないよ。質問されたら大歓迎ですよ。地の塩みたいなもので、質問があるから授業が生きてくるんです。質問がなかったら授業やっててもつまんないと思うんだけど。

渡部 某帝大の先生が、「ぼくのクラスは質問してもいいことになっているんだ」って言ったそうだけど、当たり前のことだよ。ぼくも若いとき、戦前に文部省留学生でイギリスへ行っていたような大先生に質問したことがあるけど、後で呼び出された。授業中質問されると気分が悪いって。いい気分で授業しているときに質問なんかされたら。

佐伯 「下におろう」ってもんですね。

渡部 さすがに上智育ちの先生や外人にはそんなことはなかったですけど。

佐伯 日本の大学改革もアメリカタイプでやりだした。1950年にアメリカに行ってみて、びっくりしたことの一つは、日本でもあのころは1科目3単位とか言ったんですけど、それは授業をやって、それから後、学生が自習したりなんかして、それで3単位っていうんです。アメリカの州立大だと3単位っていうのは月火水に1時間ずつあって、2回先生がしゃべって、3回目はディスカッション。そういう組み合わせで週3単位あって、1時間ずつやれば相当密度も濃い。

渡部　週3回ずつ授業があるんですね。ぼくもやらされまして。つらいんですよね。やる方は。

佐伯　これじゃあ、日本の1年間を1学期でやっちゃう。それを3単位にしたのに、日本は水増しして、先生が1時間やって、後は学生が予習復習するっていう、文部省も良くない。実情を見て、これは3単位の値打ちがないから、もっとこうしろという指導をするべきなのに、そんなことやったって聞いたこともない。

渡部　これからは少子化ですから、学校はますます入りやすくなるでしょうな。

佐伯　ちょっとその点は心配ですね。

渡部　分数できない大学生って良く言われますが、分数ってのは小学生ですよね。特に理数科は悪くなっている。英語ものすごく程度が下がっている。最近、有名な塾の講師が嘆いているのを読みました。数年前なら駒沢ぐらいにようやく入る学力の人が、今年あたりは早稲田、慶応が御の字だっていうんですよ。それだけ、下がっている。

佐伯 古い世代の人間にとっては、まったく理解できない。ぼくらの世代では英語を勉強しようとしても、何もかも自分でやらなきゃならない。それに比べれば今はありとあらゆる手段があって、ちょっとやる気になれば僕らの5倍10倍能率が上がる。それがどうして僕ら程度ぐらいにいかないんでしょうか。どうも不思議なんです。

渡部 条件がこんなにいいのにね。予備校の先生が言うにはね、一流予備校だから、割といいのが来ているんですよ。英語で文型がどうとか、主語、動詞とか分けるじゃないですか、あんなものは昔は教える必要なかった。今はそのへんから教えていかなきゃならない。副詞節とかあるでしょう。その節という概念をつかめないやつがうようよいる。この副詞節は文章全体を修飾するっていっても、「修飾」の意味が分からない、「節」が分からない、何も分からない。

佐伯 日本語がわからないってことだね。

渡部 彼らが言うには、そういうのが分かるのは、生まれつきだっていう。先生や僕らのころは、旧制中学に入ったのは日本男子の1割ぐらいでしたよね。英語が分かったのは、そのうちの2割ぐらいじゃないですか。そうすると、英語分かったのは人口の2％ですよ。そう割り切れば、2％向けの授業と、あと98％の、外国行って買い物できるレベルの英語は、別物なんです。あれはイングリッシュじゃなくて、エングリッシュだ。

エン(円)を出せば通じる英語。だから、それをごっちゃにして、エングリッシュ・レベルの人に、英語を分からせようとしている。かろうじて日本の学生の知力を保っているのは、一流大学の入学試験だけです。それでも毎年下がっているんです。

しかし、日本人は、そのうち何か方法を考え出すと思う。「付き合ってられるか」ってことで。例えば会話なんかは誰も学校を相手にしていない。だいたいホームステイや外国の知り合いの家に泊めてもらうとか、全部個人レベルで解決している。学校の先生に会話を教えてもらおうなんていうのは、非常に素朴な人です。

佐伯　会話教えるんだったら本当に、ほんの数人じゃないと教えられない。30人、40人なんてとんでもない。

渡部　しかも大学の雰囲気は会話に向かない。もっとアカデミックなものですから。

平等主義は破滅の道

渡部　コミュニズムの問題に戻ると、その呪縛は依然として強い。呪縛を解かなきゃならないものの一つに戦争の歴史観がある。マッカーサー以来の敗戦史観、あるいは東京裁判史観の呪縛を解かなきゃならない。もう一つはマルクス主義の呪縛で、これはだいたい解かれた。ソ連の崩壊がその理由です。マルクス主義の特徴を、簡単に言えば次の

3点なんです。私有財産の廃止と、相続権の廃止と、生産手段の国有化。生産手段の国有化は世界中からなくなった。残るは相続権と私有財産。私有財産権はアメリカを中心として強くなっている。相続権も今、相続税を安くするなど多少良い方向に向かっている。

最後に残っているのは、平等主義は良いものだというマインドコントロールなんです。平等主義は良くない。平等主義がいかに危険なものであるのか。ソ連の崩壊が、そこによるんです。

共産主義というのは、経済学的に言うと、労働価値説に基づいている。労働価値説とは、すべての人の労働の価値は同じだという平等主義。ソ連ができたころの旗は、槌《つち》と、農奴が使う鎌を使った赤旗だった。工場生産が槌でトンテンカンやり、農業がトラクターではなくて鎌だったころは、だいたい一人の能力は限られていたから、労働価値説も何とか成り立った。ところが文明が進むと、個人の差はものすごく大きくなる。分かりやすく言うと、私が絵を描いても何の価値もない。ようするに資源の無駄使い。ところが偉い芸術家が書いたら、これは大変な価値になる。将棋だって僕が指したら無価値。米長邦雄さんや羽生(善治)さんが指せば価値がある。芸術の世界では労働価値説は成り立たない。自然科学も同じ。新しいものを発見する能力のある人とない人とでは天と地の差がある。ところが、労働価値説に基づくと、差がないことになる。

労働価値説というのは、人間の平等を夢想した砂上の楼閣なんです。その砂の上に大ソビエト帝国は建っていた。ところが土台が砂だから、ある日突然ガタガタと崩壊した。輸出するものは、武器を除けば石炭だとか材木だとか、第一次産業の生産物しかない。平等主義はダメ。

もっと分かりやすく言うと、平等にするとは、一番下のものに合わせることなんです。数学の授業をやってる時、一番できる人間に合わせられますか。合わせられないでしょう。あるクラスで平等に数学をやろうと思ったら、一番できない人間に合わせるしかない。マラソンでも、一番早い奴に合わせることはできない。どうしても遅いやつに合わせる。それが平等主義。そして、人間というものは生まれた時からものすごく不平等なんです。

女の人を例にすると分かりやすいんですが、藤原紀香《ふじわらのりか》みたいな顔をして生まれれば、それだけで年間何億の金が入る。普通の女の人は入りませんよ、残念ながら。こんな不平等なことはない。これは厳然とした事実。才能だってそうですよ。歌がうまい人とか踊りがうまい人とかいますけど、才能は天と地の差がある。平等にしようと思うなら、女の人だって皆藤原紀香みたいに美人にすることはできない。でも、たった一つ手はある。法律を作って女の子が生まれたら、生後すぐ鼻に焼きゴテを当てるべしと。みんなブスになるから、これで平等。経済も同じこと。平等主義にこだわったら教育は破滅、経済も破滅、何でも破滅なんです。

キリストや釈迦《しゃか》もこの世の平等なんか言わなかったですよ。責任ある人だったから。だから、この世で良い行いをしたら、今は貧乏でも来世ではいいことがあると説いた。この世で悪いことをするとローマ法王でも地獄へ行く。来世と今とを合わせないと平等にはならない。ところが、この世で平等になると約束した男がいたわけですよ。釈迦やキリストが約束できないものを約束できるのは、悪魔なんですよ。これがレーニンでありスターリンであり、毛沢東でありポル・ポトなんです。この平等主義から解放されないといけない。

ただ、日本みたいな豊かなところで、非常に哀れな人もいるからね、その人たちのためには、最低のセーフティーネットは必要です。軽業で命を救うネットがあるでしょう。このネットは、うんと下に張るからセーフティネットなんです。ところが今の日本は、うんと高いところに張ってある。こんなばかなことはない。最低でいい。最低は、雨露に当たらず、飢えず、凍えず、病気をしたら痛み止めの注射ぐらいはヤブ医者でもいいから打ってもらえる。この四つでいい。これ以上のことはいい。これだけやっておけば、落ちて復活するやつはする。しないやつはしかたない。そこまで割り切らないと平等主義のために何でも滅びる。

日本人の潜在能力は高い

渡部　マルクス主義の3つのスローガンのうち、生産手段の国有化は消えた。相続権と私有財産権は、全部税金にかかわる問題で、これはだいたい税金が下がる方向へ行っている。残るのは平等主義の迷信。このマインドコントロールから抜けなきゃだめ。私たちは英語の先生ですけどね、昔漢文を習った人間は、バカは漢文をできないことを知っている。漢文ができる人間は限られている。みんなが漢文できるなんて、誰も思わない。英語もね、英語を読んで書くなんて、漢文よりも内容は高い。ある意味では。みんなができるわけがない。会話と漢文は関係ない。チャイニーズ・カンバセーション（会話）と漢学とは関係ない。ギリシャ古典学とグリーク・カンバセーションは関係ない。英語は二つの顔を持っている。国際通用語としてみんなが使えるレベルの言葉と、昔でいえば、漢学、ローマ古典学といった面と。大学や高校で読む方はこちら、漢学の方の顔。ところが文部省がワーワー言っているのは、チャイニーズ・カンバセーションの方なんです。そんなものは長崎の町人に任せておけばよかった。

佐伯　日本というのは不思議な国で、戦争に負けた後、一時はアメリカがびっくりするほど伸びるなんて、とても考えられなかった。明治維新のときも、百何十年の後、日本がこうなるなんてだれも分からなかった。こんなたいした国になるとは思いませんよね。

渡部　あっという間にね。

佐伯　ロシアを相手に戦争した時は、まあバカなことを、よせばいいのにとみんな思ったに違いない。けど、とにかくああいうことをやってのけた。そういうことを考えると、今度の敗戦後も、一時はミラクルだなんて持ち上げられて、それは持ち上げ過ぎにしても、アメリカがおたおたするぐらいになった。僕ら、日本の自動車なんて子供のおもちゃみたいなものだってアメリカの雑誌でからかわれているのをよく見てきたから、その日本の自動車に追い上げられたアメリカ人がたたき壊してみせるところまで行くなんて、考えもしなかった。ベトナムでアメリカがもたもたしている間に日本が頑張って追い抜いたってこともあっただろうけど、発揮する潜在能力の素晴らしさというものは、世界の歴史を見ても類がないと思う。イギリスは大陸と近くて接触も多いけど、日本は孤立したちっぽけな島国。それでいてトインビーはじめいろんな大歴史家が独立した文明として認めてくれる。一つの国で一つの文明と認める国なんて他にないんだから、そういう世界に珍しい奇跡的なことを先祖はやり抜いてきて、ここまで来た。そういうことを振り返ってみると、今ちょっといろいろ事情が悪いからって、そう失意落胆する必要はないんじゃないか。まあ、臥薪嘗胆《がしんしょうたん》なんて言葉もある。そういう気持ちで頑張れば、そういう気持ちになる人が続々出てくれれば、ぼくはどんな危機だって乗り越えて、また次のミラクルをしでかす可能性を十分持っているんじゃないかと思う。その意味では渡部さんが書いた歴史の本も、とても元気の出るいい本だと思う。日本史を振り返ってみて、先祖が相当厳しい悪い条件の中で頑張って、世界史に認められるような文明を長い間にわたって築き上げてきたという実績から、教訓と励ましをぜひくみ取ってもらいたい。

渡部　若い世代に伝えたいですね。今年も9月の末から10月のはじめの11日間、書籍に関する国際学会が日本であった。その時、百万塔陀羅尼《だらに》を40個並べてあるのを見た。これは760年ごろ作られた印刷物。印刷したのがはっきり分かるものとしてはダントツ世界一なんです。グーテンベルクの700年前ですからね。日本文化の古さと厚さにみんな驚嘆ですよ。そういう古いものから、新しくは浮世絵の印刷だとか、今の精密印刷とか、世界にないものがある。

佐伯　漢字文化圏で、独特の「かな」っていうものを作り出したのは日本が一番早いでしょう。

渡部　でしょう。ほかにないですから。

佐伯　韓国は作ったにしてもだいぶ後ですから。

渡部　鎌倉時代じゃない、室町になってから。しかもほとんどだれも使わなかった。

佐伯　あんなに唐文明の圧倒的な影響下にありながら、平安朝の女流文学、源氏物語、枕草子などを作り出す独創力っていうか、創作力を持ってたってことは、ちょっと信じられないことですよ。

渡部　神社みたいな形態は古代には世界じゅうにあったと思う。ギリシャだって、アガメムノンという王がいるんだけど、おじいさんのおじいさんはゼウスの神ですから。偉い王様の系図をたどっていくと神様になるというのは、ギリシャでもゲルマンでもそうなんですよ。日本だってそうでしょう。ところが、世界中からなくなって、日本にだけ残っている。残り方が堂々としている。宇佐八幡だろうがなんだろうが、べらぼうにすごい規模。そして、後から入ってきた仏教もうまく調和して残っている。こんなのは他にないんですよ。僕は神社だけでもね、日本中の神社は世界文化遺産に指定されるべきだと思う。

佐伯　本当にそうだと思う。日本の他にはない。世界に誇れる点だと思いますね。

※1　**ハル・ノート**　1941年11月、太平洋戦争直前の日米交渉の際にアメリカ国務長官ハルが提示した覚書。日本軍の中国および仏領インドシナからの全面撤兵要求などを内容とするもので、事実上の最後通牒とみなされ、日本に開戦を決意させた。

※2　**トロツキー**　ロシアの革命家。十月革命を指導。世界革命論を唱え、スターリンと対立。1927年に共産党から除名、のち国外追放。（1879〜1940）

※3　**コミンテルン**　第三インターナショナル。1919年、レーニンの率いるロシア共産党を中心とする各国の共産党および左派社会民主主義者グループによってモスクワで創設された国際的な労働者組織。世界革命を目指したが、1943年、ソ連の政策転換によって解散した。

※4　**ナボコフ**　ロシア生まれの米国の小説家・詩人。代表作に小説「ロリータ」。（1899〜1977）

※5　**マッカーシズム**　1950年から米国共和党上院議員マッカーシーを中心に米国内で行われた反共運動。

※6　**ローゼンバーグ事件**　ソ連が原爆実験に成功した年の翌1950年、第二次大戦中アメリカで原爆計画に関係した英の原子物理学者がソ連のスパイとして逮捕された。これを契機に米で共犯者捜しが始まり、同年、ローゼンバーグ夫妻が原子力機密のソ連への漏洩に助力したかどで逮捕された。夫妻は死刑判決を受け、1953年に処刑された。

※7　**石原莞爾**　陸軍中将。山形の生まれ。関東軍参謀として、満州事変、満州国建設を推進。のち、東条英機と対立、予備役となった。

※8　**教科書事件**　昭和57年（1982）6月26日、新聞各紙が、高校・小学校教科書検定で「侵略」が「進出」に書き換えられたと報道。中国、韓国が日本政府に訂正を要望。宮沢喜一官房長官（当時）は8月26日に政府見解を発表し「政府の責任において是正する」と表明、11月には文部省が検定基準を改正した。

※9　**林彪**　中国の軍人・政治家。毛沢東らと紅軍を建設、以後、軍の要職を歴任、文化大革命で運動

の先頭に立ち、毛沢東の後継者に指名されたが、クーデターを計画して失敗、ソ連へ亡命を企て飛行機事故で死亡。（1907〜1971）

瀬島龍三

せじま・りゅうぞう ◉ 1911（明治44）年、富山県松沢村（現・小矢部市）生まれ。陸軍士官学校、陸軍大学校を卒業後、39（昭和14）年に大本営参謀。敗戦後、シベリア抑留を経て58年に伊藤忠商事に入社、常務、専務、副社長を経て78年から81年まで会長。以後、相談役、特別顧問を歴任。第2次臨調、第1次行革審委員、第2次行革審会長代理などを務める。NTT相談役、日本美術協会長、西本願寺門徒総代なども務める。著書に「幾山河」「祖国再生」「大東亜戦争の実相」など。2007年逝去。

特別インタビュー

この国の危機を脱するために

（2002年「第12号」掲載）

3冊の本を携えて

3冊の本のことから話しましょう。

終戦直後の1945（昭和20）年9月6日、私は当時のソ連軍に拘束され、旧満州（中国東北部）にあった関東軍司令部からシベリアへ送られました。11年にわたる捕らわれの身の始まりでしたが、当時、そんな運命までは予測できませんでした。ただ、拘束は長くなるかもしれないと思い、ソ連兵を待たせて玄関脇にあった書庫に入り、3冊の本を選んで持って行きました。ビクトル・ユーゴーの「レ・ミゼラブル（ああ無情）」上下2冊と田辺元《はじめ》博士の「哲学概論」。いずれも小さな文庫本でした。見張りの兵士がいたので、時間をかけて本を探す余裕はありませんでした。

書物は当然検閲されると思いましたが、西田幾多郎博士の弟子が書いた難しい「哲学概論」が分かるソ連兵など、いるはずがありません。上下2巻のユーゴーの小説を選んだのは、以前に読んで興味を引かれていたからです。

小説の主人公ジャン＝バルジャンは、一片のパンを盗んで投獄され、波乱万丈の生涯を送ります。同じ捕らわれの身になってしまったのですが、それが理由で選んだのではありません。「レ・ミゼラブル」は、「人間とはなんぞや」と説く哲学書でもあるのです。

シベリアで、ぼろぼろになるまで繰り返し読みました。中でも「人間は二つの極を包摂した総合体である」という一節が、いまも強く心に残っています。人間というものは、善と悪、肉体と精神、さらにいろんな対立する二つを総合したものである、と。絶え間ない空腹と栄養失調、厳しい強制労働の日々で、ユーゴーが書いていることを十分過ぎるくらい体験しました。精神が強くないと、肉体は無残に損なわれます。人の心の中の悪は、善を簡単に屈服させます。理屈ではなく、シベリアでの日々の中で、そのことを考えさせられたのです。

失われてしまった「神話」

一人の人間だけでなく、家庭や組織、社会、国家にもユーゴーの言葉は当てはまると思います。

以前から言っていることですが、いまの時代、これまで私たちが抱いていた「神話」が次々と崩れてきています。

まず、政治の安定が崩れています。保革対立が終わり、いろんな政党が離合集散して、政治状況の変化は目まぐるしく、国政のトップである総理大臣は次々と代わっている状態です。

政治が不安定であるということは、一貫した政策がなかなかとれないということです。いい例が北陸新幹線の問題で、私の記憶では20年以上前から促進の働きかけをしていますが、いまだにこんな状態です。

ここ10年の不況を見れば、わが国が「世界の経済大国」であるとはとてもいえません。世界に誇る「治安の良い国」という神話もおかしくなりました。さらに、日本人がずっと大切にしてきた倫理・道義も危機に瀕《ひん》していると言えるでしょう。

大変なピンチの中にあります。

私はかつて、行政改革などについてお手伝いをし、これからの国の歩むべき道筋について示してきました。以来、改革は進んでいるとは思いますが、それでも「道半ば」の思いを抱かせられます。経済の低迷ひとつとっても、そうです。いま、ようやく「底をついた」状態といえます。政治も経済も治安も教育も、ピンチに直面しているのです。ユーゴーの言葉のように、国も「精神と肉体の二つの極の総合体」であるならば、経済活動は肉体に当てはまるでしょう。戦後、国家の繁栄のために、経済偏重、どちらかというと体の方ばかりを大切にしてきたのが、これまでの歩みではなかったでしょうか。

〈瀬島氏は1981（昭和56）年、土光敏夫《どこうとしお》氏を会長として発足した第二次臨時行政調査会（第二臨調、土光臨調）の委員を務め、引き続き、臨調答申の実現を目指し、83年から臨時行政改革推進審議会（第一次行革審）委員、87年から90年まで第二次行革審会長代理を務めた。この間、「増税なき財政再建」をスローガンに、国鉄、電電など3公社の民営化、年金、医療改革、地方分権の推進、各種の規制緩和などの成果を上げた〉

3つの「お願いの儀」

11年間のシベリアでの抑留を終え、私は昭和31年に帰国を果たしました。戻るべき軍隊はなく、あすからの生活の心配をしなければなりません。たまたま、伊藤忠商事から誘いがあって、就職のための履歴書を書かされました。

履歴といっても、私の場合、記すべきことは軍歴とシベリア抑留の日々しかありません。それで、というわけではありませんが、別に3つの「お願いの儀」というのを墨で書いて、履歴書に付けました。

第1番目に、首実検の上での採否は、ご勘弁願いたい、と書きました。会社へ呼び出されて面接試験を受け、それから採用不採用が決まる、ということに対して抵抗感があったからです。「そんなことは通用しませんよ」と、家内に笑われました。しかし、あしたからのメシが心配だからといって、何でもいいから採用してほしいという気持ちにはなれませんでした。かつての大本営参謀が、そこまで落ちぶれたくはない、ということです。一般常識からすれば、おかしなことでしょう。しかし、シベリアに抑留されたことも、私自身が罪を犯したからではありません。国家が戦争に負けたという運命によって、もたらされたものです。だから、誇りを失いたくない、という気持ちが「お願いの儀」になったのです。

〈瀬島氏は1938(昭和13)年、陸軍大学校を卒業、大本営陸軍参謀として開戦時から主に南方方面の作戦遂行に携わった。45年7月、旧満州へ関東軍参謀として赴いた。終戦に伴い、ソ連軍と停戦交渉に臨んだあと、身柄を拘束されて9月にシベリアの収容所へ移送された。

翌年、東京裁判の証人として出廷、引き続き、ハバロフスクに移され、戦時中に外交伝書使としてソ連に赴いたことがロシア刑法に違反する情報収集活動にあたるとして49年7月、軍事法廷で重労働25年の刑を一方的に宣告され、建築作業などの強制労働を余儀なくされた。スターリンの死後、国際情勢の変化で56(昭和31)年に帰国。33歳で終戦を迎え、再び祖国の土を踏んだときは、44歳になっていた〉

履歴書とともに書いた「お願いの儀」の2つ目は、シベリアで11年間、人間としての自由を最大限束縛されたので、入社後は、言動の自由を束縛しないでほしい、ということでした。さらに、これまでビジネスの勉強などはまったくしたことがありませんでしたから、入社が実現したとしても商売が分からないことをとがめないでほしい、と書き並べました。

結果は、首実検、つまり面接なしで採用が決まりました。ただし、正社員ではなく嘱託、いまでいう契約社員で、1年ごとに契約をするという採用でした。会社は、私の言い分を聞き届けてはくれましたが、様子を見てクビを切るつもりだったのかもしれません。

「首実検」を拒むなどというお願いは、世間の目から見ればおかしなことです。しかし、当時の私は、誇りを失いたくなかったのです。それは、少年のころからの教育の影響があるかもしれません。

軍人にあこがれて東京の幼年学校に入りました。将来、軍の幹部となるための「人づくり」の学校でしたが、純粋な軍事教育、軍事訓練はほとんどない伸び伸びとした学校でした。ただし、しつけを身につけること、良識と情操の教育が重んじられていました。

いまでもはっきり覚えているのは、15歳のとき、12月15日に高輪《たかなわ》の泉岳寺《せんがくじ》へ出かけ、同じ年に切腹した大石主税《ちから》の墓の前で赤穂浪士の講義を受けたことや、南北朝の歴史の勉強では、奈良の吉野山に行って、楠木正行《くすのきまさつら》の話を現地で講義されたことなどです。志《こころざし》を持つことの大切さを教えられました。少年期の教育は本当に大切だと思います。

迎合ではなく、誇りを

残念ながら、いまは世を挙げてパフォーマンスの時代になっています。政治家がそうですし、マスコミも大衆迎合の度合いが過ぎます。周囲と仲良くやることは大切ですが、自分がいいと思うことは、周囲になんといわれようと実行するという誇りと勇気が必要です。それぞれの位置において、自分のやるべきことを、きちんとやっている人が、果たしてどれだけいるのでしょうか。はっきり言って、いま政治に携わる人、マスコミもそうですが、パフォーマンスの度が過ぎます。

臨教審（臨時教育審議会）委員として、教育改革にも携わってきました。行政改革と同様に、これも「道半ば」の思いがします。「ゆとりの教育」「心の教育」の提言が、いま、ようやく実行されようとしています。しかし、そのやり方に問題があるのではないかと、私は危ぶんでいます。

端的に言うと、教育に携わる人は、どれだけ自信を持ってことに当たろうとしているのだろうか、ということです。教師ならば、周囲の評判やＰＴＡのことなどを気にしない勇気を持ってほしい。正しいと思ったら信念を貫くべきです。親もそうです。誇りを持ち、自信を貫くこと。それが教育改革に最も求められていることです。

母のことを思い出します。大正13年、私は県立砺波中学(旧制)に入りました。学校は家から片道1里半(6キロ)もありました。下宿をしたい、と希望しましたが、母は許してくれませんでした。それなら、自転車を買ってほしい、と頼みましたが、それも許されませんでした。1年間、往復3里の道を雨の日も雪の日も歩かされました。

冬はいまよりも、もっと雪が積もりました。私は小柄な子供でしたから、歩きやすいところまで出るのに難渋したのですが、雪の朝、母は必ず、ござぼうしをかぶり、わら靴をはいて、私の前を歩いてくれました。踏み固めた広い道まで、私を導いてくれました。下宿代や自転車を買う余裕のない家ではありませんでしたが、母は、それを許してはくれませんでした。成績が良くて上の学校へ進んだ子であっても決して甘やかさず、その代わり、自分も雪道を先になって歩いてくれたのです。その姿は、いまも忘れることはできません。

成長期の教育は本当に大切だと思います。シベリアの独房でも、母に支えられました。厳しい取り調べを受け、給食停止などの懲罰も受けましたし、ときに、取り調べもなく1週間も放っておかれました。ひもじさよりも孤独の方が耐えがたいものです。当時、母はすでに亡くなっていましたが、そんなとき、夢に出てきて「龍ちゃん、辛抱、辛抱」と励ましてくれました。

〈瀬島氏は1925（大正14）年、旧制中学1年のとき、東京地方幼年学校を受験して合格、卒業後、士官学校に進み、故郷・富山の歩兵第三十五連隊見習士官などを経て、陸軍大学校に進んだ。

父龍太郎氏は日清、日露戦争に従軍し、帰郷後は村長などの公職に就いて多忙を極めた。母のつゑさんは五男、三女を生み育てて家のいっさいを切り盛りし、三男の瀬島氏が連隊士官だった35（昭和10）年に病没した。危篤の報で駆けつけた瀬島氏は、「あなたの嫁の顔を見ることができないのが心残り」と言われ、その場で母の勧める相手との結婚を決めたという逸話を残す〉

道徳、歴史、地理、スポーツ

社会のルールにとどまらず、家庭の規律も崩れてしまったようです。親が子を、子が親を殺す。恐ろしいことが平気で行われるようになってしまいました。社会の危機の影響を一番受けるのは子供です。子供の教育がいまほど大切なときはないでしょう。

道義の復活が大切だというと、いまでもいろんな抵抗の動きがあります。戦争賛美につながるなどと、短絡的なことを言う人もいます。そうではありません。人間は生まれてから死ぬまで、世の中と無関係に生きることはできません。社会の一員として生きていくためにルールを守ろうということです。家庭、地域社会、企業などの組織、さらに国際社会の中で生きていくためのルールを守ること、それが道義、道徳です。

戦後、子供たちの教育で軽視されてきたのは、この道徳に加え、歴史や地理だと思います。「歴史を軽んずるものは、歴史によって処断される」という言葉があります。単なる知識の寄せ集めや、一つの見方に従ったような歴史を教えるのではなく、日本人としての自覚の背景をつくる歴史、誇るべき伝統や文化を教える大切さが、おろそかになっていると思います。その大切さは、子供だけではありません。いまの日本の指導的な地位にある人も、もっと歴史を学ぶべきです。

さらに、国際化の時代に生きていくために、世界地理と世界史を学ぶことも、同じ理由で大切です。とくに、中学生の教育で、これらをきちんと教えるべきです。語学教育も重要です。

教育が知識偏重になっていることについても、臨教審で取り上げてきました。その知識教育も決して万全ではありません。確かに、ものをたくさん知っている子供たちが出てきましたが、ものを知っているだけでは、社会で立派にやっていけるわけはありません。

子供たちはもっとたくましくあるべきです。考え方も行動も、弱々しいように思えます。もっとスポーツをさせる必要もあるのではないでしょうか。忍耐心、団結心、勇気などを錬成することが望まれます。とりわけ、10歳から15歳ごろまでの時期、中学生を甘やかすことはすべきではありません。

〈嘱託として商社・伊藤忠商事に入った瀬島氏は1年後に正社員となり、業務本部長など会社経営の中枢にかかわる一方、対中貿易などに手腕を発揮する。相談役になった81年に臨調委員に就いたのをはじめ、多くの公職などを歴任している〉

北陸が元気を取り戻すために

いま、国も人も大変なときですが、北陸の人たちは、まじめで忍耐強く、努力を重ねていくタイプの人が少なくありません。それに、北陸人には知恵があります。浄土真宗などがはぐくんだ信仰心、前田利家とまつが築いた文化が土台になっているのでしょう。正直であれ。まじめにやろう。そして、政治も一生懸命やりなさい。時の権力と対決するのではなく、いわゆる「平和外交」を貫いて、その一方で京都などの文化を取り入れてきた前田家のもたらしたものは大きいと思います。

こんな話がありました。戦後、北陸の町や村に戻って復興の中心になった人たちは、多く第九師団に属していました。その九師団の主力は、終戦のとき台湾に移っており、米軍が上陸しなかったために激しい地上戦による犠牲から免れることができました。それは、大本営で兵力の運用をやっていた瀬島が北陸出身だから無傷で残そうとしたのだ、と。そんな記事が出たことがありました。もちろん事実ではありません。ただ、復興の中核となる人材に恵まれた北陸の町や村は幸いでした。

暗い空に覆われ、みぞれの降るふるさとの光景を、いまも忘れることはできません。しかし、ようやく、私は北陸の将来に明るい展望が持てる時代になってきたと思います。まず、これから10年の間にインフラ整備が急速に進みます。まず北陸新幹線。南越から先のルートがまだはっきりしてはいませんが、ことしか来年の間に、路線も決まるでしょうし、ようやく北陸に新幹線が走る時代がやってきます。

人の交流、ものの流通が大きく変わることは、北陸の経済全体に大きなインパクトを与えることになります。東海北陸自動車道も全線開通することで、太平洋側との交流が促進されます。

さらに、政治的な問題が絡みますが、日本海を介した経済交流が発展する見通しも立ってくるでしょう。シベリアの鉱物資源、中国東北地方などからの穀物など、経済交流が伸展する要素はいくつもあります。

日本経済は残念ながら、もう少し辛抱していかなければならないと思います。ようやく明るい展望を持って進んでいけるようになってきた感じがしますが、これからは日本海を介した対岸交流が大切です。朝鮮半島の南北融和は進むでしょうし、中国ともいい関係をつくっていかなければならない。さらに一歩進めて、ロシアとの関係、とりわけ沿海州を中心とする極東とのかかわりが重要になってきます。

外交として国が取り組まなければいけないことは多くあります。一方で留学生との交流など、北陸が先頭になっている取り組みを深めることも大切です。さらに、北陸に注文したいのは、積極的な研究開発です。大学院などでの取り組みを活発にして、技術開発に終わらない知的研究をもっと盛んにすべきです。例えば、能登半島は水資源が乏しく、隣の富山では逆に余っています。一方で「足りない」、別のところでは「余っている」と言っているだけでは、何もはじまりません。

ピンチこそチャンスのとき

新しい世紀を迎えても、この国の危機は簡単には去ろうとはしません。しかし、ピンチはチャンスでもある、というのが私の持論です。そういう思いで、私自身これまで何度も危機を乗り越えてきました。

いまは、経済という体も、誇りや勇気という心も、2つそろって必ずしも健全ではありません。しかし、私が北陸の将来について明るい展望を強調するのは、それを支えにして、北陸の人に真っ先に元気を取り戻してほしいと願うからです。

経済についていえば、北陸に明るい展望が生まれたとしても、それが日本経済全体を引っ張っていく規模までにはなりえないでしょう。しかし、教育でも文化でも、さまざまな面で、けん引車になれる可能性はあります。ピンチはチャンスであるとして、明日からのための準備を、いまからしっかりしていただきたい。周囲に迎合したり、パフォーマンスなどの派手なことを良しとせず、正直に着実に一生懸命やるのが、北陸人の特性ではありませんか。

緒方 貞子

国際政治学者

おがた・さだこ ◉ 1927（昭和2）年東京都生まれ。聖心女子大卒。ジョージタウン大で修士号、カリフォルニア大で政治学博士号を取得。68年に国連総会の政府代表顧問、上智大教授、国連公使を経て78年にユニセフ議長に就任し79年の国際児童年事業を推進した。91（平成3）年国連難民高等弁務官に就任（～2000年）、旧ユーゴスラビアやソマリアをはじめ難民を生んでいる紛争地帯を飛び回る行動力と粘り強い交渉力は各国外交団から高い評価を得た。96年ユネスコ平和賞、2001年文化功労者。2003年文化勲章受章。

特別インタビュー

連帯感が生み出す安全保障

（2002年「第13号」掲載）

米テロ事件目撃の衝撃

私はいま、主にニューヨークで仕事をしています。昨年9月11日、マンハッタンの南端にある世界貿易センタービルに飛行機を衝突させてビルを破壊し、多くの人を犠牲にしたテロ事件が起こりました。たまたま、自分のアパートからこの光景を見て、大変な衝撃を受けました。事件を目撃した人、ニューヨークの市民、さらにテレビの映像を通じて見た多くの人々を震え上がらせる事件でした。

そして、テロとはどういうものなのか、どのようにしてテロに対抗することができるのか、それが世界の大きな関心事になりました。テロに対抗できる世界、国家、社会とは、どういうものなのでしょう。

元来、国民の安全は国家が守るものであり、そのために政府があり、軍隊を持っていると考えられてきました。しかし、グローバル化の波は、世界中の国家、社会に影響を与えています。もの、人、お金、情報が自由に行き交う社会になってきました。

おいしい加賀料理といえども、よその国から来る材料なしには成り立たないでしょう。海外の情報が伝わらない時間はありませんし、お金は自由に世界を動き回ります。そして、一番大事なことは、これほど交通網が発達し、行き来したい人がたくさんいるいま、人の自由な動きを止めることはできないということです。たとえ、テロリストといえども、完全に押さえることができるのかどうか、大きな問題が現実のものとなってきました。

アメリカは自由の国だといわれています。衝撃だったのは、世界貿易センタービルを襲ったテロリストの多くも、アメリカで自由に暮らし、そこで飛行技術を学んでいたということです。確かに、危険な人たちをコントロールすることは、ある程度は可能でしょうし、事件の後、諜報活動や出入国管理強化などの動きも出てきました。

しかし、政府がそういう強化をすればするほど、一番大事な社会の力となる自由が脅かされることにもなります。それに、どうやって対応したらいいのでしょう。

私たちの安全保障を国家にゆだねる、という考えでは不十分に思います。それなら、どうやって私たちは自分たちの社会を守っていったらいいのでしょう。どうやったら、社会、市民、コミュニティーの人たちが、自分たちの安全を守ることに寄与することができるのでしょうか。この問題をいろいろな形で検討しているのが、私が共同議長を務める「人間の安全保障委員会」の仕事です。

安全、健康管理、そして教育

私は10年間、国連難民高等弁務官として、世界で一番不安定で危険な状況の中にいる多くの難民の世話をしてきました。難民は、国を出た人たち、端的にいうとパスポートを持っていない、持つことができずに逃げてきた人たちです。国家に代わって、だれかが法的に守ってあげなければなりません。

難民は非常に弱い立場、不安定な立場にあります。キャンプでの保護では、まず安全の確保が大事です。加えて健康の管理と教育も課題になります。難民のほとんどは、自分の国でいろんな紛争が起きたために、逃げてきた人たちです。その中には紛争で敵対した人もいたり、武器を持って逃げてくる人もいます。しかし、多くは女の人や子どもたちで、紛争のために取るものも取りあえず、長い道のりを歩いて国境を越え、疲れ果てようやくキャンプにたどりついた人たちです。病気にかかった人もたくさんいます。

いまでも思い出すのは、アフリカのルワンダという国から隣のコンゴに逃げてきた人たちのことです。水も十分でなく、食糧もなくなってキャンプにたどり着いた人たちの間で、コレラが広がりました。その人たちの世話をしましたが、相次いで死者が出るという状況にも直面しました。

安全、健康管理など応急に対応をしなければならない問題がある一方で、私たちが大事だと感じたのは、教育の機会を与えるということでした。それで、難民キャンプの中に学校も作りました。ヤシの葉陰を利用したり、簡素な木造のテントを作って子どもたちに勉強の時間を与えました。

唯一の財産としての教育

子どもたちに勉強の時間が与えられると、その間、お母さんは少し休むことができます。そのことで少しずつ生活のリズムが生まれてきます。やがてキャンプを去って国に帰るとき、それは早ければ早いほどいいのですが、国に残っていた子どもたちと同じくらいに読み書きができる、教育のギャップがなるべくないようにすることは、とても大切な仕事です。

難民になっても何も得るものはありません。しかし、教育の機会はきちんとつくって、それを唯一の財産にしてあげたい。そう考えたわけです。そのためには、お金も随分必要です。先生も教材も必要です。それを世界に向けてお願いして、勉強する機会がどんなに大事なものか子どもたちに分かってもらうために、いろいろなプログラムが必要であるということを説いてきました。一昨年、「難民のための教育基金」を設けたのも、そんな願いからです。

難民でなくなった大勢の人たち

「難民は増え続けているでしょう。緒方さん、随分憂うつな生活だったのではありませんか」と聞かれることがあります。難民は増え続けているわけではありません。高等弁務官だった10年間、多くの難民が出ましたが、自分の家へ帰って新しい生活についた人も大勢います。非常にうれしい出来事ですし、そういう功績を自分でも認めたいと思います。

冷戦が終わり、この10年間は、世界のいろいろなところに平和が訪れる時代だったはずです。しかし、国と国との戦争に代わって、国内で紛争が起きてきました。民族間の対立、部族間の争いや宗教的な対立、国の中の紛争が、争いの大半を占める時代です。

これはある意味で、むごい争い、人々にとってつらい状況なのです。

争いが終わっても癒えない心の傷

ヨーロッパの南、バルカン半島の地域の人たち、旧ユーゴスラビアでは、いままで一緒に住んでいたセルビア、ボスニア、クロアチアなどの人たちの間で紛争が起こりました。隣に住んでいた人たちで殺し合いが続いたのです。そこから逃れてきた人たちにも、いろんな援助をしました。

しかし、争いが終わっても、心の傷は容易には癒えませんでした。だれかが戦争を起こし、その戦争責任を問うことで解決する争いではなかったからです。社会の中でいろいろな集団が対立し、いままで隣人や友達だと思っていた人たちが、実は自分たちを殺そうとしたという状況が起きたからです。いくら戦闘が終わっても、元のように仲良くなることは非常に難しいのが現実です。深い傷を簡単に治す方法はないと思います。

しかし、難民の生活が終わって家へ帰っても、隣の人と反目するような状況では、安心した生活はできません。何とかして一緒に仕事をするような機会をつくる工夫を、私たちは試みました。

いまではセルビア人とクロアチア系の人たちが一緒にパン屋さんを始めたとか、子どもたちが一緒になってサッカーのチームに入って遊び始めたというような出来事が起きていると聞いています。当初、そんなことは二度と起こりえないと思われていたことです。厳しい時代がようやく過ぎようとしているのではないか、私はこのごろそう感じています。

アフガニスタン難民とのかかわり

この1年間、大きくかかわってきたのはアフガニスタンです。歴史的にみても、シルクロードのかなめに位置して大事な役割を果たしてきた国ですが、この23年間、国内の紛争は絶えませんでした。国内の対立、ロシアの進攻、その後の部族間の紛争、その中でイスラム原理主義のタリバン、あるいはアルカイダという組織が国を抑え、女子が学校に行けないということになりました。学校に行けないということは、外で仕事ができないということです。そういう厳しい生活の中で人々は暮らしていました。

さらに大きな問題は、当初、ロシアの占領に対抗する形で入ってきたイスラム系のテロ・グループが、やがて国を乗っ取ってしまい、世界的なテロ活動を始めたことです。その一つが昨年9月のニューヨークの事件だったわけです。

外から閉ざされていたような国の中から、実は難民がたくさん出ていました。私が難民高等弁務官になった1991年の段階では、およそ600万人が隣国のパキスタンとイランにいました。世界で一番多い難民集団でした。それが、ロシアが撤退してからかなり帰国しましたが、新たな紛争が起きて、また難民が生まれました。そんな状況が繰り返され、私は何とかこの問題を解決してから高等弁務官の職を辞したいと思っていました。

難民を追い返す動きも

ちょうど2年前、辞める間際にもう一度アフガニスタンを訪れました。そのときは、およそ250万人がパキスタンとイランに難民として居住していました。ところが、あまり長い間、難民がいて事態が解決しないために、難民高等弁務官事務所がいくらお金を集めようとしても、なかなか集まらず、従ってパキスタンもイランも難民の世話ができないとして彼らを追い返そうとしていたのです。

難民にすれば、自分の国へ帰ったところで支援は望めません。そういう状況の中で、この問題を解決できずに私は仕事を終えましたが、非常に気になっていたのです。

ところが、昨年9月の事件の後、非常に危険なテロの温床になるとして、アメリカを先頭に世界の国々がタリバンの追い出しにかかりました。完全に鎮圧されたわけではなく、いまでも軍事行動は続いていますが、アフガンの人々は23年ぶりに自由になりました。

帰ってきた大勢の難民

自由になりましたが、この国は生活水準、食糧、栄養、就学率、就農率などあらゆる指標について、ほとんど世界でも最下位にあります。復興のための国際的な取り組みが始まり、私も手助けを頼まれて今年1月、そして6月にもアフガニスタンに行ってきました。

6月に訪れて一番うれしかったのは、難民の帰国が本格化していたことです。首都のカブールにいたとき、100万人目の人が到着しました。200万人以上の難民が、この国に将来があるとようやく考えたということで、その意味では大変うれしいことですが、別に大きな問題も残っています。

帰ってきた人たちは家を造り、学校へ通い、病院に通い、そして畑などで働いて、また自活を目指します。その多くの人たちを、村に残っていた人たちはどうやって吸収すればいいのでしょう。

女子の学校を訪れました。子どもたちが学校に戻れるように、ユニセフが「バック・

トゥ・スクール」という取り組みを行い、大急ぎで先生を訓練し、校舎などを直したのです。1年生のクラスといっても、年齢はまちまちです。長い間学校へ行けなかった子は、大きくても1年生です。そういう教室で子どもたちに、難民キャンプから帰ってきた子どもがどれだけいるか尋ねました。ほとんどのクラスで、半分以上が戻ってきた難民でした。それほど大勢の子どもたちが学校へ通い始めています。うれしい側面は確かにありますが、ちゃんとした生活ができるようになるには、まだまだ大きな努力が必要です。

家へ戻って大人は畑仕事をし、子どもたちは学校へ行くという状況になっていけば、「平和が来たんだな」と実感できます。そのために世界からの支援が必要です。しっかりした政府、軍隊、警察をつくって治安を維持することも大事です。

それにもまして、市民レベル、社会レベルで力をつけていくこと、私は、市民レベルでの生活の充実にこそ、復興の糸口はあると思います。どこにでも不満分子はいます。差別があり、格差が生まれ、常に恵まれている社会層があれば、不満分子は出てきます。そして、力のない人は過激なテロに走ります。テロリストたちを防ぐためには、市民レベルで実力をつけていくこと、そしてそれをみんなが手伝っていくことだと思います。

わたしたちができること

それでは、日本人は何ができるのでしょうか。日本にも戦争とその後の疲弊した苦しい時代がありました。そこから立ち直った経験を持つ国として、同じように復興を目指す世界の多くの国々に対して、もっと自分の問題として手伝う責任がある、と私は思います。アフガニスタンの難民問題解決が一番遅れてしまったため、私はお手伝いをしていますが、まだまだ支援を必要とする国や社会はあります。

国際貢献―あたかもこちらが持っているものを与えるというような発想に私は賛成できません。日本の国と日本人の生活は、世界的な基盤に支えられて成り立っています。食糧問題一つとってもそうですし、日本の安全も周辺地域の安全が前提になっています。

そして、現代はグローバル化が進んでいます。連帯関係にあるという認識を持って、世界のいろいろな所に手を差し伸べていくことを、もっと考えてほしいと思います。日本は国際的に非常な恩恵を受けているのです。

市民レベルでの連帯感を

難民の問題で国としての取り組みが不十分であるなら、それをそのまま許している市民レベルの認識ともかかわってきます。難民というものの本質、難民受け入れの必要性、そのための日本の開放性、行政の透明度、さまざまな問題について、もっと市民レベルで認識を深める必要があるのです。

日本人は同じ人種で文化を一つにしているために世界とはなかなか融けあえない、というような見方は誤りです。こんな小さな国で、この中だけで完全に暮らしているわけがありません。実際、たくさんの国から人が訪れ、若者たちが交流し、信頼関係をつくりだしています。日本にとって、「国内」は「国際」でもあるのです。

難民という一番弱い人、最も苦しい人、極限状況に置かれた人たちを通じて私が学んだことは、この人たちと連帯感を持つということです。そして、それは「国際貢献」などという大きな言葉で表現するようなものではなく「相互扶助」にほかならず、そのことが平和への道だということです。大事なのは、市民レベルでの人間と人間のふれあいであり、みんなが仲間だという意識を持つことではないでしょうか。

※2002年8月1日に金沢市で行われた「第15回記念大会JAPAN　TENT—世界留学生交流いしかわ2002」での特別記念講演とインタビューをもとに構成しました。

五木寛之

作家

いつき・ひろゆき ◉ 1932（昭和7）年、福岡県生まれ。生後間もなく朝鮮にわたり、47年に引き揚げる。早大文学部ロシア文学科中退後、PR誌編集者、作詞家などを経て、65年から69年まで金沢で暮らす。66年『さらばモスクワ愚連隊』で小説現代新人賞、67年『蒼ざめた馬を見よ』で直木賞、76年『青春の門』で吉川英治文学賞を受賞。2010年に刊行された『親鸞』で毎日出版文化賞特別賞を受賞。著書に『蓮如』『大河の一滴』など多数。現在、泉鏡花文学賞などの選考委員を務める。

ロングインタビュー

金沢は「下山の先進地」成熟の時代の手本に！

― 北國新聞の記事から生まれた『朱鷺《とき》の墓』 ―

（2018年「第75号」掲載）

日露戦争と金沢

今年2018（平成30）年は、1868年の明治維新から150年ということで、明治150年を意識した企画が数多く行われるでしょう。ただ、私が思うのは、それが単なる明治讃美に終わっては意味がないだろうということです。エネルギー問題、少子高齢化と閉塞感を強める今の日本において、明治という時代を振り返る場合、私は金沢という町、金沢の明治時代に大きなヒントが隠されているように思えてなりません。

私は1965（昭和40）年から69（昭和44）年まで金沢で暮らしていました。東京でのマスコミ生活に嫌気がさして移り住んだ金沢の町を歩き、本を読み、小説を書いたのです。

そして生まれた『さらばモスクワ愚連隊』が、66年に小説現代新人賞を、『蒼ざめた馬を見よ』が67年に直木賞を受賞しました。私の小説家としての出発は金沢からなんですね。

68年から連載を始めた長編の小説『朱鷺の墓』は、明治の金沢から物語が始まっています。染乃というひがしの芸妓と、金沢に収容されたロシア人捕虜イワーノフの恋を通して、近代日本とロシアの関係、過酷な運命と歴史に翻弄されながら強さを失わない人間を描いた長編小説です。この小説の執筆に際しては、随分と、北國新聞社にお世話になりました。何日も資料室に籠もって明治時代の新聞など見せてもらった。連日のように通って調べるうちに、新しい発見が次々と出てきました。何よりロシア人捕虜がどういう扱いを受けていたのだろうかという興味があったのです。ノートをとったりしてかなり詳しく調べましたね。通りに面した以前の社屋でしたね。今も懐かしいですね。

捕虜6千人が金沢へ

金沢はロシアとのかかわりが深い町です。1905(明治38)年、日露戦争の奉天会戦でのロシア人捕虜約6千人が金沢に収容されています。『朱鷺の墓』の主人公はロシア人捕虜という設定でしたので、私は捕虜たちがどういう扱いを受けどういう生活を送っていたのか、その雰囲気を知りたくて、当時の北國新聞に書かれたロシア人捕虜の記事を注意深く読みました。新聞は連日捕虜たちの話題を伝えています。藩政時代以来、外部の人間を容易には入れない城下町だっただけに、町中その噂でもちきりだったようです。小説の中でも、そのころの北國新聞の記事をいくつか掲載しています。

当時の新聞には、ロシア語の会話なんてのも連載であったんですよ。「こんにちは」とか簡単なロシア語を紹介しています。俘虜《ふりょ》といえども祖国の名誉の為に戦った戦士だから、丁重に接しなければいけないということだったのです。当時、日本が国際法に基づいて捕虜を扱う一流国家であるということを世界に示さなくてはいけないという政策的なこともあって、国から、日露戦争の捕虜には少し過剰なくらい丁重に扱うという方針が出て、メディアも全面的にそれに協力しました。一般の人たちも、マスコミの論調に乗るというか、参加したわけです。

開戦前までは「ロシア討つべし」と、露探《ろたん》(ロシアの軍事スパイ)がどこかに潜り込んでいないかと、密告しあったりして、いろんな悲劇があったようです。九州の福岡でも北原白秋の文学仲間で中島白雨《はくう》という友人が悲劇に見舞われました。当時ロシア文学熱が盛り上がっていたこともあって、彼はロシア語を勉強していたのですが、「きっと露探ではないか」と疑われ、白雨は身の潔白を証明するために自刃したのです。それくらいに、一般民衆というのはメディアや国の論調に対して同調しやすい傾向があったんですね。

それは第二次大戦の時も同じですが、自然と発生した感情というより、国策に一般民衆が乗りやすいという日本人の特質が非常によく現れています。ですから日露戦争のロシア人捕虜に対する厚遇は、必ずしも当時の日本人にヒューマニズムが行きわたっていたからとはいえないのかもしれません。日本各地で、捕虜たちが日本の住民たちと交流したとか美談が残っていますが、そのまま表面的に受け取るわけにはいかないところがあります。

『朱鷺の墓』でも、捕虜の歓迎シーンを描いています。ロシア兵は金沢駅に着いてから収容先である七連隊の施設や東西別院、大乗寺、天徳院などまで通りを歩いて行くのです。北陸は二百三高地などで多数の死傷者を出している土地ですから、普通なら住民が捕虜に石を投げたり、つばを吐きかけたりしてもおかしくありません。ところが金沢駅では、歓迎の人々がいっぱい集まって、片言のロシア語で兵士たちをねぎらいました。これは小説家の眼からすると、美談の陰になんとかありで、ただただ日本人の麗しいお話としてだけ見ることはできません。

当時の北國新聞も、社を挙げてといっていいくらいの歓迎ぶりです。ロシア人将校は兼六園の中の県勧業博物館を改造した収容所に、一般兵士は東西別院などに収容されたわけですが、差し入れられる食事も、「金谷館」「魚半」など金沢の有名なお店が請け負っています。行動も割に自由でした。ロシアの将校は貴族が多く、赤十字を通じて自国からお金が送られてくると、豪勢なもので、将校たちは香林坊の洋服屋などで背広とかコートとか贅沢なものを仕立てさせるのです。中にははめをはずして、ひがし茶屋街まで繰り出す者もいた。また芸者衆が大挙してロシア人将校の慰安の会を催して踊りを見せることもあった。捕虜たちは「日本人は何という優しい国民であろうか」と感激したと思いますよ。

小説家のちょっと意地悪な目からすると、昨日まで鬼畜のように言っていて、しかもこちらはあれだけの人的被害を受けていながら、国の政策が変わると掌を返すようになるという国民性は、何なのだろうと思いますね。

ただその中でも、表には出なくても、いろんな論調があったと思います。民衆の中にはロシアに対する素朴な反発もあったでしょう。『朱鷺の墓』では、捕虜の慰安会に反感を抱いた民衆が捕虜収容所に投石したり、芸者の乗った俥《くるま》をひっくり返したりという騒ぎを盛り込み、そこから物語が急展開していきます。設定では、その事件について新聞はほとんどふれなかったことにしてあります。

逆に当時のメディアを通して庶民には美談が広く流布されました。代表的なのがロシアのステッセルと乃木大将の物語ですね。僕らは子供の頃、「水師営《すいしえい》の会見」の物語を絵本なんかで嫌というほど見ましたし、歌にも歌われました。僕は明治維新から150年の歴史の中にもそういう美談化の傾向があると思います。ですから我々は明治150年に対して、国民と国家が一体となって近代化の為に坂の上の雲を目指して疾走して行ったという側面と、その陰で何とも言えない悲劇が山のようにあったという、両方を見ていかないといけないと思います。明治が一面的に讃美されるというのは危険ではないでしょうか。

街に残っていた戦争の痛み

私が初めて金沢を訪れたのは1953(昭和28)年の夏でした。一人旅で、たまたま時期が内灘闘争の頃だったため、思っていた百万石の城下町の静かな雰囲気とは大違いでした。私は引揚者ですから、日本人でありながら日本のことをよく知らないというコンプレックスがあります。ですからできるだけ多く日本の国内を歩き回って、いろんな日本の姿を見たいと、普通列車を乗り継いで各地を旅していたのです。金沢に来た時には、随分遠くへ旅をしたような印象がありました。

その時、私は郊外の旅人宿に泊まったことがあります。簡素な宿で、品のいいおかみさんが出て来ました。古い宿帳を出され、見るとそこには名前の上に「士族」「平民」なんて書いてあって、丸を付けろとあるもんだからびっくりしてね。戦災で焼けていないから昔の宿帳をずっと使っていますという笑い話みたいなことがありました。私は反発を感じてわざと「貴族」と書いた。（笑）　ああいう所にもまだ明治が残っていたんだなと思い返されますね。

その後、大学時代に知り合った女性と一緒になることになり、彼女が金沢の出身だったことから、私は東京でのマスコミ暮らしから足を洗って、金沢に移住しました。住んだのは小立野です。今は金沢美大になっているあたりに昔は金沢刑務所がありました。その異様に高いレンガ塀のある刑務所の真裏のアパートでした。私は発表するあてのない小説を書きながら、時間だけはいっぱいあったので、小立野から天神坂を下りて天神町に出て、天神橋から浅野川沿いに主計町へとよく散歩したものです。

金沢のことを調べていくうちに、明治の初めの頃は、金沢は名古屋より人口が多いくらいだったし、当時の金沢市民は日本で1、2を争う貯金残高だったということを知りました。人口も多く、経済力もあったんです。ただ、その半面、金沢は日本で1、2を争う結核の罹患《りかん》率の高い町でした。何でも明治の明と暗をきちんと見ないといけません。

ある時は左翼系の人が明治の粗探しばかりやっていたこともありましたし、逆に明治を讃美するだけのような論調もある。右に走り左に走り、どちらかに偏るということは避けなければならない。僕は、明治に批判的な風潮の時は明治の素晴らしさを強調し、逆に一方的に明治の明るい面を強調する風潮の強い時は、「いや、それだけじゃないよ」ということを言っていました。

明治は日本の青春なんです。青春というのは何も良い面だけじゃない。情けないところもあり、悩みや恥ずかしいことも多い。であるからこそ私たちはその姿を直視しなければなりません。

先にも言ったように、日露戦争できわめて大きな犠牲を出したのは、第九師団の置かれた北陸でした。私が昭和20年代に金沢を訪れ浅野川周辺の入り組んだ路地を歩いていますと、古い家の軒端には「遺族の家」というさび付いて変色したプレートが至る所に見られたものです。その家から戦死者を出しているわけですね。さび付き具合から見て日露戦争のものでした。金沢は日露戦争に関しては非常に多くの痛みを抱えています。

ソ連兵のこと

1週間で数々の悲劇

偶然住むことになった金沢でしたが、明治の時代のロシアの記憶が多く残っている町だということが分かってきました。私は若い時からロシアに非常に関心を抱いてきました。『蒼ざめた馬を見よ』も『さらばモスクワ愚連隊』もロシアが舞台の小説です。

私がロシアに関心を持ったのは、敗戦後です。私は敗戦を平壌で迎えました。父親は平壌の師範学校の教師をしていました。その時の情報はラジオしかなかった。ラジオは8月15日から繰り返し繰り返し、「国体は護持されました」と絶叫していました。その後に「在留邦人は軽挙妄動することなくその地に留まるように」と盛んに繰り返していました。私は後になって、その時すでにソ連軍が迫っていたことを知って、いかに我々に情報のリテラシーが無かったか、上から来る情報だけをそのまま鵜呑《うの》みにして子羊のように従順に従っていたかを、痛烈に思い知りました。私たちはラジオの呼びかけを聞いて呆然としたままそこに留まっていたわけです。

その間にすでに平壌の飛行場からは日本軍の幹部とか高官を乗せた飛行機がどんどん

内地へ飛び去り、平壌の駅からは終戦の前の日くらいから、高級官僚の一族が家財道具を山のように積んで南下する汽車が出ていたそうです。でも僕たちは何も知らされなかった。どうすればいいか、上から何か指示があるだろうと、呆然としていたところへ、ソ連軍が進駐してきたわけです。

外国軍の伝統として、敵の街を占領したら1週間ぐらいは兵士は何をしてもいいという悪しき風習があった。略奪、放火、強盗、何をやってもいい。それが昔の戦争のご褒美だった。それを認めないと兵士たちは命がけで戦わないのです。それで何とも言えない悲劇が次から次と繰り広げられました。日本軍は一番先に逃げ出してしまっていて、一般の庶民は保護者のいない棄民になったわけです。それでレイプから何からありとあらゆることが行われました。そういう中で1週間か10日もたつとソ連のスメルシュという、スターリンの指示で出来た憲兵組織が入ってきました。これが来ると混乱はピタッと止まったのです。スメルシュは軍の特殊憲兵と言ってよい組織で、「スメルシュが来たぞ」と言うと、ロシア兵は顔色を変えて逃げ出すほどでした。

ありとあらゆる残虐なことが行われ、私はロシア兵はけだものだと思いました。中でも一番先に町に入ってくる第一線の囚人部隊はひどかった。シベリアの収容所とか監獄にいた連中や、諸外国の捕虜を集めて丸刈りにして囚人部隊を結成して、それを第一線の先頭に立てて攻めていくんです。地雷原があったら囚人部隊はそこを歩いていかなくてはならない。後ろにいる正規軍は囚人部隊が逃げ出しかけたら撃っていい。囚人部隊の連中は荒くれ男であり、無頼の人々であり、命がけで戦ってきた連中ですから、服はぼろぼろ、頭は丸刈り、入れ墨はしているわ、そんな連中がぞろぞろ入って来たのです。

けだものか天使か、大きな謎

ですからロシア人というのは、けだものだと思っていました。ところがある日、夕方その連中が行列を作って兵舎に帰っていく時に、歌を歌いながら行進していくわけですが、そのけだものたちが歌う歌というのが、私は中学1年でしたけど、それまで聞いたことのないような美しい歌声だった。いわゆるコーラス(合唱)だったんですね。私はそれまでコーラスなんて聞いたことがなかった。それまでは日本の軍隊でも教練でも全部斉唱です。二部合唱、三部合唱など聞いたことがなく、ハーモニーというのさえ知らなかった。先頭の人間が歌い出すと、それにちゃんと高音部をつけて、低音部もつけて、自ずからなる見事なコーラスになっていたんです。それを聞いた時に何かこの世のものとは思えない歌声に聞こえましたね。ロシア人は常にそういう風にして歌っているんです。

それを聞いた時、私は、この連中はけだものか天使かと愕然としました。ああいう強盗のような連中が、どうしてこんな人の心をしびれさせるような美しい歌声で歌えるのだろうと、これが大きな謎として残ったわけです。

同時に、引き揚げるまで何年かロシア人たちの占領した中で働いたりして、彼らと接すると、個人的には人がよくて面白い人物が多いんです。なぜ集団になるとあんな鬼畜のような連中が、一人一人は好人物なのか。万年筆の開け方も知らない、時計のねじの巻き方も知らない、何かというと「女を出せ、あれ出せこれ出せ」と銃を振り回す動物以下の連中だと思っていたその連中から、聞いたことも無いような美しい歌声がどうして出てくるんだろうかと。悪人が何でこんな崇高な人を感動させる歌を歌えるんだと。私たちの常識からいうと、美しい音楽は美しい魂からしか生まれないと思っているわけですからね。それが大きな謎として残って、引き揚げ後も、中学、高校とロシア文学をいろいろ読んでこれを突き止めたいという思いがあって、早大ではロシア文学を専攻することになったのです。

さすがに父親はいい顔しなかった。「何でまた」と、「ロシアはひどい連中だぞ」と怪《け》訝《げん》な顔をしてました。まあ未だにその謎は解けませんけれども。

だけど、あの人はいい人だ、とか、悪い人だ、というような固定的な観念で物事は決められないということが、そのとき分かったんです。明るいところもあれば闇もある。世の中は全部そうなんだと。だから明治という時代も、明治の夜明けもあれば、明治の闇もある。坂の上の雲もあれば、坂の下の深い霧もある。そういうふうに見ていかなければ駄目だと。日本人は常にその片方だけを強調して一斉に皆がそっちに走って行くという間違った行動をとる流れがあるということを、ずーっと考え続けてきました。

巨大な日本海文化圏

私は金沢に移住する前、ロシア、北欧を旅しました。その時の体験を生かしていくつもの小説を書きました。『さらばモスクワ愚連隊』は読み物の形をとったスターリン体制の批判です。それを文学の形にするのではなく、面白い読み物としてたくさんの人に伝えたいという意識がありました。評論を書くより多くの人に読んでもらえるだろうという思いですね。読み物として気楽に読んでもらうと、その背景に当時のスターリン体制の中のソ連がどういうふうに非人間的であるかが浮かび上がってくるはずです。小説の形を借りた論説ということですね。いまもそれは変わりません。

昭和40年代初頭というと学者たちの多くはまだソ連に幻想を抱いていた時代です。ロシア研究の専門家たちは、モスクワには行っても庶民の生活をつぶさに見るなんてことはしなかった。モスクワの競馬場なんて覗いたこともないと思います。私が『さらばモスクワ愚連隊』でモスクワの競馬場の予想屋のことを書いたら、「社会主義国家にギャンブル場があるのか?」なんて驚いていました。若い人が体制の中でジャズに憧れている、その連中が検挙されて強制収容所に放り込まれる。そんな現実を描いたつもりです。

そんな私が、1965(昭和40)年、いろんな意味で日本的な金沢の町に住むことになると、日露戦争の痕跡以外にも、例えば金沢市がイルクーツクと姉妹都市だったりとか、意外とロシアとの関係が多いことが分かってきました。そもそも昔はシベリアのほうは領海とか国境線とかがきちっとしておらず、ウラジオストクとかシベリアの町には日本人がたくさんいて、リトル日本タウンみたいのもあって、特に売春婦が多かったのです。料理屋とか職人さんとかも、日本と大陸を自由に行き来していました。古代から中世、近世はもとより、近代のかなり後の時代まで、日本海は日本の産業、文化の動脈だったといえます。

陸地と海と逆にして考えると、大陸や朝鮮半島、そして日本の、日本海に面した人々は、いわば「日本海国」とでも言うべき国の中を自由に行き来して、貿易もすれば漁もする交流もするという時代がかつてはあったんですね。そう考えると日本海文化圏というのは本当に大きな文化圏なんです。様々な外国の文物が日本海を通して日本に流れ込んできました。太平洋側にお株を奪われるまでは日本海文化圏の方がはるかに豊かで大きな力を持っていたということが少しずつ分かってきました。そういうふうに金沢に住んで、金沢の面白さ、魅力というものが見えてきたんですね。

出発点は宗教都市

北陸新幹線が出来て、金沢も変わりました。これで金沢人の気質も変わると思います。これまでより開かれた感覚になってくるでしょうね。それには良い所も困った所も出てくると思います。

僕の両親の出身は福岡、僕も福岡で生まれたので福岡が第一のふるさと。育ったふるさとは朝鮮半島。青春時代学んで働いたのが東京、そして30歳そこそこで隠居するつもりで金沢に引っ込んで、そこで大学の図書館に通ったりいろいろしながら、蓮如とか親鸞とかに出合って、そこで作家としてスタートしているから、作家としてのふるさとは金沢なんです。ですから私は複数のふるさとを持っている。

金沢は、日本人にとってのロシアとは何かを考える素材にこと欠かない土地でした。金沢の街中を散歩して、卯辰山から見える日本海の向こうにはシベリアがあるのだな、と考えたり、また野田山にロシア人捕虜の墓地があることを知ったりする中で、『朱鷺の墓』の構想が生まれました。

北國新聞社の資料室が勉強部屋

考えてみると、日本が近代以降、朝鮮半島や大陸で展開した政策は、不凍港を求めて南下政策を取るロシアという巨大な脅威とどう向き合うかが大きな問題でした。それを金沢という古い町を通して描いたわけです。日露戦争当時の空気や詳しい状況を知るには北國新聞は一番の資料でした。当時、ものを調べる時間はたっぷりありましたから、その北國新聞社の資料室と、金沢大学の図書室が僕の勉強部屋でした。金沢大学の図書室の中にはロシア文学に関する本が結構あるコーナーがあったんです。そこには親鸞や蓮如など宗教の本もたくさんあった。これはなんだろうと思っていたんですが、後でそれが「暁烏《あけがらす》文庫」だと知りました。そこに僕の読みたい本がいっぱいあったので、引っ張り出しては読んでました。あのころは呑気なもんで、お城の中の大学の図書館に入っていって、勝手に読んでも文句も言われませんでしたね。それは直木賞を受賞する前です。

宗教面での「坂の上の雲」

金沢の明治といいますと、薩長藩閥政治の新政府において、旧加賀藩士たちはどうしても冷遇されたわけです。その象徴的な事件が、島田一郎らによる大久保利通暗殺でした。

むしろ金沢が近代日本に寄与したのは、学問や思想、芸術・工芸の面ですね。明治を見る時、我々は一面的に、皆が政治の面で野心を燃やしていたように思いがちですが、その当時は仏教とか宗教に関する関心が嵐のように盛り上がった時代でもありました。多くの青年たちが仏教の革新運動に参加しましたし、一方では内村鑑三らのキリスト教が入ってきてほとんどの文化人が教会に行っています。

浄土真宗では清沢満之《きよざわまんし》の弟子たちが北陸の農村で熱心に法を説きました。夕方になると太鼓が打ち鳴らされて人々が一斉に村の集会場に集まって熱烈な宗教談議が繰り広げられました。『歎異抄《たんにしょう》』は清沢満之が再発見して云々、と言われますが、むしろ弟子の暁烏敏《はや》が「歎異抄講話」を連載して分かりやすく人々に教え、それを出版したことが一般への普及に寄与したんです。ちょうど日露戦争のころです。その本が嵐のように売れたそうです。それまでの仏教が徳川幕府の手先機関みたいになっていたのが、新しい近代的仏教をという動きが盛り上がり、熱病のように日本の青年たちの心を奪いました。ところがこの宗教の面での「坂の上の雲」というべきものが、忘れ去られてしまっているようです。暁烏敏、高光大船《たかみつだいせん》、藤原鉄乗《ふじわらてつじょう》の加賀の三羽烏と言われた真宗僧侶を中心として、北陸では信仰の熱狂的な盛り上がりがあったのです。そういう風に村全体が信仰で興奮するというのは今では想像もつきません。そして残念なことに今ではそれを語る人もほとんどいないのです。

私は金沢にいるころよく主計町《かずえまち》の料理店「太郎」に行っていたのですが、その太郎の先々代の女将さんから、金沢では昔、年に一度、春になると「蓮如さん」という日があったということを聞きました。いわゆる蓮如忌ですね。その日は店の丁稚も小僧も働いている人みんな一日仕事が休みで、晴着を着て卯辰山に登って遊んだそうです。その日は無礼講で自由な日、一年で一番楽しい活気のある日だったと言っていました。昔の金沢には真宗の行事が生活の節目になっていたような、そういう空気があった。そういうことも今ではあまり語られなくなっているのが不思議ですよね。

金沢城も元は金沢御坊《ごぼう》だった跡ですから。元々は金沢御坊を中心に寺内町《じないまち》として発展したのが金沢の町です。近江町までは全部寺内町だったんです。そういう歴史というのは金沢でもあんまり教えないようですね。金沢は宗教都市として生まれて発展したのです。決して加賀百万石が金沢の出発点ではありません。

昭和20年代には金沢の市街地や郊外に、一向一揆ゆかりの地を示す大きな看板があったものです。尾張町に枯木橋《かれき》という所がありますが、そのたもとにも昔、大きな説明書きがありました。そこには、一向一揆の時にはこのあたりが焼け野原になって、家々の柱が枯木のように林立していたところから枯木橋と呼ばれるようになったと説明書きがされていました。でも今ではそれもなくなったし、ほかにもどんどんなくなって、もうほとんどないですね。高尾城のあった麓付近にも大きな説明書きがあったんですが、今はありません。権力に対して反抗したのが負の歴史であると、行政が判断した結果かどうかは分かりませんが。一向一揆の実態についてはいろいろな側面があるのは事実ですが、１００年間もの間、国を治めた民衆の組織があった、宗教国家があったというのはすごいことなんですよ。

今の人は金沢は城下町だとだけ思っていて、寺内町が出発点だったという感覚がない。寺内町というのは実にユニークです。全国各地に寺内町の草の根のような連携があって、一日にして情報が日本中を駆け巡ったといいます。城下町は家臣とかが城に籠もって、戦争が起こると町人たちは大八車に家財道具を積んで逃げて町を空《から》にするわけです。ところが寺内町というのは寺があって、寺の周辺に町が出来てその町全体を防塁で囲んで、堀を造って、寺が燃える時は町も滅びる、そういう運命共同体なんです。

だから寺内町と城下町というのは方向が逆なんです。金沢はそもそもは寺内町なんです。織田信長が一番恐れたのは大名よりそういう各地の寺内町の連合体であり講の地下組織です。だから信長は一向宗を徹底的に弾圧した。金沢の寺内町も、御坊に城が出来た瞬間に消滅させられました。藩政期にわたって金沢は城下町となり、今では一般には洗練された典雅なイメージでとらえられていると思いますが、私は金沢という町の表面を一皮剥《む》いてみると、一向一揆の頃からの熱というか強い生命力が脈打っているような気がしてならないのです。それが明治以降沸き起こった真宗の近代化運動にも表れているような気がします。

下山の思想

以前から私は「下山の思想」ということを言ってきました。戦後、日本の国は上を目指して頑張ってきました。でも登山は山頂に登ったら次は下りなければならない。国も時代も同じです。むしろ下山のほうが気を付けなければいけないし、下山でなければ見えないこともいっぱいある。人間が加齢によって老いていくのと同じように、上った後に下るのは必然です。日本という国も今は下山の局面に入っているのではないでしょうか。

いま世界の一番大きな問題は核廃棄物の処理と、高齢者という人的資源をどうするかです。この二つがこれから世界的な大問題になってくる。そうすると日本がそれに先駆けて二つの問題をある程度解決できたならば、日本はいわば世界基準というものを作った「下山の仕方の先進国」として非常に尊敬されるようになると思う。

イギリスもフランスもスペインもポルトガルも、全部下山した国です。下山の中で文明は成熟するというのが僕の意見なんです。山に登る時には成長する。下山の時には成熟する。成長というのはその時期だけで終わるけれど、成熟した文明というのは永遠に財産になるのです。スペインでも自分たちが全盛期に作ったもので、人々を集めているでしょう。ギリシャの観光なんてギリシャ時代の遺産で成り立っているんですからね。どの国も、美術であれファッションであれ建築であれ、文化の遺産に対して世界の人々がお金を払うのですから。それは成熟した文明への尊敬ですよね。だから下山をマイナスのように受け取るのは間違っています。希望に満ちた素晴らしい成熟の時期ですから。

ところが今、東京を見ても分かるように、丸の内あたりなどものすごい高層ビルの建設ラッシュなんですが、全部四角い箱でしょう。あれを100年後に人々が成熟した遺産として見に来るでしょうか？　誰も来ませんよ。成熟していないんです。いまだに成長しようとしているからあんなのを造るんですね。成熟したら東京駅のようなものを造るんです。ですから明治の偉かったのは東京駅のようなものを残したことですよ。いまだに東京駅は成熟した遺産として大きな財産です。

金沢には赤レンガが似合う

金沢にもそういうものがたくさんありました。僕は金沢には赤レンガが良く似合うと言ってたんです。雪の中でグレーのコンクリートの建物は映えません。四高にしても赤い建物は雪の中で映えるんです。玉川町に市立図書館を造るので、専売公社の赤レンガの建物を壊すという時に、あの赤レンガを活用して造ってくれるように私は建築家の方にお話ししたんですよ。でも費用が掛かりすぎるということで、せめてもと、入り口の正面の所だけレンガになっていますが。僕が金沢にプレゼントしたものはあれくらいだと笑ってるんですが。市民芸術村は紡績工場の赤レンガを活用していますね。あのときも僕は当時の市長に提案したんですよ。

今、明治のころの遺産を大切にしようという動きが全国で出てきています。金沢もこれからそういう明治のいい建物を残して活用していってもらいたいですね。歴史ある建物を使って、若い人向けに低料金の快適な宿にしたら人気が出るんじゃないでしょうか？　倉敷市には倉敷紡績のレンガ建ての旧工場をホテルなど観光施設として再生したものがあります。すごくいいです。若い人がたくさん泊まっています。金沢でももっと安い宿が充実するといい。若い人とっては一生の思い出になるでしょう。それが街の財産になるんですよ。

それから、金沢駅のお土産物のフロアーも随分賑わっていますが、文化都市という割には駅舎内のどこにも三文豪をはじめ金沢ゆかりの作家の本も置いてないんですよね。一間四方のコーナーくらいあってもいいんじゃないのかな。必ずや金沢に来た思い出に1冊買って帰る人がいますよ。なんでそういうことをやらないのかと思います。これで本当に文化都市かな、と思ったりする。昔の遺産を威張っているだけじゃ駄目ですね。やり方一つで観光客だって本を買います。何でやらないのかと不思議で不思議でしょうがないんだけど。文化都市を標榜するならそれくらいのこと県や市が政策としてやるべきでしょう。

成熟した大人の魅力ある町

明治150年ということで、ただ軽佻浮薄《けいちょうふはく》に、明治讃美をしてはいけません。かつて日本が若かった頃、青春の息吹に燃えていた明治は良かったなんて、そんな幼稚な話にしちゃ駄目でしょう。

今、金沢に人が来るのは加賀百万石の下山の間に成熟したものを求めてくるんです。何も新しい商品目当てに来るわけでもない、単においしいものを食べに来るだけじゃないんです。金沢っていうのは見事に成熟した町なのです。

戦災に遭わなかったこともあって、食べ物であれ美術品であれ、伝統が残っている。そういう意味では、金沢は、下山の時代に入り成熟を目指さなくてはならない日本にとってのモデルケースと言っていい。金沢は明治以降のゆるやかなる下山のもとで成熟度を増していきました。明治以降、例えば東京や名古屋は登山し続けたわけです。しかし金沢は日本の都市の規模の順位から言うと相対的に下降を辿りました。つまり、ゆるやかな下山でした。

藩がなくなって金沢は急激に衰退しました。人口も、貯蓄額も減っていきましたが、明治30年代に第九師団が置かれたことにより、第二次大戦の終了時まで軍都としてある程度の繁栄を保つことができたといえるでしょう。そういう意味では、明治という日本全体が上り坂の時代に、金沢は相対的に下山していた。金沢は下山の先進地なんです。その結果、今、名古屋より金沢の方がはるかに人気があるようです。今の金沢人気というのはそこです。成熟したものがあるからです。

それは旧大英帝国の遺産が今も人を引き付けるのと同じです。香港に行ってもペニンシュラホテルに寄らないと香港に行った気がしないという人がいる。それはペニンシュラはイギリスの植民地時代の遺産ですから。あそこに行くと成熟したサービスが受けられるんです。紅茶一つ入れるにしても全然違いますからね。大英帝国の成熟した遺産がそこに反映しています。

だから金沢は宿屋の応対一つについてもそういう成熟した遺産が残っているというふうなことが魅力なのです。それを求めて人が集まる。北陸新幹線が開通した頃は、新幹線人気なんて1年ぐらいだろうと思っていたけど、全然落ちないですから。それはやはり成熟した文化があるからでしょう。そういう意味では金沢は先進都市ですよね。東京は若者で青春のエネルギーがありますが、金沢はある程度の大人といえるでしょう。大人の魅力が金沢の魅力なんじゃないですか？

山を下りたらまた登ればいい

イタリアだってあれだけのファッションブランドが世界中で愛されているのは成熟の遺産です。同じハンドバッグ一つを何百万円で買うなんて、それは成熟した文明の価値です。車にしてもフェラーリなんて3000万円もするんですよ。イタリアは下山の過程で成熟してああいう車をつくったんです。でも3000万円の車と300万円の車と、どこが違うかというと、成熟度です。成熟度というのは下山の過程で作られた「カルチュア」です。これが違う。車の佇まいからして違いますから、皆あこがれるんです。そうするとそういう車を作っている人に尊敬の気持ちを抱きますよ。日本人も世界から本当に尊敬されるには、そういう物を作らないとだめでしょう。日本は明治以来、全体としては手軽なものをたくさん作って売るという方向に傾きすぎたんじゃないでしょうか。

京都もあれだけ人が集まってきていますけど、あれはかつての都が下山していく中で成熟したものが人を呼ぶわけです。京都、金沢はそうです。金沢には成熟した文化が生みだした値打ちのあるものがいっぱいある。生活の佇まいだとか、人の応対だとか食べ物の味だとかにも、成熟したものがあるから人が集まる。これからは日本全体がそういうふうに成熟していかなくてはいけない時代なのです。

下山してふもとに下りたら、また新しく次の山に登ればいいじゃないですか。いっぺん下りないと次の登山はないんですから。何度も何度も登山すればいいんです。（談）

世界に向けて発信

鈴木大拙館

鈴木大拙館は２０１８（平成30）年10月で開館８年目を迎えます。おかげ様で、２０１７年の入館者数は初めて７万人を超え、入館者の約２割が海外からのお客様ということになっています。

このように国内外の方から注目を浴びるようになった理由は二つあると考えています。その一つは、鈴木大拙が「禅」や日本の文化、東洋のものの考え方を西洋の人たちの伝え、西洋の知識人たちが関心をもったこと、それが今のＺＥＮブームにつながっていて、鈴木大拙やＺＥＮに関心のある方が来館されているということ。

もう一つは、建物がいいという評判でおいでになる方、建築に興味のある方も多く来館されます。設計者の谷口吉生氏により、豊かな自然や起伏に富んだ斜面緑地を最大限に活用するとともに、「静か」「自然」「自由」といった鈴木大拙の言葉にふさわしい環境と「思索」「くつろぎ」「語らい」などの場が創造されています。

世界のメディアも注目

鈴木大拙館は、世界最大の旅行口コミサイト「トリップアドバイザー」において「WINNER」を受賞し、世界中の旅行者が利用する「ロンリープラネット」で「Must Visit」の評価を得ることとなりました。海外からの取材依頼や情報誌、Web への掲載依頼も増えてくるなど、今後とも、世界に向けて鈴木大拙と鈴木大拙館を発信してまいります。

鈴木大拙館〔開館時間〕9:30～17:00（入館は16:30まで）
〒920-0964 金沢市本多町3−4−20 TEL 076−221−8011
〔休館日〕月曜（祝日の場合は直後の平日）、年末年始（12月29日から1月3日）http://www.kanazawa-museum.jp/daisetz/

入館料
● 一般300円 ● 団体（20名以上）250円
● 65歳以上200円 ● 高校生以下無料

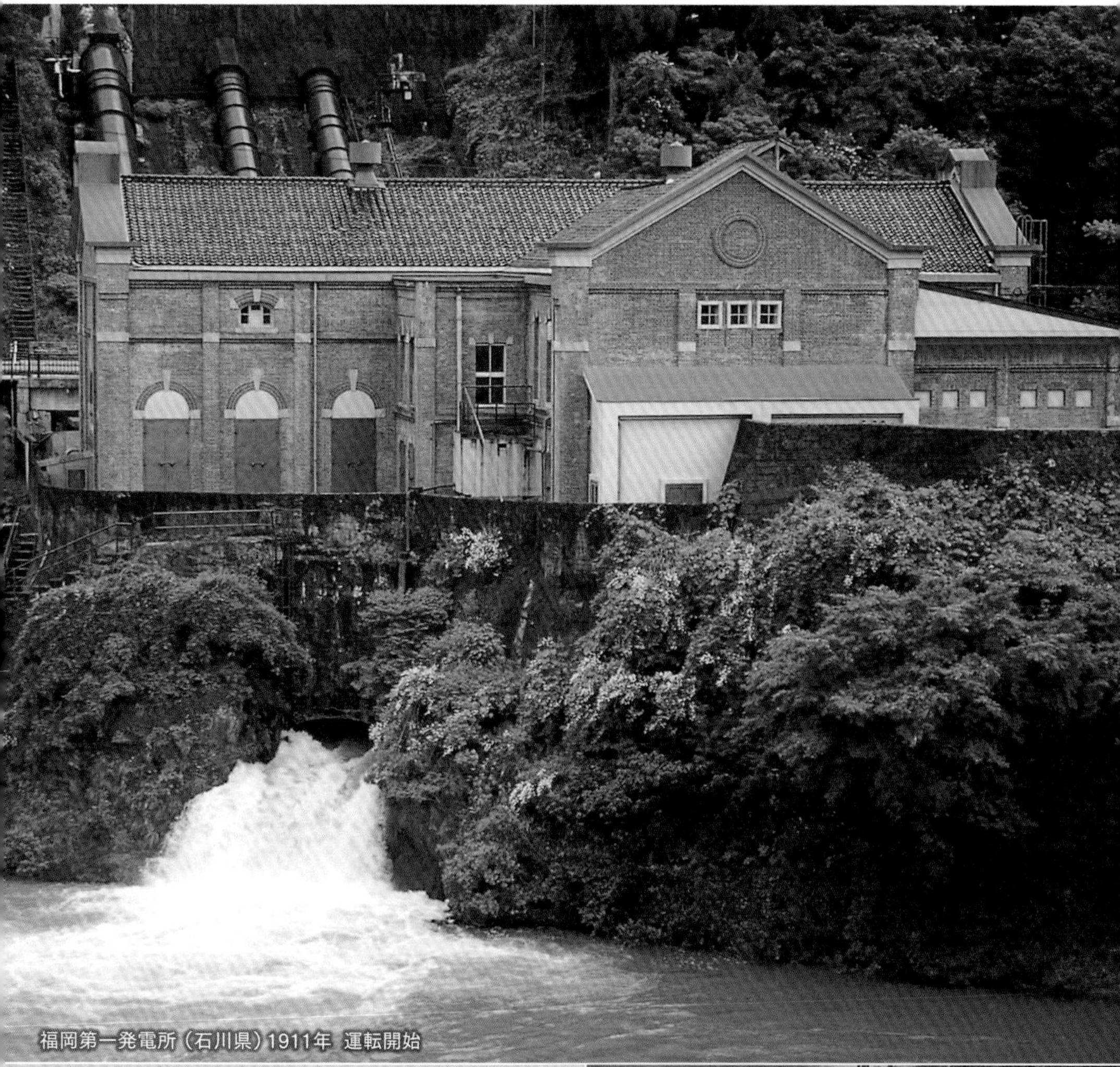

福岡第一発電所（石川県）1911年　運転開始

大久保発電所（富山県）1899年　運転開始

西勝原第一発電所（福井県）1923年　運転開始

あわせる。
どこまでもひろがる
その先へ
その奥へ
瞳をこらして
照準をあわせる
無限の可能性に
舵をきるために

［美しき古里の風と光］巌門（志賀町）

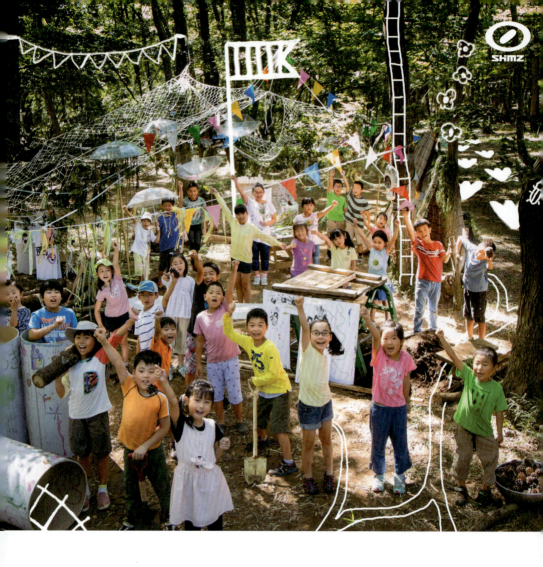

ほくほくフィナンシャルグループ
Hokuhoku Financial Group, Inc.

北陸3県にお住まいの方

住宅メーカー経由でお申し込みの方

ほくぎん 手数料定率型
住宅ローン

［表示金利適用期間］
平成30年6月10日▶平成30年8月9日

3年 固定金利特約型 年0.35%

5年 固定金利特約型 年0.51%

北陸銀行なら！

1. 保証料 0円
2. 8大疾病団信 金利上乗せ※1 0%
3. 一部繰上返済 手数料※2 0円
4. 金利特約再設定 手数料※2 0円

※1 満50歳以下の方に限らせていただきます。満51歳以上の方の場合、下記の金利が上乗せとなります。
※2 インターネットバンキングでのお手続きの場合（一部ローンやお取引状況によってはご利用いただけない場合がございます）

借入後もお得！

固定金利特約期間終了後も
完済時まで店頭基準金利より
金利引き下げ するプランがございます。

※固定金利特約期間終了後の金利引き下げ幅について、詳しくは店頭でご確認ください。

店頭基準金利（平成30年6月10日現在）	2年固定金利特約型	3年固定金利特約型	5年固定金利特約型	10年固定金利特約型	変動金利型
	年2.300%	年2.400%	年2.700%	年2.850%	年2.675%

○表示金利は当行口座で給与をお受け取りの方（今後ご指定いただける方）が期間中に住宅ローンを新規にお借り入れされる場合の金利です。○表示金利および店頭基準金利は毎月見直しいたします。○お申し込み時の金利ではなくご融資実行時の金利が適用されます。（最新の金利については店頭・ホームページでご確認ください。）○金利動向によっては表示金利が変更になる場合があります。○審査結果によっては融資のご希望にそえない場合がございます。○返済額の試算、その他具体的な返済方法については窓口までお問い合わせください。店頭に商品説明書をご用意しております。

ほくぎん住宅ローン（手数料定率型）商品概要

ご利用いただける方／北陸保証サービス㈱の保証を受けられる方で、次のすべての条件を満たす個人の方。○ご融資時の年齢が満20歳以上71歳未満、完済時年齢満80歳未満の方。○団体信用生命保険に加入できる方。○年収400万円以上の方。○ご返済比率25%未満の方。○住宅メーカー経由でお申し込みの方。

ご融資金額／100万円以上1億円以内（10万円単位）

手数料について／取扱手数料：3年固定金利特約型　ご融資金額×1.08%（消費税込）
5年固定金利特約型　ご融資金額×2.16%（消費税込）
［繰上返済・条件変更の際などに所定の手数料が必要となります］

保証人／保証人は原則不要です。北陸保証サービス（株）の保証となります。

ご融資期間／3年以上40年以内（1年単位）
※物件やその他条件によって、ご融資期間が異なる場合がございます。

担保／融資対象物件（底地を含む）に保証会社を第一順位の抵当権者とする抵当権の設定が必要となります。抵当権設定費用はお客さまのご負担となります。

団体信用生命保険／団体信用生命保険にご加入いただきます。地銀協ライフサポート団信をご利用いただく場合は満20歳以上50歳以下となります。ご利用の場合、以下の保険料がお借入金利に上乗せされます。

		地銀協一般団信	カーディフ一般団信	8大疾病保障団信	地銀協ライフサポート団信	全疾病保障団信
上乗せ金利	満20歳以上50歳以下	なし	なし	なし	年0.05%	年0.1%
	満51歳以上71歳未満			年0.3%	取扱なし	年0.4%

※失業信用費用保険（年0.2%上乗せ）もご用意しております。
※ご利用にあたっては所定の条件や審査がありますので、窓口等でご確認ください。

詳しくは、北陸銀行もしくはほくぎんローンプラザへお問い合わせください。

保証会社：北陸保証サービス（株）

地域に強さを。ひとに情熱を。北陸銀行

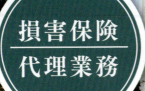

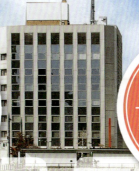

北國文華 復刊20年記念

北國文華 秀作選

発行日　2018（平成 30）年 6 月 30 日　第 1 版第 1 刷
編　者　北國新聞社出版局
発　行　北國新聞社
〒 920－8588
石川県金沢市南町 2 番 1 号
TEL 076－260－3587（出版局）
FAX 076－260－3423
電子メール　syuppan@hokkoku.co.jp

ISBN978-4-8330-2140-1 C0095